임 그리워 우니다니

KB191349

임 그리워 우니다니

초판발행일 | 2018년 3월 31일

지은이 | 김현길
펴낸곳 | 도서출판 황금알
펴낸이 | 金永馥

주간 | 김영탁
편집실장 | 조경숙
인쇄제작 | 칼라박스
주소 | 03088 서울시 종로구 이화장2길 29-3, 104호(동숭동)
물류센타(직송 · 반품) | 0426 서울 중구 퇴계로36가길 82-13(필동2가)
전화 | 02) 2275-9171
팩스 | 02) 2275-9172
이메일 | tibet21@hanmail.net
홈페이지 | http://goldegg21.com
출판등록 | 2003년 03월 26일 (제300-2003-230호)

값은 뒤표지에 있습니다.

ISBN 979-11-86547-94-6-03810

임 그리워 우너다너

김현길 장편역사소설

황금알

작가의 말

정유년(丁酉年) 첫날, 거제 둔덕의 산방산 정상에서 해돋이를 보며 누군가에게 한 약속이 떠올랐다. 합장하며 해에게 다짐했다.

"그래, 내가 하지 않으면 이 일을 할 사람은 정녕 없다. 오늘부터 일단 노트에 점이라도 찍어 보자."

나는 평소 운명이라는 말을 자주 쓴다. 시를 쓰는 것도 운명, 소설을 쓰는 것도 운명이라고…….

십여 년 전 첫 시집을 내면서, '시인의 말'에서도 언급했는데, 어머니가 호롱불 밑에서 바느질 하시며 들려준 우리 마을의 보도연맹 사건에 관한 이야기를 내가 커서 언젠가는 글로 한 번 써봐야 되겠다고 생각한 적이 있었다.

어릴 적 그 당돌하고 엉뚱한 생각이 오늘의 의종과 정서에 대한 소설을 쓰게 될 줄이야. 이건 운명을 넘어 일종의 숙명과도 같은 것이다. 그것은 어릴 적부터 눈만 뜨면 내 고향의 피왕성(避王城)을 바라보며 자랐기 때문인지도 모른다.

다행인 것은 나의 기억력이다. 이상하게도 의종에 관해서 들은 이야기는 하나도 기억에서 사라지지를 않았다. 심지어 내가 습작의 시기에 처음 쓴 시가 '피왕성'이었으니까.

　제1회 '의종제(毅宗祭)'를 지낼 때 축문(祝文)도 내가 지었고, '의종이 3
년간 머물다 간 둔덕을 다시 보자'는 수필을 쓰기도 했다. 전해 내려
오는 전설들을 하나하나 적고 기록하면서 내 스스로 의종이 되었는지
도 모른다. 주목(朱木)의 옹이처럼 남아 있는 지명들을 돌아보면서 나는
847년 전의 개경의 송악산으로, 거제의 우두봉으로 내달렸는지도 모
른다.

　또한, 역사 속에 깊이 잠들어 있던 정서(鄭敍)를 흔들어 깨워서, 그가
유배를 살던 오양역참(烏壤驛站) 인근에서 거문고를 타며 '정과정곡(鄭瓜
亭曲)'을 완성하는 과정을 지켜보았다. 말하자면, 의종의 둔덕 기성에서
의 3년간 쌓인 한(恨)과, 정서의 오양역 배소(配所)에서의 13년 8개월의
한을, 의종과 정서의 입장에서 썼다.

　한편으로, 구전으로만 전해오는 이야기 중에 의종을 모시고 거제 땅
으로 내려왔다는 빈정승(賓政丞), 반정승(潘政丞), 신정승(申政丞) 등에 관
해서는 정확한 역사적 기록이 없고, 다만 100여 년 전에 거제 유학자
명계(明溪) 김계윤(金季潤) 선생의 글에서 세 분의 정승이 의종을 모시고

내려왔다는 내용이 언급된 것이 전부다.

후손들이 현재 살고 있는 성씨는 기성 반씨(潘氏)와 수성 빈씨(賓氏)이고, 아주 신씨(申氏)는 거제에 후손이 살고 있지를 않아 확인할 길이 없다.

아무리 소설이지만 근접한 역사 속의 인물들을 찾아내는 것도 필자의 능력의 한계라고 본다. 후학들이 나머지 부분을 찾아서 이어주기를 바랄 뿐이다.

오늘의 이 역사소설을 탈고하기까지 줄곧 조언과 격려로써 부추겨주신, 나의 대학 스승이신 김인배 교수님께 깊이 감사드리며, 각종 자료를 보내주신 고전연구가 고영화 선생님, 그 밖에 의종에 얽힌 전설을 알려주신 지역 어르신들과 현지답사를 함께하며 물심양면으로 도움을 주신 거제수목문화클럽회원 분들께도 아울러 깊은 감사를 드린다. 끝으로 책 발간을 위해 애쓴 황금알출판사의 김영탁 시인께 고마움을 전한다.

정유년(丁酉年) 끝자락, 남은사랑(嵐垠舍廊)채에서 저자 씀.

차례

제1장

유형지(流刑地)의 나날

1

그날따라 하늘은 잔뜩 흐려 있었다. 바다는 검푸른 빛깔이었고, 좁은 해협엔 풍랑마저 꽤 거칠었다.

고려 의종(毅宗) 재위 11년 정축(丁丑 · 1157) 2월 12일, 정서(鄭叙)가 견내량(見乃梁)의 선착장에 도착했을 때는, 바닷가 기온은 아직도 겨울 못 잖게 으슬으슬하였다. 몸보다 마음이 더 추웠던 까닭일까. 물살 빠른 해협의 건너편 섬이 지척인데도 그의 눈앞에서 넘실대는 물결과 섬 기슭을 감싸고 자연이 빚어내는 한 폭의 수묵화처럼 자욱한 해무(海霧)가 번지고 있어, 심리적 거리감으로는 한참 멀어 보였다.

문득, 불길한 생각이 앞선다. 마치 자신의 앞날을 가리듯, 섬의 명확한 윤곽을 가리고 있는 저 안개처럼 스스로의 운명 또한 막연하고 불투명하게 느껴졌다.

거제현(巨濟縣)에서 마중 나온 형리와 그를 호송한 자들 사이에 곧장

인수인계가 이루어졌다. 섬이라는 특수성 때문에 형리끼리는 언제 어느 시기에 죄인을 받으러 나루로 나오라고 미리 파발공문을 보내는 것이 통례였다. 서로 번거로움을 피하기 위해서다. 공문서 두루마리를 펼쳐 상대에게 확인시키고 호송해 온 형리들은 돌아갔다.

바다 저 건너편이 말로만 들었던 거제 섬이란다.

정서는 칼을 쓴 채 나룻배에 올랐다, 동래에서 흘린 눈물이 채 마르지도 않았는데 본인도 모르게 손등에 또 눈물이 떨어진다.

거제 섬에서는 귀양 살만한 곳이 어디가 좋으냐고, 마중 나온 형리를 향해 정서가 물었다. 노 젓는 사공이 대신 시래산[1] 낮달을 가리키며, 고려 땅 남단(南端)의 맨 마지막 파발역인 오양역참(烏壤驛站)이 해협 건너 저 산 아래에 있다고 가르쳐준다.

이른바 대녕후(大寧侯) 왕경(王暻) 사건[2]으로 처음 동래에서 유배를 살던 정서는 왕이 다시 불러주기만을 이제나저제나 하며 기다리고 있었다. 왕의 이모부이기도 했던 정서는 의종 5년 신미년(辛未年 · 1151) 5월, 참소를 당해 동래로 귀양을 갔을 때만 해도 머잖아 다시 소환하겠다는 왕의 약속을 철석같이 믿었다.

---

1) 시래산: 한자로 '始來山'으로도 적지만 이는 당시 고유어가 없던 시절의 향찰식 표기로, 발음에 맞는 글자를 선택하여 적던 방식이다. '시루'(甑)의 방언 중 하나가 '시래'인데, 현재는 그 훈(訓)을 따서 증산(甑山)으로 표기한다. 말하자면, (떡)시루처럼 생긴 산의 형상을 보고 지역 방언으로 '시래산'이라 하였다. 실제 고지도(古地圖)에도 한자로 증산(甑山)이라 표기되어 있다. 지금도 이곳 사람들은 시루봉이라 부른다.(제보자: 오량마을 김경도)

2) 대녕후 사건: 왕제(王弟) 대녕후 경(暻)은 의종의 손아래 동생인데 총명하였다. 한 때 세자를 바꾸려고까지 하였으나, 의종의 태자 시절에 스승으로 강서(講書)하기도 한 정습명(鄭襲明)에 의해 무산되었다. 그러나 그 일로 의종은 항시 마음이 편치 않았다. 정서의 손위 처남 승선 임극정(정서의 장인인 임원애의 아들)과 우연히 대녕후 왕경 집에서 술자리를 같이하였다. 이 사실이 정함(鄭諴), 김존중(金存中) 등에게 알려져 참소를 당하였다. 이후 정서는 동래로, 대녕후 경은 수원으로 각각 유배를 가게 된 사건을 말한다.

처음엔 느긋하게 마음을 먹어서 그런지 별로 조급하거나 불편하지도 않았다. 무엇보다 동래는 그의 관향이자 친족들이 많았기에 심리적으로 더욱 그랬다. 그런 유배 생활도 어느덧 6년이 다 되어가던 의종 11년 정축년(1157) 이월 초열흘날이었다. 정서를 거제현으로 이배시키라는 어명이 도착한 것이다. 의외였다. 기다리고 기다리던 해배(解配)가 아니고 바다 건너 절해고도로의 이배가 웬 말인가! 왕이 정녕 원망스러웠다. 옆에서 참소하는 말만 믿고 또 다시 먼 이곳으로 유배를 오게 된 것이다.

정서가 거림리(巨林里) 동헌에 도착하자 현령이 상석의자에서 앉은 채 몸을 앞으로 내밀며 물었다.

— 낭중(內侍郎中)께서는 어느 곳에서 형을 살고 싶으시오?

정서는 잠시 망설이다가 나룻배를 건널 때 들은 사공의 말이 생각났다.

— 예, 뭍에서 가까운 오양역참쯤에 살게 해주십시오.

— 그래요? 그럼, 그렇게 조치해 드리도록 하리다.

정서는 육지와 가까운 곳에 살면 아내가 보낸 하인이나 찾아오는 문객들이 오가기가 편할 것이라는 사공의 조언을 따랐다. 현령 역시 혹시라도 정서가 해배되어 복귀하게 될 때를 염두에 둔 약간의 배려 차원에서 편리를 봐준 것이다.

2

이리하여 정서는 거제 섬에서의 유배생활을 오양역참 인근 배소(配

所)에서 시작하였다. 육지인 동래와는 모든 면에서 차이가 많았다. 불편하기가 이루 말할 수가 없었다. 나룻배가 하루에 정기적으로 네 번 건너가고 건너왔다. 급한 파발 문서나 관에서 나온 관리들이 오갈 때는 깃발로써 나룻배를 따로 불렀다. 붉은 깃발은 관에서 나온 관리들이 왔을 때요, 흰 깃발은 급한 파발 문서가 도착했을 때 주로 사용했다.

정서는 불러주지 않는 야속한 왕을 원망하며 오양역참 부근에서 기약 없는 유배생활에 심신이 지쳐가고 있었다. 이러다가 개경으로 다시 돌아가기는커녕 여기서 생을 마감할지도 모른다는 방정맞은 생각이 문득문득 들 때가 많았다.

그는 견내량 쪽 바다를 시간만 나면 물끄러미 바라다보았다. 그러기를 매일, 삼봉산(三峰山) 쪽으로 저녁놀이 붉게 타오를 때까지 무료하게 시간을 축내고 있기 일쑤였다. 돛을 단 고깃배들이 저녁놀을 함께 싣고 나루로 들어온다. 그 뒤를 갈매기 떼들이 따른다. 한가로운 풍경이건만 정서의 마음속은 울분으로 가득 찼다.

정함(鄭諴), 김존중(金存中)……. 생각만 해도 그들의 킬킬대는 냉소가 저 갈매기의 끼룩거리는 울음소리와 겹쳐지곤 했다. 특히 '젖꼭지 칠품'이라 놀림을 받던 간사한 정함의 얼굴에 침을 뱉고 싶다. 마누라가 왕의 유모를 한 덕분에 내시부에 근무하게 되고, 결국엔 자기를 모함하여 유배를 보내고는 킬킬대고 있을 모습이 떠오른다. 김존중 또한 교활한 인간이었다. 하나같이 임금께 아첨하는 폐신(嬖臣)들이었다.

'에잇, 죽일 놈들!'

동래에서 오양역참으로 배소지(配所地)를 옮겨오면서부터 처음 얼마간 그의 마음속에선 몇 번의 살생부(殺生簿)를 적어 봤는지 모른다. 그러나 현실은 그를 분노하게 내버려두지를 않았다. 그는 우선 의식주를 해결해야만 했다. 이웃에는 유상원(劉想元)이라는 역원의 집이 있었다. 그 집에 연세 많은 부친이 계셨다. 유 노인은 정서가 배소지에 오고부터 자주 들르곤 했다. 왕의 이숙이 된다는 말을 어디서 들었는지 노인은 무척 관심을 갖고 또한 지극히 공손한 자세로 대하였다.

정서는 역원의 주선으로 역참에서 관리하는 둔전(屯田)의 농토를 빌렸다. 농사짓는 법까지 유 노인이 자세히 가르쳐 주었다. 역참에서 관리하는 둔토를 다른 사람에게 소작을 맡길 경우엔 소출의 반을 가져갔지만, 정서에게만은 특별히 예외를 두었다. 조그마한 남새밭이라 수확이 많지 않은 관계로 그냥 지어서 명줄이라도 붙이라는 것이었다.

애초에 오래 묵혀둔 땅이라 잡초가 무성하였다. 며칠간 비가 내려 일손을 놓고 있다가 여러 날 만에 채마밭에 나가보면 밭은 그새 김을 매지 않아 온통 길길이 자란 잡초로 뒤덮여버리기 일쑤였다. 애써 가꾼 채소는 잡초에 기가 눌려 누렇게 시들고, 가시풀이라 불리는 무익한 한삼덩굴이나 도꼬마리며 엉겅퀴가 침범하여 애써 가꾼 밭을 죄 장악하고 있었다.

그 꼴을 보고 있노라면 간신배가 설치는 조정(朝廷)의 형국이나 진배없었다. 남새밭 하나를 경영하는 데도 이럴진대, 사직(社稷)을 온전히 지키려면 난마처럼 얽히는 넝쿨을 미리미리 베어내어 무성하게 번지도록 방치해선 안 된다는 깨달음이 드는 것이었다.

— 자만난도(滋蔓難圖)라더니, 옛말이 하나도 틀리지 않구나!

넝쿨이 차차 늘어서 퍼지면 도모하기 어렵다는 말을 새삼스레 떠올리며 정서는 부지런히 채마밭의 김을 매곤 하였다.

농사에 익숙한 사람들에게는 별일도 아니었지만 정서는 손에 물집이 잡히도록 괭이와 삽으로 자갈밭을 뒤집어엎어야만 했다. 바닷가인데다 여름이면 습하여 마루청이나 흙벽에는 달팽이가 기어 다니고, 호미로 뒤집는 돌멩이 밑에선 지네가 득실거렸다. 갯바람이 진질이(잘피) 냄새를 머금고 불어오면, 휘파람새가 어느새 시래산의 꿀밤나무 가지에서 울어댄다. 그는 지게에 인분을 지고 휘파람새의 구령에 맞춰서 걸어가야 했다. 땅을 가꾸지 않으면 작물은 절대 크지 않는다고 역원의 부친인 유 노인이 가끔 찾아와 정서에게 철저하게 농사법을 가르쳤다. 비 온 뒤끝에 무성해진 잡초를 보던 노인이 혼자 혀를 끌끌 찼다.

— 나리, 땅은 거짓말을 안 합니다. 땀의 대가는 분명 있습지요. 희망을 가지십시오! 특히, 잡초를 미연에 막지 않으면 나중엔 넝쿨이 걷잡을 수 없도록 마구 번져서 아예 손댈 수 없는 지경에 이르고 맙니다.

— 아무렴. 그렇고 말구요. 내 진작 그 이치를 깨달았어야 했는데…….

정서는 살기 위해 체면이고 뭐고 다 버렸다. 유 역원의 아비가 친절히 가르쳐 주는 대로 철따라 작물들을 정성껏 심었다. 각종 채소류가 해풍을 맞고 잘 자랐다. 작년에 심은 배추를 거둬들인 빈 밭에 봄이 오면 강냉이를 심고 오이도 심었다. 잡념을 떨치는 데는 농사일만 한 게 없었다.

아침부터 진종일 농사일을 하다 이윽고 똥장군[糞缶]을 씻어놓고 나면 저녁때가 되고, 역참 일대의 집집에서 창호지 문창으로 새어나오는 불빛을 향해 소쩍새가 울었다. 그는 우선 굶어서 죽는 것만은 면해야 했다. 역참에 사는 그 누구도 유배자인 그를 돌봐줄 만한 여유들이 없었다.

3

거제로 이배되어 온 지 다섯 해 가량 지났을 무렵이었다. 어느 해질 녘, 정서는 왕이 계신 무심한 북녘하늘을 우러러보다가 끝내 어둠이 내린 밤바다를 향해 소리 죽여 통곡하였다. 혹시나 했으나 그날도 역시 바다 저편 견내량의 도선장 쪽에서 해배(解配)의 사령장을 갖고 오는 배는 없었다.

동래에서 보낸 유배기간과 맞먹는 5년 남짓 세월동안 단 하루라도 그는 섬과 육지를 갈라놓은 해협의 건너편 나루터를 멀거니 바라다보지 않은 날이 없었다. 과연 해배될 희망이라도 내게 있는 것일까. 그에게 희망은 오로지 기다림이었다. 그러나 기다림을 희망으로 삼고 있는 한 그것의 성취는 순전히 피동적이었다. 하늘에다 기적이 내려주기를 비는 일만큼이나 난망한 일이었다. 제 스스로 성취할 수 있는 게 아무 것도 없다는 절망감이 그를 한없는 무기력 속에 빠지게 하였다.

절망은 이내 체념으로 바뀌었다. 이제는 기약 없는 희소식 대신 자신과의 싸움, 시간과의 싸움만 남았다고 생각했다. 그리고 더 이상 북녘하늘과 바다를 바라보지 않으려고 애썼다. 그 대신 땅으로 시선을 돌렸다. 역원의 아비 유 노인이 말한 대로 희망은 씨 뿌리고, 김매고, 거두는 힘겨운 노동의 대가로만 얻을 수 있는, 정직한 결실의 보람인지도 모를 일이었다.

정서는 이후 농사에 전념한 채 마냥 시간 죽이기에 몰두하는 동안 마음을 어지럽히는 잡념을 떨쳐낼 심산이었다. 우두산 중턱에서 뻐꾹 새 소리가 역참으로 울려 퍼지면, 그는 시래산과 기성(岐城)을 헤매고 다녔다.

하루는 봄나물을 뜯어서 죽이라도 쑤어 먹으려고 산에 올랐다. 산나 물을 자루에 가득 담아 지게에 지고 내려오던 길이었다. 하루 종일 산 을 헤매느라 힘이 들었다. 온 몸에 땀이 비 오듯 흘러내린다. 그는 오 솔길의 중간에 지게를 내려놓고 쉬었다. 무심코 고개를 떨어뜨리고 내 려다 본 땅바닥에 땀방울이 뚝뚝 떨어졌다. 제 발밑에 짓눌려 있는 질 경이 더미가 보였다. 어디든 뿌리 내리면 그곳이 정착지가 되는 저 식 물의 강인함이 새삼스레 경이롭게 느껴졌다.

아, 나는 여태 그 소박한 진리를 깨닫지 못하고 뿌리 뽑힌 부평초 처럼 떠돌고 있었구나! 정서는 문득 그런 생각을 하였다. 북녘 하늘과 바다 건너 저쪽 기슭을 향해 목을 빼어 밀고 기다리며 희망의 끈을 놓 지 못한 만큼 절망의 깊이도 비례했었다. 그 사실을 비로소 깨달은 셈 이다. 그래, 허망한 것들은 버리자. 순간에 충실하고 고독한 현실을 담 담히 수용하자고 그는 스스로를 달래며, 다시 지게를 지고 일어섰다. 그러자 한결 발걸음이 가벼워지는 듯했다.

배소인 오두막집에 도착하자마자 그는 남새밭으로 가서 튼실한 오 이 하나를 따서 우적우적 깨물어 허기진 배를 채웠다.

시래산의 소쩍새 소리는 새벽녘 적소(謫所)의 베갯머리까지 따라 와 서 울었다. 그 울음소리에도 전전반측하며 정서는 고독감을 못 견뎌

몸부림을 쳤다. 첫 유배지 동래에서의 생활이 오히려 그리웠다. 섬으로 건너와, 강산이 계절 따라 다섯 번 변하도록 해배의 소식은 감감하기만 했다.

그럭저럭 세월은 흘러, 또 한 해가 지나갔다.

4

내시낭중의 벼슬을 하던 정서가 처음 동래로 유배되었을 당시만 해도 그나마 견딜만 했다. 본인의 관향이라 먼 친척이며 여러 문객들이 위로 겸 찾아와 시문을 논하고 때로는 거문고 음률로 여흥을 돋우기도 하여 외롭지는 않았다. 그때 왕은 정서를 동래로 보내면서 분명한 언질을 주었다.

— 오늘 일은 조정 의논에 핍박 되었으나, 가서 있으면 내 머잖아 마땅히 소환하겠소.

사적으로 보면 왕이 정서에게는 조카뻘이 되고, 명색이 지금의 궁중 최고 어른인 공예태후(恭睿太后)마마가 처형이 아닌가. 얼마 안 가서 해배로 풀려나면 왕을 가까이서 모실 사람이 바로 자신이라는 걸 스스로 잘 알고 있었다. 유배라기보다는 잠시 낙향하여 조용해지기를 기다렸다가 복귀할 거라고, 다른 이들까지 누구나 그렇게 믿었다.

동래에 귀양 가 있을 때, 한 번은 벼슬살이에 관해 전혀 모르는 농사만 짓던 일가는 자기 아들을 궁지기라도 부탁한다며 몇 날을 찾아와 귀찮게 굴기도 하였다. 세월이 일년 가고 이년 가고 오년이 다 가도록 해배소식은 감감했었다. 아내에게 기별하여 궐내 소식을 알아보라 일

렸건만 돌아오는 대답은 기다리라는 소식뿐이었다.

거제도로 이배되어 온 지 6년째 되는 해에 아내마저 화병(火病)으로 세상을 떠났다는 부고를 받았다. 얼마나 충격이 컸던지 부고를 받는 순간 그는 혼절을 했다. 오로지 믿고 의지할 데라고는 아내뿐이었다. 귀양을 사는 처지라 달려갈 수도 없고 며칠을 눈물로써 통곡의 밤을 지새웠다.

슬픈 마음을 달랠 길 없어 시래산(甑山)³⁾ 꼭대기에 올라 북쪽 하늘을 바라보며 혼자 울다가 내려오곤 했다. 또 누가 부르는 것처럼 견내량 나루가 빤히 건너다보이는 곳으로 나가 건너편 기슭을 향해 멍하니 서 있곤 하였다. 정서의 마음속엔 피안의 세계가 이 나루만 건너가면 저 어디에 있을 것만 같았다. 그는 이쪽 편 나루로 나가는 것이 일상이 되다시피 했다. 크고 작은 돛단배들이 나루를 거슬러 올라갔다 내려갔다 하는 것을 넋을 놓고 보고 있었다.

고깃배들이 나루에 닿으면 싱싱한 물고기를 사러 사람들이 몰려들었다. 은빛이 나는 봄 멸치가 뱃전에 가득했다. 나루터엔 수시로 배들이 바뀌고, 잡은 고기들도 계절 따라 바뀌었다. 어부들은 잡은 고기를 사라고 큰소리로 외친다. 뱃전에 그득한 고기들의 비늘이 잘게 부서진

---

3) 정서의 지인(知人)이었던 임춘(林椿)의 시에서 보듯, 정서는 오양역참에 살면서 시래산과 기성이 있는 우두봉을 헤매고 다녔다는 것을 알 수 있다. 임춘이 쓴 시 「정시랑(정서) 서시 차운(次韻鄭侍郎敍詩)」의 원문 내용은 다음과 같다.

어매이십년(禦魅二十年)/ 건과징어석(愆過懲於昔)/ 천사석불난(遷徙席不暖)/ 소거여우일(所居如郵馹)/ 남중장무심(南中瘴霧深)/ 가우상기맥(可虞傷氣脈)/ 우유종암학(優游縱巖壑)/ 누섭등산극(屢躡登山屐)//

[20년간 도깨비와 싸우게 되니/ 허물은 벌써 징계됐는데도/ 옮겨간 자리는 따뜻할 날이 없는/ 역참 같은 곳에 살았다네/ 남쪽 땅에 나쁜 기운을 품은 안개가 짙으니/ 기맥을 다칠 것을 염려할 정도였네/ 하릴없이 가파른 골짜기를 돌아다니는데/ 언제나 나막신 신고 산에 올랐다네] (고영화 편저: 「거제도 고전문학총서」 참조.)

유리조각같이 햇빛에 반짝거렸다. 또, 겨울에는 애기만한 대구를 잡아와서 팔았다. 어부들이 살아가는 모습을 보며 정서는 현실을 직시하기 시작했다. 그동안 식음을 전폐하다시피 하고 다녔더니 몰골이 말이 아니었다. 죽을병이 든 사람같이 눈이 움푹 들어가고 몸은 비쩍 말라 있었다. 옆에서 지켜보는 역원의 부친 유 노인이 제일 걱정을 많이 했다. 저러시다가는 큰일 나시겠다며 고맙게도 이따금 미음을 쑤어 가져오곤 했다.

— 송도(松都·수도 개성의 옛 이름) 나리! 이 미음이라도 자시고 기운을 차리세요.

— 고맙소, 노인장. 이 은혜는 잊지 않으리다.

유 노인은 순박하고 정 많은 사람이었다. 정서에게는 후사가 없었다. 아들이 하나 있었으나 어려서 천연두로 잃었다. 그 뒤로 아내는 아이를 갖지 못했다. 이제 태산같이 믿었던 아내마저 저 세상으로 떠났으니, 그의 신세 한탄은 발걸음을 한번 옮길 때마다 저절로 입에서 튀어 나왔다. 그럴수록 죄 없는 자기를 오랜 세월 해배시켜주지 않는 왕이 더욱 야속하였다.

귀양살이가 길어짐에 따라 뭣보다 삶이 녹록치 않았다. 아내가 정성들여 보내오던 옷과 약간의 돈마저도 끊긴 터라, 해진 옷은 손수 기워 입어야 했고 역에서 빌린 남새밭에서 더 열심히 작물을 심고 가꾸어야만 했다. 그는 특히 오이를 잘 가꾸었다. 자신의 아호(雅號)가 과정(瓜亭)이었던 만큼 정서에게는 그나마 오이 농사가 친근하고 또 수월케 느껴졌다. 굵은 오이를 따고 남새밭의 채소들을 이것저것 솎음하여 가져다주면 역원의 집에서도 답례로 쌀이나 보리쌀을 조금 주는 것이었다. 정서에게는 감지덕지한 일이었다. 이런 농사일을 그는 이전엔 한 번도 해본 적이 없었다. 살아남기 위해 어쩔 수 없는 최후의 몸부림 이었다.

5

시래산에 저녁별이 하나 둘 얼굴을 내밀기 시작하면 정서는 거문고를 끌어안고 종종 신세한탄의 노래를 불렀다. 거문고의 대모가 찢어져라 술대(거문고 탈 때 쓰는 단단한 채)를 내리쳤다. 그리고 유현과 대현을 내리찍고 흔들며 여섯 줄의 현을 자유자재로 연주했다. 처음에는 넋두리로 시작했다. 즉흥적으로 심중에서 우러나는 진솔한 생각 그 자체였다.

> 임아! 야속하고 무심한 임아!
> 뒷산 접동새도 봄이 오면 찾아와
> 작년 봄밤과의 약속을 지키는데
> 하물며 죄 없는 줄 번연히 알면서
> 강산이 변하도록 찾지도 않느뇨?
> 다시 부를 거란 그 약속 벌써 잊었나요?
> 저 새벽달과 별에게 한 번 물어 보시구려.
> 나를 참소한 자, 누구던가요?
> 기어이 날 잊었단 말인가요? 아아,
> 옛날과 같이 변함없이 날 사랑해주오!

정서의 일상은, 낮엔 밭에 나가 일하고, 밤이면 외로움을 잊으려 방바닥에 고려지(高麗紙)를 펼쳐놓고 늘 손끝에 익숙한 묵죽(墨竹)을 치거나 때로는 시문을 짓고, 어떤 날엔 거문고와 놀며 무료하고 적적한 유배지의 나날을 그렇게 소일하는 것이었다. 약속을 지키지 않는 무심한 왕에 대한 야속한 마음의 감정이 자연적으로 거문고에 의탁한 노래로 표출되는 셈이기도 하였다. 말하자면, 그는 현실정치에서 배제된 울분과 권력에 대한 미련을 여태 버리지 못한 채 밤이 깊도록 애꿎은 거문고만 괴롭혔다. 처음엔 기존에 전해오는 거문고 산조를 연주하다가 점점 신세 한탄의 노래를 자작해서 부르게 된 것이다.

이배된 지 7년째 접어든 계미년(癸未年 · 1163: 의종 17년) 칠월 초여드렛날이었다. 그날 시래산에 개밥바라기별과 초승달이 가장 가까이 붙어있는 초경(初更) 무렵, 그는 울적한 마음에 유일한 낙인 거문고를 꺼내 줄을 고르고 괘를 점검했다. 술대채로 치고 밀고 당기고 퉁겼다. 거문고의 장중하고 둔탁한 소리가 울릴 때마다 그 파장에 등잔불이 꺼질 듯이 흔들렸다. 정서의 슬픈 거문고 소리는 마치 시래산 꼭대기에 걸린 달과 별이 서로 부둥켜안고 흐느끼는 것과도 같았다.

그때 난데없이 사립문을 열고는 거문고 산조에 홀린 듯이 찾아온 사람이 있었다.

— 나리! 송도 나리!

밖에서 조심스럽게 부르는 여인의 소리에 정서는 잠시 거문고를 내려놓고 방문을 열었다.

— 뉘시오?

열린 문으로 희미한 달빛 아래 한 중년여인이 툇마루 너머 좁은 마당 가운데 오도카니 서 있었다. 여태 한 번도 본 적이 없는 낯선 여자였다. 광주리에 옷감을 잔뜩 담아들고 그 자리에 얼어붙은 듯한 모습이다. 여인의 행색은 허름하게 보였으나 어딘가 기품이 느껴졌다. 이곳의 여인 같지가 않았다. 언뜻 바느질 잘하는 아낙이 역참의 '바깥몰'에 산다는 소리를 들은 것도 같았다.

— 뉘시오? 이 밤중에, 어쩐 일로 오셨소?

그러자 여인은 주춤거리며 약간 두려워하는 어투로 천천히 입을 연다.

— 예, 저는 바깥몰에 사는 아낙입니다. 근처를 자주 지나치곤 할 때마다 나리의 거문고 소리가 하도 황홀해서 오늘은 그만 부끄러움도 잊고, 저도 모르게 마당까지 들어오게 되었습니다. 부디 용서해 주세요. 아녀자가 무례한 줄 압니다만, 나리의 거문고 소리를 한 번만이라도 가까이서 듣도록 허락해 주십시오.

참으로 당돌한 제안이었다. 정서는 예기치 못한 사태에 당혹스럽기도 하고 난감하기도 하였다.

— 부인, 저는 유배를 온 죄인입니다. 관에서 항시 감시를 합니다. 위리안치(圍籬安置)는 면했지만 그래도 낯선 사람과, 더구나 이런 야밤에 만나는 건 삼가야합니다…….

그래도 여인은 꼼짝 않고 고개를 떨어뜨린 채 가만히 서 있다. 돌아갈 낌새가 전혀 보이지 않는 자세였다. 어느 틈엔가 경계심을 푼 정서의 마음도 한결 누그러졌다.

— 허기야, 하도 오래 유배를 살다보니 요즘 와서 감시는 좀 느슨합니다만…….

큰 광주리를 옆구리에 낀 여인의 모습을 이처럼 가까이서 바라보는 정서의 눈에 왠지 모르게 그녀의 자태가 고혹적으로 느껴졌다. 어스름 달빛을 받고 서있는 여인의 자태에 죽은 아내의 모습이 얼핏 겹쳐 보이기까지 했다. 정서는 일어나 툇마루로 나왔다.

― 아무튼, 무거운 광주리는 이리 좀 내려놓으시구려.

섬돌에 벗어놓은 나막신을 신고는 엉거주춤 서있는 여인에게로 다가가 자기도 모르게 광주리를 받아 마루에 내려놓았다. 부끄러운지 여인은 고개를 들지 못한다. 그러다 갑자기 생각을 고쳐먹었는지 여인은 광주리를 잽싸게 머리에 이더니 도로 나가려고 한다. 정서가 광주리를 붙잡고 놓아주지 않았다. 못 이기는 척 여인은 마루에 다시 광주리를 내려놓는다. 시래산으로 달이 슬그머니 숨어 버렸다.

― 어차피 내 거문고 소리를 듣고자 원한 걸음이었으니, 너무 부끄러워 마시오. 소리를 들을 양이면 방으로 들어가야지 않겠소?

그러고는 이제 알아서 하라는 듯 정서가 먼저 방안으로 들어갔다.

6

잠시 뒤, 여인은 툇마루로 올라 방문 앞에서 다시 주춤거렸다. 그러나 달리 어쩔 수 없다는 듯 이내 뒤따라 들어온다. 방 안엔 잠시 정적이 감돌았다. 그녀는 문지방 근처에 다소곳이 자리를 잡고 앉는다.

이윽고, 등잔 불빛에 환히 드러난 여인의 얼굴을 살피며 정서는 얼마 전에 죽은 집사람의 모습을 애써 떠올려보려고 하였다. 하도 오래 못 본 아내의 얼굴을 이 낯선 여인을 통해 잠시 연상해보고 있었다. 쪽진 머리에 계란형의 얼굴, 쌍꺼풀이 없는 대신 흰자위, 검은자위가 선연한 시원스런 눈매며…… 정서는 잠깐 부질없는 생각에 잠겼던 자신의 경솔함을 떨쳐버리듯 두어 번 머리를 흔들었다. 서먹함을 면하려고 거문고를 끌어당겼다. 그리고는 얼마 전에 켰던 그 자작곡을 다시 연주하며 노래를 부른다. 고개를 수그린 채 다소 곳이 앉아 거문고 연주를 다 들은 여인이 고개를 들더니 나지막한 목소리로 정서를 향해 말한다.

— 외람되오나, 제가 한 번 연주를 해봐도 되겠습니까?

정서는 움찔 놀랐다. 너무도 얘기치 않은 여인의 제안에 그는 허리를 꼿꼿이 세우며 물었다.

— 거문고를 켤 줄 아시오?

— 예. 조금…. 흉내는 낼 줄 압니다.

— 허어! 그래요? 그럼, 어디 한 번…….

정서는 어안이 벙벙한 상태로 거문고를 여인 앞으로 밀고 술대(채)를 손에 잡혀주었다. 여인은 약간 주저하더니 어느새 담담하게 무릎 위에 거문고를 얹고는 술대로 가볍게 가야금을 켤 때처럼 다스름(조율연습)을 시작하는 것이었다. 그 손놀림이 예사롭지 않았다. 정서는 내심 허, 이 것 봐라, 하는 놀라움으로 눈이 번쩍 뜨였다.

이윽고 조율을 끝낸 여인이 연주를 시작한다. 이게 어찌된 일인가? 여인은 방금 자기가 연주한 그 곡을 그대로 따라하는 것이 아닌가! 노래는 부르지 않으나 음률은 정확하였다. 연주가 끝나자 정서는 귀신에 홀린 듯 물었다.

— 아니, 어떻게 한번 듣고 그대로 연주할 수 있단 말이요?

정서는 경외에 찬 눈으로 그녀를 바라보았다.

― 어릴 때부터 유독 거문고를 좋아하신 부친한테서 틈틈이 교습(教習)을 받은 덕분입니다.

― 부친께서 거문고를 좋아하셨다? 거 참……, 그대의 연주솜씨를 보니 대체 어떤 분이 당신을 가르쳤는지 궁금하기 그지없소. 부친은 지금 어디 계시오?

정서는 다시 한 번 감탄해 묻는다.

― 선친께서 돌아가신 지는 꽤 오래 되었습니다. 선왕(先王)이신 인종 임금 재위 13년이던 을묘년(乙卯年·1135)의 일인데 제 나이 겨우 열 살 때인 그 해였습니다. 그때 묘청(妙淸)의 난이 일어났었지요.

― 을묘년이라?……. 아, 그랬지. 그럼, 선고장(先考丈)께서도 그 난리의 희생자였다는 뜻이오?

― 예, 불행히도…….

하고는 말끝을 흐린다.

― 어쩐지 이녁의 말씨나 억양에서 이곳 태생이 아닌 줄은 내 진작 눈치를 채긴 했지만…… 여하간 짐작컨대, 이녁의 고향이 개경 아니면 서경이란 의미인데 대관절 선고장의 존함은 어떻게 되시오?

― 들먹이면, 내시낭중 어른께서도 금방 아실 겁니다. 선왕시절 예부시랑(禮部侍郞)을 지내신 강(姜)… 천(天)자, 익(翼)자 되신 분입니다.

― 아! 예부시랑 강천익!

정서의 입에서는 절로 짧은 탄식의 아하! 소리가 거푸 새나왔다.

선왕인 인종임금 시절, 한때 예부시랑이었던 강천익은 당대 개경에서 거문고 명수로 소문난 분이었다. 그의 음률을 듣거나 배우고자 많은 묵객과 귀족자제의 한량들이 그 댁으로 자주 들락거렸다. 궁중에 딸린 대악사(大樂司)나 관현방(管絃坊)의 전문 예악인(藝樂人)들마저 강천익의 거문고 솜씨에는 경탄해 마지않았다.

정서는 그때 젊었었다. 거문고에 대한 관심과 재주가 남달랐던 그도 두어 번 그 댁을 방문하여 직접 그를 뵌 적이 있었다. 하지만, 천익은 방문객들 앞에서 먼저 연주하는 법이 없었다. 반드시 당시 예닐곱 살 난 여식을 불러들여 여러 사람 앞에서 선을 보이게 하는 것이었다. 그는 손님들께 금지옥엽(金枝玉葉)같이 귀애하는 외동딸을 소개하며 곧잘 이렇게 말하곤 했었다.

— 선아(仙娥)야, 어디 한번 멋들어지게 연주해 보거라. 손님들께서는 그동안 네가 얼마나 많이 늘었는지 관심 깊게 보실 게다.

그는 이런 식의 교습방법을 통해 여식의 진도 여부를 점검하고 평가하는 단계로 삼고 있었던 모양이었다. 이윽고, 딸아이의 연주가 끝나고 나면, 어김없이 천익은 그 자리에 모인 손님들로 하여금 저마다 한마디씩 나름대로 소감을 말하게 하는 품평회를 가졌고, 그것을 하나의 철칙으로 삼고 있었다.

각자의 소감을 다 듣고서는 개개인의 예능에 관한 소양 정도를 짐작하는 셈이어서 방문객들은 허투루 말할 수가 없었다. 일단 그런 담화의 시간이 끝나고 나면 최종적으로 강천익이 몸소 연주의 시범을 보임으로써 예악(藝樂)의 경지가 어떤 것인가를 눈앞에서 실감케 하였다. 이처럼 선아는 아이 때부터 그런 부친의 영향을 받고 자란 딸이었다. 특히 음률을 가려듣는 재주는 물론, 거문고 솜씨도 빼어났지만 오히려 가야금 연주가 더 탁월한 것으로 널리 알려졌었다. 이런저런 연유로,

선아라는 그 딸아이의 이름은 방문객들의 입에 곧잘 회자되곤 했다. 궁중연회가 있거나 송나라에서 사신이 올 때는 사실상 예부시랑 강천익이 궁중의 악사들을 뒤에서 조종하며 총괄했다 해도 과언이 아니었다.[4]

그 옛날 예부시랑 댁을 두어 번 방문한 적이 있던 정서는 그때 목격했던 강천익의 여식을 뜻밖에도 이 유형지에서 다시 보게 될 줄은 꿈에도 상상 못한 일이었다. 바로 지금 자기 눈앞에 두고 빤히 바라보고 있는 이 여인이 그때의 선아라니! 도저히 믿기지 않는다. 그건 단순히 놀란 정도가 아니었다. 정서는 이 같은 사실 앞에 한동안 망연자실한 상태에 빠져 있었다. 그럴 수밖에 없는 것이, 애초에 이런 일이 일어나리라곤 전혀 상상조차 할 수 없었기 때문이다.

— 나리께서도 저희 집에 두어 번 놀러 오신 적이 있으신 걸 기억하십니까?

그 소리에 정서는 멍한 상태에서 퍼뜩 깨어났다.

— 아암, 기억하고말고. 그렇잖아도 내 지금, 참으로 기묘한 인연이라고 생각하고 있었네만…… 그래, 하도 오래 전 일이라, 자네가 아마 그 당시 예닐곱 살 정도였던 때라 기억되는데 이름이 선아,……라고 했던가?

정서는 자기 앞에 앉은 여인의 얼굴에서 그 옛날 두어 번 본 적이 있

---

4) 1123년(인종 1년)에 송(宋)나라 사신 노윤적(路允迪)을 따라 고려에 온 서긍(徐兢)이 당시의 서울 개성에서 약 1개월간 머물며 보고 들은 바를 그림설명과 더불어 쓴 책인 『고려도경(高麗圖經)』에 의하면, 여기(女妓)는 하악(下樂)이라고 하여 3등급으로 나누었는데, 임금이 상용(常用)하는 대악사(大樂司)에 260명, 관현방(管絃坊)에 170명, 경시사(京市司)에 300여 명의 여기(女妓)가 소속되어 있었다고 기록되어 있다.

던 소녀의 앳되고 예쁘장한 얼굴을 연상해보려 했다. 그러나 좀처럼 연결이 닿지 않았다. 단지 흰자위, 검은자위가 선연한 그 외까풀의 눈매를 통해 간신히 옛날의 그 모습을 엿볼 수 있을 정도였다.

— 예, 맞습니다. 당시 제 나이 일곱 살 무렵이었으니, 벌써 서른한 해 전의 일인데도 용케 기억하고 계시네요. 그리고 삼년 뒤 을묘년 묘청의 난이 일어났을 때 선친께서도 그 일에 연루되어 김부식의 손에 처형되고, 덩달아 집안은 풍비박산되었지요.

— 그 사건은 나도 잘 알고 있네. 하기야 그 당시 억울하게 희생당한 사람들이 어디 한 둘인가. 특히 예부시랑 댁에 자주 들락거렸던 시인 묵객들 중에서도 당대 최고의 문인이라 정평이 나 있던 정지상(鄭知常)과 자네 부친과는 유독 친분이 두터웠지. 그런 사실은 나도 잘 알고 있다네. 아무 죄 없는 정지상에 대한 시기와 질투 때문에 묘청과 내통했다는 핑계를 대고 진압부대장인 김부식은 출정에 앞서 그의 목부터 베었다는 건 세상이 다 아는 바니까. 자네 선고장께서도 아마 정지상의 죄명과 함께 엮였을 걸세. 모두 지난 일이건만, 훗날의 역사기록은 반드시 그 억울한 죽음에 대해 언젠가는 바로잡을 때가 올 걸세…….

더 이상 뒷말을 잇지 못하고 정서는 잠시 눈을 감는다. 이런 말이 위로가 되지 않으리란 걸 너무나 잘 알고 있었기 때문이다. 실은, 제 자신마저 폐신(嬖臣)의 무리에 참소당해 억울한 유배생활을 하고 있는 처지가 아니던가!

머릿속이 복잡해졌다. 그는 다시금 지난날들이 떠올라 애써 마음을 진정시키려고 잠깐 눈을 감고 생각에 잠겼다.

칭제건원(稱帝建元)과 서경(西京 · 평양) 천도설(遷都說)을 주창하며 묘청이 난을 일으켰을 때, 진압부대장이 된 김부식은 출정에 앞서 우선 개경에 있던 정지상의 집을 습격하여 그의 목을 베어버렸다. 소위 선참후계(先斬後啓)였다. 임금께 아뢰지 않고 먼저 참한 후에 보고한 것이다. 정지상은 전전왕(前前王)인 예종 9년(1114) 과거에 급제하여 기거랑(起居郎 · 국왕의 일상을 기록하는 5품직)에 올랐는데 왕으로부터 총애를 받았다.

정지상과 김부식은 평소 글에서의 명망이 서로 비등했으나, 당대 문인들은 특히 정지상의 시재(詩才)를 더 높이 평가했다. 한번은 정지상이 지은 글귀가 은근히 탐이 났던 김부식은 그 글을 자기 것으로 삼자고 제안했다. 뻔뻔스런 그의 제의에 정지상은 어이가 없어 일언지하에 거절했다.[5] 이에 앙심을 품은 것이 빌미가 되어, 뒷날 묘청과는 동향(同鄕)으로 서로 친분이 있었던 정지상이 묘청과 내응했다는 구실을 대어 살해했던 것이다.

— 당시의 일을 생각하면 아직도 악몽을 꾸고 있는 듯이 여겨집니다.

선아의 목소리에 정서는 퍼뜩 현실로 돌아왔다. 그리고 이어지는 그녀의 이야기에 그는 간간이 고개를 주억거리며 귀를 기울여 듣고 있었다.

---

5) 일설에 의하면, 정지상이 지은 시 중에 「琳宮梵語罷/ 天色爭琉璃」(임궁에서 독경소리 끝나고/ 하늘빛은 유리처럼 맑도다)라는 구절이 있다. 김부식은 정지상보다 10년 연상이었는데, 시재(詩才)는 김부식을 누르고도 남음이 있었다. 김부식이 정지상을 찾아가 그것을 자신의 시로 삼겠다고 했다. 정지상은 단호히 거부했다. 그것이 발단이 되어 김부식은 정지상을 시기, 질투했고 가슴에 앙금을 품게 되었다고 한다.

— 정지상이 참살을 당했다는 소식에 접한 부친께서는 김부식의 평소 성정(性情)으로 보건대 반드시 화(禍)가 당신께도 미칠 것이라 예견하셨나 봅니다. 난이 평정되고 나면 필경 그 뒷수습이 있을 터인데 그때는 온전히 살아남기 어려울 것이라고 부친께서 지레짐작하셨던 게지요. 하여, 무남독녀 외동딸인 저라도 먼저 피신시킬 궁리를 하셨던가 봅니다. 역적으로 몰린 집안의 아녀자는 분배(分配)되어 노비나 첩으로 삼았던 관례에 비추어, 미리 제 장래를 염려하셨던 거라 생각됩니다.

— 음! 누군들 안 그러겠냐? 부모 마음이라면 당연히 그랬을 테지…….

정서는 크게 고개를 끄덕였다. 그런 동작으로 은근히 맞장구치며 뒷얘기를 재촉하듯 궁금증을 드러냈다.

— 난리 통의 어수선한 틈을 타 집안 노비인 행랑아범을 시켜 저를 멀리 진주(晉州) 땅에 일단 피신토록 하였습니다. 당분간 거기 숨어 지낼 동안 개경의 돌아가는 정세를 살펴가며 안전을 도모하도록 당부하셨지요.

정서는 어리둥절해서 묻는다.

— 진주 땅이라? 왜 하필 개경에서 그 먼 진주까지……. 무슨 연고라도?

— 예, 진주는 저희 강씨(姜氏) 본관입니다. 진주 강씨인 강민첨(姜民瞻)[6] 장군이 저의 윗대 할아버지 되신다고 어릴 때부터 그리 들은 바가

---

6) 강민첨: 고려 목종 때 문과에 급제, 현종 때 안찰사(按察使)로서 동여진(東女眞)의 침입을 물리치고, 강감찬의 부장(副將)이 되어 흥화진(興化鎭)에서 거란족을 격파하였으며, 병부상서(兵部尚書)에 오른 고려의 무신.

있습니다. 저는 어려서 자세한 건 몰랐으나 아마 부친께서 행랑아범에게 그쪽의 먼 친척 중 누군가를 지목하여 그리로 찾아가도록 지시했었나 봅니다. 그래도 실상 진주 땅에 먼 친척이 있다 한들, 어느 정도 반갑게 맞이할지는 막연키만 했지요. 불길한 예감은 항시 틀린 적이 없다는 말이 사실인가 봐요. 결국, 개경의 집안 소식을 훗날 행랑아범이 백방으로 수소문한 끝에 부친은 역도와 내통했다는 죄명으로 혹독한 국문(鞠問) 끝에 돌아가시고, 어머니마저 생사여부를 알 수 없게 되었습니다. 다행히 여태 살아계신다 한들 남의 집 종살이나 하고 있으실지, 아니면 지금쯤은 이미 세상을 떠나셨는지도 모르겠습니다. 하여간, 이후로 개경에는 다시 돌아갈 수도 없었지요. 그저 의지가지없는 도망자 신세로 우리 집안에 저 하나만 구사일생으로 살아남게 되었습니다. 진주 땅까지는 그럭저럭 무사히 도망쳐왔다 쳐도, 그 뒤의 삶은 더욱 필설로 설명하기 힘든 세월이었지요.……

더는 말을 잇지 못하고 선아는 고개를 떨어뜨리며 무언가 머릿속을 착잡하게 휘감고 도는 지난날의 생각을 잠시 더듬는 듯했다.

— 음! 말하지 않아도 충분히 짐작은 가네. 나로선 자네가 오죽하면 이 척박한 섬에까지 흘러들어올 수밖에 없었는지, 그 사연이 무척이나 궁금하기도 하네. 하지만, 뭐 그런 이야기는 차차 하기로 하세. 밤을 새워도 아마 끝이 없을 테니. 가슴 저미도록 아픈 이야기는 잠시 묻어두기로 하세그려. 어차피 지나간 일은 되돌릴 수 없기에 그걸 일러 운명이라고들 하네만, 실은 자네의 운명은 나보다도 훨씬 기구하구먼. 허나, 뭣보다 우리가 오늘 이렇게 뜻밖의 장소에서, 예기치도 못하게 조우(遭遇)하게 된 것이야말로 기묘한 인연이었다고 생각되네그려.

— 예, 나리. 그 옛날 저의 집에서 두어 번 뵈었을 땐 나리께서도 참 젊으셨지요. 이젠 많이 늙으시고 또 수척해지신 걸 보니 참으로 안타깝습니다. 저는 처음 송도 나리께서 이곳 오양역참 인근에 이배되어 오셨다는 소문을 듣고는 긴가민가했었습니다. 그러다 간혹 이 근처를 지나칠 일이 있으면 사실인지 아닌지를 확인코자 나리께서 가꾸시는 채마밭가에 우두커니 서서 몇 번 지켜보기도 했었지요. 아, 참! 가끔씩 튼실한 오이를 하나 따서 맛을 본 적도 있구요. 애써 가꾸신 걸 몰래 따먹은 죄는 너그럽게 용서해 주세요. 나리께서 농사꾼이 다 되어 있는 모습이 보기에 안쓰럽기 그지없더군요. 어느 땐가는 길을 가다 거문고 산조의 음률을 듣고는 하염없이 서서 귀를 기울이곤 했답니다.

— 이보게, 선아……. 내, 이렇게 함부로 자네 이름을 부르는 걸 하대(下待)한다고 생각지 말게나. 친밀하게 여겨 그러는 것이니 양해하시게.

— 예, 저로선 오히려 그게 편합니다. 말씀하십시오.

— 선아랑 내가 오늘 이렇게 만난 것은 필히 우리 두 사람의 인연이 작용한 게 아닌가 여겨지네. 당나라 시인 두보(杜甫)가 안록산의 난을 피해 유랑생활을 하던 중 강남땅 담주(潭州)에서, 젊었을 때 자주 만났던 명창 이구년(李龜年)을 우연히 만나 그 감회를 노래한 시구(詩句)가 절로 떠오르는구먼. 어쩐지 자네를 보고 있는 동안 그게 연상되었네. 이건 마치 운명 같은 만남이라고…….

— 어떤 내용인가요?

— 기왕(岐王)의 집에서 자주 너를 보았고/ 최구(崔九)의 집 앞에서 네 노래를 몇 번이나 들었던가./ 정녕 이 강남에 풍경이 좋으니/ 꽃 지는

시절에 또 너를 만나보는구나.[7]······ 그런 시라네. 강남의 호풍경(好風景)처럼 과거의 화려함에 비해 이제 꽃 지는 시절은 영락(零落)한 인생의 황혼기와 대비되니, 어찌 내 심금을 울리지 않겠는가. 자네를 만난 지금의 내 처지와 이렇게도 흡사할 줄이야!······ 아! 옛날 자네 집에서 몇 번 선고장께서 연주하시던 거문고 음률도 그랬지만, 그때 어린 자네가 연주하던 그 모습도 정말 잊지 못할 정도였다네.

정서는 깊은 감회에 젖어 탄식하듯 길게 한숨을 내쉰다. 선아도 회상에 젖어 묵묵히 듣고 있었다.

— 생각해 보면 자네나 나나 서로 기구한 팔자끼리 이렇게 만났으니, 장차 오며가며 말벗이나 하면서 지내세. 그게, 세상에서 소외된 자들에겐 그나마 희망 없는 현실을 견뎌내는 한 방편이라도 되지 않을까 싶네. 못 다한 이야기도 앞으로 차차 해 가면서······.

— 예. 그러겠습니다.

— 참! 아까 얘기 중에 듣자니 올해 자네 나이가 서른 하고도 여덟쯤 되는 걸로 어림했는데, 벌써 그렇게 되었는가?

— 예, 맞습니다. 병오년(丙午年 · 1126)생이니 어느새 그만큼 세월이 흘렀군요. 제가 태어난 그 해, 척신(戚臣) 이자겸(李資謙)에 의해 개경 궁

---

7) 두보의 「강남봉이구년(江南逢李龜年)」(강남에서 이구년을 만나다)란 시는, 두보가 생을 마감한 59세 되던 해, 유랑생활 중 강남의 담주에서, 젊었던 시절 자주 만났던 명창 이구년을 우연히 만나 그 감회를 노래한 것이다. 말하자면, 화려한 시절을 다 보내고 이제 유락한 신세가 된 것을 지는 꽃에 비유하여 표현한 셈이다.
　　요컨대, 강남의 호풍경(好風景)과 과거의 화려함, 영락한 인생의 황혼기와 꽃 지는 시절 등, 자연과 인생을 조화시킴으로서 매우 뛰어난 시상 전개를 보여준 두보의 대표작 중 하나다. 「두시언해」(중간본 권16)에는 이를 다음과 같이 표기하고 있다. ― 「기왕(岐王)ㅅ 집 안해 샹녜 보다니,/ 최구(崔九)의 집 알 픠 몃 디윌 드러뇨./ 正히 이 江南애 풍경이 됴ᄒᆞ니,/ 곳 디ᄂᆞᆫ 시절 또 너를 맛보과라.」

궐이 불타고 한바탕 난리가 있었다는 얘기는 훗날에 들어서 알게 되었습니다.

— 아암, 병오년 일이라면 맞는 이야기라네. 이자겸은 선왕인 인종 임금의 외조부였는데, 일찍이 그 자의 둘째 딸이 그 전대(前代) 왕이신 예종의 비(妃)로 책봉되자 익성공신(翼聖功臣)이 되고, 다시 동덕추성좌리공신(同德推誠佐理功臣), 소성군개국백(邵城郡開國伯)이 되었다네. 예종임금이 별세하자, 왕위를 탐내던 왕제들을 물리치고 외손자인 태자 인종을 옹립하고 권세를 잡아 자기의 셋째 딸과 넷째 딸을 왕께 바쳤거든. 이렇게 위세가 커지니까 제멋대로 자기 일파를 내외 요직에다 쓰고 대권을 잡아 권세를 누리던 중, 드디어 왕위까지 찬탈하려고 왕을 자기 집으로 옮겨 모시고 독살까지 하려 들며 권력을 전횡하였더랬지. 그 후 이자겸의 인척으로서 자겸과 반목이 생긴 척준경이 인종왕의 밀지(密旨)를 받들고 거사할 때 붙잡혀 전라도 영광(靈光) 땅에 유배되어 거기서 죽게 되었다네. 그런 사실이 있어 민심이 이반하고 나라가 어수선해지자, 개경의 지기(地氣)가 다하여 국운이 쇠퇴해진다는 풍수설을 내세운 묘청이 서경천도를 주창하게 된 빌미가 된 것이라네.…… 아무튼, 자네가 병오년 말띠 생이라 그런지, 정처 없이 질주하는 말처럼 고삐 풀린 채 도망자 신세로 달아나는 팔자를 면치 못했나 보구나.

— 예, 그런가 봅니다. 태어나던 해부터 어지러운 세상이었는데, 제게 좋은 날이라곤 부모님께 사랑받으며 근심걱정 없이 살았던 십년 정도가 고작이었습니다.

— 그래, 생각하면 참 딱하기도 하이. 그나저나, 그동안 많은 세월이 흘렀는데 혼인은 했고?……

정서는 왠지 아까부터 그것이 못내 궁금하던 터였다.

— 아니에요. 여태 혼자 몸입니다.

— 혼자라고?

믿기지 않는 듯 정서는 선아를 물끄러미 바라다본다. 얍시리한 눈매며 가르마를 곱게 탄 그녀의 머릿결은 새까맣게 윤기가 흘렀고, 허름해도 단정한 옷매무새는 서른 후반의 섬 아낙으로는 결코 보이지 않았다. 그 모습에서 얼핏 이 연령 때의 자기 아내의 형상이 연상되는 것을 스스로도 어쩌지 못했다. 속마음을 숨기려고 정서는 어험! 하고 헛기침을 하며 얼른 말머리를 돌렸다.

— 자네를 보살피던 행랑아범은 어찌 됐는고?……

— 돌아가신 지 꽤 됐습니다.

짧게, 담담히 대답하는 선아의 안색을 살피며 정서는 몇 번이고 쯧쯧, 혀를 찼다. 그로서도 더 이상 할 말이 떠오르지 않아서였다.

— 하온데, 아까 나리께서 하신 말씀대로 지난 사연들은 시간의 여유를 두고 차차 말씀 드릴게요. 오늘밤은 단지 이렇게 뵙게 된 것만으로도 저는 기쁘기 한량없습니다. 이 만남을 기념하는 의미로 제가 나리를 위해 한번 거문고 산조를 연주해 드릴까 합니다. 그럼으로써 고달픈 적소(謫所) 생활을 잠시나마 위로해 드릴까 하온데, 나리 생각은 어떠신지요?

— 아아, 좋고말고! 그럼세. 그러면 나도 정말 기쁘겠네.

— 너무나 오래 악기와 멀어져 있어서 제대로 된 연주가 가능할지 모르겠습니다만, 서툴러도 양해해 주십시오.

— 아암, 그런 걱정일랑 말고. 자아, 어디 한번 맘껏 연주해 보게나.

정서의 얼굴엔 비로소 오랜만에 흡족한 미소가 떠돌았다.

선아는 거문고를 끌어안고는 이윽고 술대채로 치고 밀고 당기며 연주에 몰입하기 시작했다. 정서는 지그시 눈을 감고 그 음률에 자신의 마음과 영혼을 내맡긴 듯 무아지경 속으로 점점 빠져들고 있었다.

아내마저 세상을 떠난 뒤로는 이제 일가친척 등 찾아오는 문객들의 발길도 거의 끊어진 이즈음, 비운의 유배객인 자신에게 뜻밖에도 하늘이 내려준 행운인 듯 운명같이 다가온 선녀가 지금 자기를 위로하고 있는 것이라고 그는 마냥 즐거운 착각 속에 빠져들고 있었다.

제2장

도망자 신세

1

진주목(晉州牧)의 나무전거리는 진주성 바깥에 사는 서민들이 모여드
는 중앙통(中央通)에 해당했다. 그곳은 원근일대에서 모여드는 온갖 장
사치들로 북적이는 저잣거리였다.

시겟바리가 드나드는 길목에 늘어앉은 시계전(廛), 온갖 채소며 청과
물을 파는 노점, 건어물 가게와 각종 잡화상들이 즐비한 이곳에는 본
래 나무전거리라는 그 이름에 걸맞게 땔나무를 잔뜩 실은 달구지를 끄
는 우마까지 드나들어 매양 웅성거렸다. 온갖 장사치와 물건 사는 손
님들로 붐비는 곳에는 으레 그렇듯이, 먹을거리를 파는 음식장사들도
따라 모여들게 마련이다. 이들은 대개 난전을 펴고 아침부터 장사를
시작하여 낮 시간이면 절정을 이룬다. 그러다가 해가 설핏하게 기우는
파장(罷場) 무렵이면, 왜자기던 저잣거리는 어느새 썰물 빠진 개펄처럼
휑뎅그렁해진다.

날이 어두워지기 시작하면 반대로 일대의 주막집이 흥청거렸다. 몇몇 기녀(妓女)의 집들이 이곳에 모여 있어 밤이면 청사초롱과 홍등에 불을 밝히고 손님들을 유혹했다.

행랑아범과 선아는 처음 진주 땅에 흘러들었을 때, 세상 돌아가는 소식을 쉽게 접할 수 있는 이 나무전거리에 우선 발을 들여놓고 며칠 머무를 숙소를 정했다. 개경에서 도망쳐 나올 당시 안방마님은 딸의 앞날을 염려하여 자신의 몸에 착용한 금비녀, 금가락지, 금팔찌 등 꽤 값비싼 금붙이를 빼내어, 노잣돈까지 두둑이 아범에게 건네고는 부디 선아의 안전을 지키도록 신신당부하였다. 또, 선아만 따로 몰래 불러 작은 비단주머니에 패물 몇 가지를 넣고는 치마끈에 연결되도록 단단히 실로 꿰매 허리춤에 채워 밖으로 보이지 않게 달아주었다. 그러면서, 이건 아무한테도 내보이지 말고, 사태가 위급하거나 어쩔 도리가 없는 경우에만 꼭 요긴하게 써야 한다고 몇 번이고 다짐하다시피 단단히 일러둔 것이었다.

하루에 몇 십리씩 걷고 또 걸으며, 날이 저물면 부녀 행세를 하면서 둘은 객줏집에서 밥과 잠을 청하여 묵고는, 다시 길을 떠나기를 달포 남짓 걸려, 마침내 진주에 이르렀다. 겉으로만 보면 누구든 두 사람을 부녀지간으로 믿을 만하였다.

예부시랑 댁 사노(私奴)였던 석준(石俊)이는 서른다섯을 넘기도록 아직 홀아비였다. 어릴 때부터 그 집 행랑채에 살던 문지기 부부의 자식으로 태어나, 부모가 세상을 떠난 뒤에도 여전히 그는 시랑댁(侍郞宅)에서 대를 이은 충복으로 살며 행랑아범 노릇을 하였다. 어릴 때는 '돌쇠'라 불렸다. 돌이나 쇠처럼 단단해지라고 그 애비가 지어준 이름이었다.

그런데 나이가 좀 들고부터 당주(堂主)인 강천익은 돌쇠라는 이름이 점잖지 못하다고 여겨 한자명(漢字名)으로 고치면서 '석철(石鐵)'이라 하는 대신, 뒷글자만 좀 고상하게 준걸 준(俊)자를 써서 '석준'이라 불렀던 것이다. 신체가 다부지고 강건하였는데 키도 커서 보기에 듬직하였다. 시랑 댁 부부는 평소 그를 매우 믿음직스럽게 여기고 있었다.

그럭저럭 진주에 당도한 뒤, 주막에 묵으면서 그는 비봉산(飛鳳山) 아래 '가마못' 근처에 산다는 일가 강인모(姜仁貌)를 수소문하였다. 개경을 떠나올 때 강천익이 일러준 먼 친척이 그곳에 살고 있을 것이라고 귀띔해 주었던 것이다. 당분간 선아를 의탁한다는 친필 서신까지 써서 석준에게 맡긴 것인데, 애써 물어 찾아가 보았으나 오래 전에 이사를 갔는지 그런 사람은 이미 거기 살고 있지 않았다.

한 가닥 희망마저 사라져버린 것 같아서 막막해졌다. 이제 뭘 어떻게 해야 좋을지를 몰라 한동안 난감하였다. 그러나 마냥 그렇게 낙담만 하고 있을 여유가 없었다. 석준은 어떻게든 선아를 데리고 나름대로 이곳에서 터를 잡아 살 궁리를 시작했다. 다행히 아직 수중에는 주인집에서 받은 여윳돈과 금붙이 등이 있었다. 이걸 밑천으로 생계를 꾸려나갈 일거리부터 장만하려고 그는 요리조리 잔머리를 굴려보았다. 주막의 빈 방을 얻어 머무른 지 사나흘 지난 어느 날이었다.

— 이 나무전거리에서 뭐, 장사 같은 거라도 할 만한 게 없겠소? 내게 장사 밑천이 좀 있긴 한데, 당최 뭐부터 시작해야 할지 엄두가 안 나서 말이요…….

그는 좀 한가한 때 주막집 평상에 앉아 며칠 동안 낯을 익힌 주모더러 슬쩍 간을 보듯 그렇게 운을 떼었다.

— 아이고, 손님도 참! 장사라는 게, 그기 머 아무나 한다고 되는 기요? 손님은 딱 보아허니 이곳 토백이가 아닌데⋯⋯. 저잣거리 물정을 알고나 하는 소리요?

— 마누라 죽고 어린 딸 하나 데리고 살아갈 방도가 있어야 말이지. 친척 찾아 진주까지 왔더니만 벌써 어디로 이사를 가버렸는지 이젠 찾을 방법도 없고. 참 난감하게 됐소. 평소 왕래가 도통 없었더니 그만 일이 이리 될 줄 누가 알았겠소?

— 아, 그 가마못 골에 산다는 친척 말인가 뵈. 손님 말씨가 웃녘 지방 말투 겉은데⋯⋯. 여기선 아줌마, 아주머니를 아지매라 쿠는데, 이녁은 꼭 나더러 아주미라 부르데. 또, 여기선 아배나 아부지란 호칭을 쓰는데, 거기 딸내미는 이녁한테 아바이라 쿠기에, 내 진작 알아봤지. 그래, 고향이 어데요?

— 예, 잘 봤구려. 경기지방 시골구석인데 말해봐야 자세히 알 리도 없을 테고⋯. 그냥 뭐, 정들면 어디나 고향 되는 거지요.

석준은 적당히 아무렇게나 둘러댔다.

— 정녕, 장사할 뜻이 있시모 내 말 잘 들으소. 금세 안 팔리모 상해 삐는 그런 물건 갖고 처음 장살 시작하모 십중팔구는 실패하는 기라요. 그랑께, 그런 위험부담이 큰 거 말고 다른 걸로 시작해보소. 남강에서 동쪽으로 흐르는 물길 따라 나룻배 타고 뒤벼리 모퉁이를 돌아 이 고을 동편에 도착하모 저어기, 너른 들판이 나오요. 소위 진양벌(晉陽原)이라 쿠는데 거기 돗골에 가몬 온통 뽕나무밭인 기라. 뽕을 키워 양잠하는 촌락이 있고, 집집이 비단을 짜서 저잣거리에 내다 팔기도

하는데, 게서 나는 비단이 소위 '진주비단'이라 쿠거든. 질이 좋기로 소문나서 근동 일대에 모리는 사람이 없는 기라요. 생각 있시모 그 비단을 받아와 이곳에서 드림전을 함 해보모 우떻것소? 물론, 손님 수중에 돈이 얼매나 있는지는 모리것소만…….

— 음! 듣고 보니 아주미 말씀에 일리가 있군요. 비단 같은 피륙이야 금세 안 팔린다고 상하는 물건도 아니고. 미리 장만해 두어도 아무 때나 수요가 생기면 팔 수 있는 품목이니까. 거 괜찮은 것 같기도 하고……. 헌데, 아주미는 어째 그런 세세한 정보까지 다 아십니까?

— 허, 참! 내가 이 저잣거리에서 장사한 지가 얼만데, 그깟 소문쯤이 무신 새로운 정보라꼬? 저잣거리에 널리고 흔한 게 온갖 소문들인데…….

— 아하! 그렇군요. 허기야, 뭐…….

— 뭘 그렇게 놀라시오? 말은 그리 했지만, 실은 내가 돗골댁이오. 거어가 내 안태본이고 친정이 거긴께. 일가나 친척들이 아직 돗골에 많이 살고, 그래서 잘 아요. 해서, 진정으로 이르는 말인데, 손님께서 내 말대로 드림전을 열 생각이 있시모 내가 조만간 돗골에 있는 친지들과 의논해서 그리로 연결해줄 의향이 있신께, 함 해볼라요?

— 밑져야 본전인데 뭘들 못하겠소? 그나저나, 남녘 사람들은 어쩜 인심도 참 후하시네. 나 같은 낯선 뜨내기한테 이리 고맙게 인정을 베푸시는 아주미만 봐도 딱 알겠네요.

석준은 입에 발린 겉치레가 아니라 진심에서 우러나는 감사의 말을 하였다.

— 에고, 거 무신 나무다리 행건 치는 소리를 하요? 사람마다 모두

달라서, 그런 거는 개개인의 성정(性情) 문제지, 남녀 사람이라 인심 좋다는 말은 세상에 없는 경우요. 나 역시도 그렇고. 단지 내 보기에, 어린 딸 데리고 홀애비 신세가 된 손님 처지가 참 딱하고 안씨러바 그런 기라요. 딸내미를 보니 참 이쁘기도 하고, 가엽기도 하고, 하여튼 남의 일 같잖아서 내 맴이 움직인 기라요……. 머, 건 그렇고, 이 저잣거리에서 터 잡을 때까지 당분간 우리 집에 머물 동안 딸내미는 잔심부름이랑 허드렛일 같은 거라도 시켜서 나 좀 도와주모 좋것소. 또 손님께선 힘써야 할 일거리가 있을 때 짐이라도 나르거나 간혹 장작도 패주고 틈틈이 주막 일을 도와주모 나도 기꺼이 방세 정도는 탕감해드리리다. 힘깨나 쓸 만한 그 건장한 체구를 그냥 일없이 놀리고 있시모 얻다 써먹것소? 어쩌실라오?

— 그야, 하고 안 하고 여부가 있겠습니까? 나야 당연히 좋지요.

석준은 주모의 그런 제안을 흔쾌히 받아들였다.

2

영특하고 눈치 빠른 선아는 남의 이목이 미치는 곳에서는 행랑아범 석준에게 일부러 들으란 듯이 "아바이!" 하고 불렀다. 석준도 짐짓 낮춤말을 써서 부녀지간임을 나타내려고 했지만, 그간 오랫동안 몸에 밴 습관 때문에 아씨에게 하대하는 말투가 그에겐 왠지 어색하기만 하였다. 그래서 남들 앞에서는 곧잘 뒷말을 얼버무리거나 일부러 말수를 줄이거나 함으로써 딸에게 몹시 무뚝뚝한 아비, 혹은 말수 적은 아비처럼 비치기 일쑤였다. 습관이란 건 하루아침에 바뀌는 게 아니었다.

단 둘이 있을 때면 그는 깍듯이 '아씨'라고 불렀다.

선아는 그전까지 그를 행랑아범이라 부르던 것을 이젠 줄여서 간단히 '아바이'라고 부르는 게 더 편했다. 그건 아무 때나 헷갈리지 않을 가장 효율적인 호칭이었다. 남이 듣는 자리든, 둘만 있을 때든 간단히 "아바이!" 하고 부르면 되었다.

주막집 여주인 돗골댁과의 우연찮은 인연이 계기가 되어 석준은 이곳 나무전거리에서 처음 드팀전을 시작했다. 돗골에서 짠 진주비단이 품목의 전부였는데, 주막에서 쓰던 낡은 평상 하나를 빌려 그 위에 비단을 늘어놓고 파는 난전이었다. 그 첫 장사는 선아의 모친이 요긴하게 쓰라며 내어준 금붙이를 시세 가치보다 넉넉히 비단 필과 맞바꾸어 장만한 셈이었다. 중간에서 돗골댁이 크게 도와준 덕분이기도 하였다. 그러나 저잣거리에 모이는 일반 서민들의 수준으로는 제법 비싼 비단을 사겠다는 이가 흔치 않았다.

장사는 생각보다 시원찮았다. 어쩌다 이곳 나무전거리에 몇 집 있는 청루(靑樓)에 소속된 기녀(妓女)들이 오가며 한 번씩 관심을 보이곤 할 뿐이었다. 주전부리를 좋아하는 기녀들이 틈틈이 둘씩 혹은 셋씩 짝을 지어 저잣거리로 몰려와선 떡이랑 팥죽이랑 군것질을 하다가, 잠깐 그들 눈에 띈 비단을 탐내듯 만지작거리며 재잘대곤 했지만, 정작 사가는 이는 거의 없었다.

하루는 기루(妓樓)의 여인들 몇이 다시 평상 위의 비단을 들여다보고 있었다.

— 애향 언니, 난 이 색깔이 정말 맘에 들어. 너무 화려하지도 않으면서 은근히 끌리는 데가 있잖아.

― 얜, 뭘 모르는 소릴 하고 있네. 그래도 비단이라면 아무래도 화려한 빛깔이 좋지. 안 그래?

― 그래, 주란이 말이 맞아.

― 얘들 좀 봐. 맘에만 들면 뭘 해? 천을 떠서 그냥 사다놓기만 하면 그게 절로 옷이 되는 것도 아닌데 무슨 소용이람? 옷이 날개라고 막상 지어 입어야 쓸모가 있지, 안 그러냐? 우리가 어느 세월에 손수 지어 입겠어?

― 하긴, 여기서 천을 골라 주문만 하면 딱 언제까지 맞춤한 옷을 입을 수 있게 만들어주면 모를까…… 이봐요, 아저씨. 우리가 주문하면 삯바느질 할 침모한테 부탁해서 그래 주실 수 있나요?

마치 금방이라도 사가지고 갈 듯이 수다를 떨 때와는 달리, 그렇게 까다로운 조건을 내거는 기녀의 말을 듣고 석준은 엉겁결에 그러겠다고 그만 고개를 끄덕였다. 그들 중 주란(朱蘭)이라 불린 한 기녀의 옷을 대뜸 주문받은 것이다. 마음에 드는 천을 고르기만 하면 내일이나 모레쯤 틈을 내어 직접 품이며 치수를 재고 재단해서 옷 지을 침모(針母)를 대동하고 청루를 방문하겠노라고 석준은 자신 있게 말해버린 것이었다. 그 일이 동기가 되어 그는 마음이 다급해져 주막집 돗골댁더러 바느질 잘하는 아낙을 한 사람 소개해 달라고 간곡히 부탁하였다.

다행히 돗골댁은 대단한 정보통이었다. 그곳에 터 잡고 산 지 오래되어 온갖 손님들을 접한 까닭에 허물없이 농지거리하며 드나드는 단골들은 말할 것도 없거니와, 각종 뜨내기한테서도 적잖이 얻어들은 귀동냥을 통해 갖가지 정보들을 알고 있었다. 예컨대, 집 짓는 목수를 구하려면 남강의 '배건네(배 건너 동네)' 대숲 골의 아무개 대목장을 찾으면

46 임 그리워 우니다니

되고, 침모를 구하려면 '말티[馬峙]고개' 근방의 아무개 아낙이 유명하다거나 장작이랑 마들가리 혹은 숯이 대량으로 필요하면 진주성 서쪽 나불천(羅佛川) 건너 숯골의 아무개를 찾아가 부탁하면 되고, 주막에서 항시 파는 술안주와 국거리용 소고기나 돼지고기는 인편으로 배건네 지나 남쪽 망진산(望晉山) 봉수대(烽燧臺) 아래 골짝의 섭천몰에 사는 백정들의 도살장에서 구해 오고, 또 사람이 죽어 염습(殮襲)할 일이 있으면 말티고개 너머 한참 더 들어간 '드므실'의 아무개를 부르면 금세 해결된다는 식이다. 이렇듯 주모의 인맥은 마치 제 손금 들여다보듯 훤했다.

마침 그날 말티고개 근처에 산다는 어떤 단골손님이 저잣거리에 왔다가 그 주막에 들렀다. 돗골댁은 나중 그 사람이 돌아갈 때 특별히 부탁하였다. 근처 마을 아무개 침모더러 자기가 찾는다고 전하라며, 내일 오전 중으로 꼭 좀 와달라고 했던 것이다. 주모와 한 번 약속한 것은 어김없는 듯했다. 다음날 침모는 틀림없이 주막으로 찾아왔고, 여주인 돗골댁의 주선으로 사정을 알게 된 침모는 석준과 함께 청루로 갔다.

— 아바이, 나도 따라가면 안 돼?

선아는 밤마다 가야금이나 거문고 소리가 흘러나오는 기루(妓樓)의 내부가 평소 무척이나 궁금하였다. 기녀의 생활이 어떤지 엿보고 싶어 궁금했던 게 아니라, 그 음률에 온통 관심이 쏠려 견딜 수가 없었다. 어릴 때부터 익숙했던 가야금 산조며 부친의 거문고 연주 등, 그녀가 즐겨 경험했던 그 모든 게 그리워서였다. 선아는 밤이면 홀린 듯이 주막집 숙소 밖으로 나와, 문전에 내놓은 평상에 오도카니 앉아 어둡고 한산해진 저잣거리 건너 청루의 불빛을 응시했다. 그리고는 오래도록 그쪽에서 흘러나오는 음률에 귀를 기울이곤 했었다. 그것은 잊고 있던 지난날에의 한없는 향수(鄉愁) 같은 것이었다.

― 안 되지 그럼. 거긴, 아이가 갈 곳이 못 돼요…….

뒷말을 흐리며, 석준은 당황하여 세게 고개를 저었다. 주모랑 침모 등, 옆에서 보는 사람들의 눈이 있어 더는 아무 말도 못했으나 밤중에 선아가 가야금이랑 거문고 음률을 듣고 지난날을 그리워하고 있는 줄 은 그도 이미 눈치 채고 있었던 것이다.

그래도 어쩔 수 없는 일이었다. 주변 사람들에게는 자기 딸이라고 거짓말을 해온 처지였고, 다들 그러냐고 홀아비 혼자서 딸애를 키운다고 불쌍하게 여겼었다. 이처럼 그럭저럭 속이고는 있지만, 계속 친딸을 대하듯 행동하기가 힘들었다. 무엇보다 양심상 죄책감이 앞서 비록 남들 앞에서도 아비가 딸을 나무라는 태도를 흉내나마 내야 할 때라도 그는 차마 그럴 수 없어 난감해지는 것이었다.

― 언젠가 다음에 한번 구경시켜줄 테니, 지금은 좀 참아야지, 응? 선아야.

다행히 선아는 매우 영리했다. 주변의 동정을 살펴보고 아비 말에 순응하는 친딸처럼 순순히 고개를 끄덕거리며 청루에 따라가고픈 욕구를 억눌렀다.

― 아바이. 그럼, 다음엔 꼭 데려가줘. 응?

― 그래, 그래. 내 꼭 약속할게.

그렇게 대충 얼버무린 석준은 그날은 선아를 떼어놓고 침모만 대동한 채 청루로 갔었다.

*

　고려 땅에 여기(女妓)들을 거느린 사설기루(私設妓樓)가 하나둘씩 생
겨나기 시작한 것은 문종 재위(1047~1083) 말기의 일이었다. 당시 고려
는 송나라 및 요나라 양국과 우호관계를 맺고 있었던 관계로 빈번히
그 쪽의 사신과 상인들이 내조(來朝)하였다. 뿐만 아니라 일본과도 두루
교류하여 왜상(倭商)들까지 고려로 자주 왕래했던 것이다. 따라서 왕실
에선 특별한 경우에 이들을 위해 궁중연회를 베풀어주기도 했었다. 그
러다 문종 27년 계축(癸丑 · 1073)에 송나라로부터 교방악(敎坊樂)이 들어
온 뒤로 궁중에서는 여기(女妓)들을 체계적으로 가르치는 부서를 설치
하여 양성하였다. 예컨대, 오로지 임금만을 위한 왕실 전용 부서인 대
악사(大樂司)에 소속된 여기가 260명, 관현방(管絃坊)에 170명, 경시사(京
市司)에 300여 명이었다.[8]

　이들이 나이 들어 은퇴한 뒤로는 차츰 민간에도 교방(敎坊 · 고려시대
기녀학교)이 생겨나고, 여기서 궁중의 전통 교방악이 전수되었다. 처음
에는 개경에 한정되었으나, 오래 지나지 않아 수도에서 가까운 서경(평
양)에서도 유행하였다. 세월이 흐름에 따라 차츰 퍼져 대체로 지명에
주(州)자가 들어가는 큰 고을에도 하나씩 생겨나기 시작했다. 민간에서
는 주로 지방 호족들이 즐기는 연회의 공간인 기루(妓樓)의 형태를 띠게

---

8) 『고려사』 기록에 의하면, 연등회에서 교방 여제자 진경(眞卿) 등 13명이 답사행가무(踏沙行歌
　舞)를 행하였고, 팔관회에서는 교방 여제자 초영(楚英) 등이 포구락(抛毬樂)과 구장기별기(九
　張機別伎)를, 또 문종 31년(丁巳年 · 1077년)에는 왕모대가무(王母隊歌舞)를 선보였다고 한다.
　또, 서긍(徐兢)의 『고려도경(高麗圖經)』에도, 여기(女妓)는 하악(下樂)이라고 하여 3등급으로
　나누었는데, 임금이 상용(常用)하는 대악사(大樂司)에 260명, 관현방(管絃坊)에 170명, 경시사
　(京市司)에 300여 명의 여기(女妓)가 소속되어 있었다고 기록돼 있다.

되었는데, 고려 선종조(宣宗朝·1084~1094)에 이르러서는 이미 여러 지방에서까지 번창하였다. 당시 진주목(晋州牧)에 있는 나무전거리의 여기들도 그 전통을 이은 한 갈래로 보아도 좋을 것이다.

원래 기녀의 집에 드나드는 사내들이란 벼슬아치 같은 권세가, 또는 지방에서 행세깨나 하는 토호들과 그런 유(類)의 부잣집 자식들이 대부분이었다. 흥을 돋우는 가야금 병창에, 번갈아 돌려 치는 장구와 교방고(敎坊鼓)소리만 있는 게 아니었다. 때로는 장중한 거문고와 월금(月琴)과 애잔한 해금(奚琴) 소리에도 색다른 흥이 난다. 기녀들이 사내들 품에서 애교를 떠는 간드러진 웃음마저 분위기를 살리는 데에 한몫을 하였다.

어쨌거나, 석준이 침모와 함께 청루로 가서 기녀 주란을 위해 옷 지을 일감을 주문받고 돌아온 지 사나흘 뒤였다. 침모의 뛰어난 손재주로 빠르게 비단옷 한 벌이 맵시 있게 완성됐다. 옷을 가지고 다시 청루를 찾았을 땐 대단히 만족한 주란은 물론이고, 구경삼아 모인 주변의 기녀들마저 모두 감탄하였다. 이를 계기로 몇몇이 덩달아 주문하는 바람에 석준도 침모도 된통 신바람이 났다.

— 이곳 주막집 근처 어디, 적당한 빈 방 하나 빌릴 데 없을까요?…… 주문받은 옷을 다 지을 동안만이라도 아예 그곳에다 침모의 거처를 정해 옮겨오면 딱 좋겠는데…….

하고 석준은 제안했다. 말은 침모에게 했지만, 실은 옆에서 듣고 있는 주모 돗골댁한테 상의한 것이나 다름없었다. 돗골댁은 두 사람을 번갈아 보더니 한쪽 입 꼬리를 슬쩍 당겨 올리며 씩 웃고 만다. 좀 어이가 없다는 듯한 표정이다.

— 이 양반, 보자보자 허니 갈수록 참 낯 두껍소. 허긴 내사 머, 방이야 구해줄 수야 있지만, 방세는 그쪽이 알아서 내슈.

석준에게 그 점은 알아서 하라는 뜻이었다.

— 그야, 두 말하면 잔소리죠. 그럼 그렇게 합시다.

석준의 부추김에 따라 침모도 결국 동의하였다. 그녀가 순순히 응낙한 데는 또 그럴 만한 개인적 사유가 있었다. 침모는 본시 말티고개 너머 북쪽에 있는 초전(草田) 위뜸인 오동(梧桐)골 태생이었다. 그래서 주막집 여주인 돗골댁은 평소 그녀를 오동댁이라 불렀다. 그녀는 일찍이 가난한 행상(行商)이었던 남편을 여의고, 이제 열다섯 살 된 딸 하나를 키우는 과수댁이었는데 삯바느질로 겨우겨우 생계를 꾸려나가는 처지였다. 말티고개 언저리에 있는 초가는 당분간 비워둔들 잃어버릴 재산도 귀중품도 없는 형편이라, 실상은 어디로 옮겨온다 해도 별 상관없는 것이었다. 그래서 그녀는 하루 이틀 걸려 나무전거리의 주막집 근처에 숙소가 정해지자 간단한 살림도구만 챙겨 딸아이를 데리고 곧장 옮겨왔다.

그 딸아이의 이름이 춘매(春梅)였다. 이른 봄 매화꽃이 필 무렵에 낳았다 하여 그렇게 불리었다 한다. 춘매는 아이 때부터 매양 그 어미한테서 보고 듣고 배운 것이 바느질이었다. 일찌감치 철든 뒤로 반짇고리를 완구(玩具)삼아 놀더니, 점차 어미의 조력자로 능력을 발휘할 정도가 되었다. 열다섯인 지금은 혼자 힘으로도 웬만한 옷가지 따위는 거뜬히 지어내는 공교한 솜씨를 갖추었다.

아비가 살아있을 적에도 한번 행상을 나가면 몇 날 며칠을 객지로 떠돌다 돌아오기에 늘 어미하고만 붙어 지내느라 자연히 어릴 적부터 바느질을 배우게 된 것이다. 외로움을 달래주려고 어미가 만들어준 각시 인형을 갖고 놀다가 나중엔 스스로 그런 것들을 만들어보고자 배우기 시작한 바느질이었고, 날이 갈수록 천부적 재능으로 진보 발전했던 셈이었다.

춘매는 그동안 한 번도 와본 적이 없던 번화한 저잣거리로 나오자마자 곧 선아와 친해졌다. 나이는 네 살 차였다. 개경을 빠져나와 머나먼 진주까지 흘러들어 저잣거리에서 석준이 그럭저럭 드팀전 생활을 할 동안 해가 바뀌어, 선아는 열한 살이 되었다.

춘매나 선아는 둘 다 그 전까지 또래 동무들과 어울려본 추억이 거의 없는 공통점을 지녔었다. 그래서 그런지, 둘은 금세 친해졌던 것이다. 신분을 감추고 사는 선아의 정체를 알 수 없는 춘매는 자기를 '언니'라고 부르며 사뭇 친밀하게 따르는 선아가 몹시 귀여워, 제 소유의 반짇고리 하나를 선뜻 내주었다. 그 안에는 조그만 보퉁이가 있었다. 춘매는 그걸 풀어보라고 했다. 선아가 보퉁이를 풀자 그 속에는 각종 천 조각들이 차곡차곡 싸여 있었다. 무명베, 삼베, 모시, 명주, 생고사(生庫紗)랑 기타 견직물 등, 비록 베 쪼가리였지만 온갖 것이 차곡차곡 재여 있었다.

어미가 남의 옷을 만들 때 마름질하다 남은 조각들을 춘매는 그동안 모아두었다가 그것을 가지고 어른 흉내를 내며 혼자 바늘로 꿰매면서 놀았던 것이다. 이제 그것을 선아에게 건네준 것이다. 그리고는 옛날 자기가 그랬던 것처럼 틈틈이 선아에게 바느질을 가르치며 같이 놀았다.

선아의 남다른 성품 중 하나가 무엇에든 한번 열중하면 집착에 가까울 정도로 빠져드는 것이었다. 선아는 어느새 바느질 놀이에 심취하여 시간 가는 줄도 모를 정도였다. 춘매한테서 한번 배운 것은 잊지 않고 금세 그대로 익혔다. 시침질, 홈질, 박음질, 휘갑치기, 그리고 치맛단을 약간 올려 기울 때 세발뜨기 하는 방법까지 못하는 게 없었다. 어릴 때부터 가야금의 현을 퉁기던 섬세한 손놀림과 또 거문고의 술대를 잡고 힘차게 줄을 다루던 손동작 대신에 이제는 그 손에 바늘을 쥐고 노는 차이밖에 없었다.

틈만 나면 낮이건 밤이건 천 조각을 들고 바느질 연습에 몰두하는 선아의 그런 모습을 보자니 행랑아범 석준은 왠지 마음이 편치 않았다. 그 뒤로 그의 얼굴에 항시 묘한 수심이 서리기 시작했다. 한번은 선아가 언제 그랬는지 행랑아범 석준의 솜바지가 터진 것을 몰래 기워 두었던 것이다. 처음엔 그 사실을 모르고 지내다가 무심코 옷을 본 석준은 그만 가슴이 메어지듯 먹먹해졌다.

— 아씨, 벌써부터 이런 식으로 어른 흉내를 내면 안 돼요. 앞으로 내 옷은 내가 스스로 기워 입을 테니, 제발 이런 데까지 신경 쓰지 말아요.

고관대작의 무남독녀로 태어나 고생 모르고 자라던 선아가 어느덧 저잣거리의 삶에 익숙해지며 점점 천한 신분으로 변해가는 모습을 석준은 그냥 두고 볼 수가 없었다. 그는 설령 남들이 없는 데서도 누가 들을세라 목소리를 낮춰 나지막이 통사정하듯 선아를 타일렀다.

3

마침내 보름쯤 걸려 세 벌의 비단옷이 완성되자 석준과 오동댁이 기루에 옷을 가져갈 날이 되었다. 선아는 이 날을 잔뜩 벼르고 있었던 모양으로 함께 따라가겠다고 석준을 졸랐다.

— 아바이, 이번엔 나도 갈래요. 지난번에 나랑 약속했잖아. 적당한 때 꼭 한번 데려가 주겠다고…….

석준은 내심 당황하여 어째야 좋을지 난감해졌다. 뭐라고 대꾸도 못하고 무르춤하게 서서 오른팔로 애먼 뒤통수만 만지작거리고 있는데, 그때 오동댁이 끼어들었다.

— 이번 참에 구경도 시킬 겸 데려갑시다. 어차피 나는 우리 춘매를 데리고 갈 참이야요. 춘매도 장차 이 일을 할 건데 미리미리 가르치는 셈치고……. 품이랑 치수랑 지은 옷이 잘 맞는지, 제대로 눈썰미를 키울라모 직접 가서 봐야 도움이 되는 기라요.

— 아주미 생각이 정 그러시다면, 그럼 머, 그렇게 합시다.

이리하여 그들이 기루에 도착했을 때는 내객이 뜸한 한낮이었다. 막 점심참을 끝낸 뒤라 집안은 시끌벅적한 밤과는 달리 매우 한가로웠다.

야트막한 언덕에 지어진 기루까지는 돌계단을 올라야 했다. 계단이 끝난 곳에 기루 입구인 솟을대문이 양쪽 행랑채보다 기둥을 높게 올린 형태로 우뚝 솟아 있고, 문은 평소 누구든 드나들 수 있게 반 너머 열린 채였다. 그 열린 문 사이로 꽤 널찍한 마당 너머 난간이 달린 대청마루가 보였다. 마당엔 정원수로 심은 소나무의 휘어진 가지들이 보기 좋게 그늘을 드리우고 있었다. 일행을 데리고 앞장을 섰던 석준이 문

앞에 서서 목청을 높여 "계시오?" 하고 소리쳤다. 문지기인 듯한 노인이 이내 행랑채에서 나와 용무를 묻는다.

지난번에 주문한 옷이 완성되어 갖고 왔다고 하자, 문지기는 고개를 끄덕이곤 잽싸게 용건을 전하러 대청마루로 올라선다. 대청마루 옆으로는 회랑 같은 복도가 연결되어 그 끝에 높직한 누마루가 딸려 있는 구조였다. 또한 방들이 여러 개 있었다. 안쪽에 소식을 전한 행랑지기가 금세 되돌아 나와서는 일행더러 손짓으로 올라와도 좋다는 신호를 보낸다.

대청마루에 오르자, 선아는 난생 처음 보는 기루의 규모와 내부의 광경에 눈이 휘둥그레졌다. 새로 지은 옷을 가져왔다는 전갈을 들은 여기(女妓)들이 이 방 저 방에서 쉬고 있다 구경하러 우르르 몰려나왔다. 열두 폭 병풍이 대청마루 한쪽에 펼쳐져 있고, 여기저기 가야금이며 거문고, 월금(月琴)과 해금 따위의 각종 악기들이 벽에 붙여 세워져 있다. 또, 장고며 큰북도 구석에 가지런히 놓여 있다. 대청마루와 연결된 이곳 커다란 방이 평소 교방악과 춤을 교습하는 장소이자 경우에 따라서는 대연회장 역할도 겸하는 공간인 듯했다.

선아는 무엇보다 거기 있는 악기들에 큰 호기심을 느꼈다. 그녀가 구석 쪽 벽에 세워둔 가야금과 거문고에 온통 관심이 쏠려 있는 동안, 옆에서는 기녀들이 병풍 뒤로 돌아가 새로 지은 옷으로 갈아입고 나와 품평회가 한창이다. 겨드랑이쪽 품이 조금 솔아서 꽉 끼어 불편하다느니, 딱 맞아 그런 것 같은데 입고 지내면 금세 헐거워진다느니, 하고 입방아들을 찧어댄다.

선아는 오로지 한 번 눈에 띈 가야금과 거문고에 관심이 꽂혀 다른 것은 이제 귀에 들리지도 않았다. 혼자 구석 쪽으로 가 쪼그려 앉아 물끄러미 가야금을 바라보았다. 한참 홀린 듯이 바라보다가 참을 수 없는 충동을 느껴, 벽에 붙여 세워진 가야금 줄을 손끝으로 퉁겨 보았다. 손가락 끝에서 전류가 흐르듯 현(絃)들이 전율하며 청아한 소리를 낸다.

— 너, 가야금 켤 줄 아니?

그 소리에 선아는 움찔 놀라 돌아보았다.

이곳에 소속된 기녀로 보이는 웬 여인 하나가 등 뒤에 서서 그녀를 내려다보고 있었다. 약간 나이가 든 모습으로 보건대 아마 기녀들 중에서도 고참(古參)인 듯싶었다. 화난 얼굴로 굽어보는 대신 오히려 잔뜩 호기심이 어린 표정이다. 입가에 미소가 빙그레 어려 있는 그 모습에 선아는 우선 안도하며 고개를 끄덕거렸다.

— 그래? 그럼, 어디 한 번 연주해 볼래?

약간 장난기가 섞인 어조로 묻더니, 그녀는 실제 벽에 기대 세워진 가야금을 당겨서 쪼그려 앉은 선아의 발 앞에 떡하니 내려놓는 것이었다. 선아는 멀뚱하게 여인을 올려다보았다. 그리고는 가야금과 여인의 얼굴을 잠깐 번갈아보다가 정말로 그래도 되느냐는 눈길을 보냈다.

— 괜찮아. 해봐.

고참 기녀는 두어 번 턱짓으로 응수하였다.

선아는 이제 바닥에 엉덩이를 붙인 편안한 자세로 앉아 제 몸집에 비해 약간 큰 가야금을 끌어당겨 두 무릎 위에 얹고는 조율의 다스름을 시작했다. 말이 다스름이지, 그것 자체로 실제 가야금 산조의 한 바탕이 되기도 하는 것이다.

기루에 느닷없이 때 아닌 가야금 연주회가 벌어졌다. 그곳에 있던 모든 사람들의 관심이 갑자기 한 곳에 집중되었다. 조금 전까지 새로 맞춘 옷을 입어보며 재잘대던 기녀들, 옷을 가져갔던 오동댁이랑 그 딸 춘매, 행랑아범 석준 등은 일제히 가야금 선율에 이끌려 다가왔다. 가야금 열두 줄 위에서 자유자재로 움직이는 선아의 손놀림에 모두 벙어리가 된 듯 말을 잊고 둘러선 채 가만히 응시할 따름이었다.

다스름이 끝나고 어느새 가장 느린 산조(散調) 장단인 진양조로 탄주되다가 이윽고 중모리, 중중모리로 넘어갈 즈음이었다. 갑자기 구경하던 기녀 하나가 누군가의 출현에 깜짝 놀란 것 같은 목소리로 말했다.

— 어머, 대모(代母)님!

그 소리에, 선아 주변을 에워싸고 가야금 연주를 구경하던 기녀들이 일제히 고개를 돌렸다. 그곳에 방금 대모님이라고 불린 늙은 여자가 서서 말없이 지켜보고 있었다. 교방 총책임자이자 스승인 여주인의 갑작스런 출현에 기녀들은 어쩔 바를 몰라 엉거주춤한 태도를 취하며 웅성거렸다.

— 대모님, 죄송해요. 식후에 잠깐 쉬실 낮잠을 방해했나 봐요. 제 잘못입니다.

아까 선아더러 가야금 연주를 허락했던 고참 기녀가 황급히 고개를 숙여 변명한다. 그 바람에 선아도 연주를 멈추었다.

— 어허! 왜 이리 다들 호들갑이냐? 그냥 연주하게 두어라. 좀 전에 저쪽 방에서 들었는데, 이제 보니 아이의 솜씨가 보통이 아닌 것 같구나. 이왕 시작한 김에 끝까지 한 번 들어나 보자.

그 늙은 여인이 말했다. 꾸짖기는커녕 도리어 교방 스승마저 잔뜩 호기심을 품은 채 정식으로 연주를 허락한 셈이나 다름없었다.

— 뭘 망설이냐? 대모님께서 방금 연주를 허락하셨는데, 주저하지 말고 어디 한 번 멋지게 네 솜씨를 뽐내 보거라.

고참 기녀가 숫제 자기 일처럼 덩달아 좋아하며 재촉하는 것이었다. 그녀로선 스승께 꾸지람을 듣지 않아도 된다는 생각만으로도 흡족한 모양이었다.

이제 선아는 더 이상 남의 눈치를 볼 필요가 없이 맘껏 연주를 계속할 수 있었다.

왼손으로는 가야금의 현을 눌러 음률을 조율함과 동시에 오른손으로는 가볍게 주먹을 쥐듯 오므린 손가락들을 엄지에 살짝 맞대었다가 뻗으며 현을 튕겨내었다. 그 현란한 손가락 놀림들이 가히 자유자재로 열두 줄 위에서 재빠르게 춤추는 듯했다. 늙은 대모가 허! 하고 찬탄을 토하며 바라보다가 한마디 소리친다.

— 자진모리로구나!

보고 듣는 사람들이 숨 가쁠 지경으로 가야금 선율이 실내를 가득 채운다.

— 음, 그렇지, 이젠 휘모리!

모두들 숨죽여 구경하던 차에 마침내 선아가 가야금 산조의 마지막 바탕까지 끝내고는 손을 떼었다. 모두들 선아를 에워싸고 좀 전의 선율에 감전된 듯 경이로운 눈빛으로 바라들보고 있다. 그 여운이 채 가시기도 전에 대모가 무릎을 탁 침과 동시에 불쑥 한마디 내뱉는다.

— 신동(神童)이야!

더 이상 뭔 말을 해야 좋을지 몰라 대모는 고개만 끄덕거렸다. 그리고는 놀라운 연주를 해낸 선아의 작고 가녀린 손을 신기한 듯 한참 붙잡고 어루만지며 말한다.

— 내 평생 너처럼 천부적인 재능을 지닌 애를 아직 보지 못했다. 정확한 운지법(運指法)이랑 정교한 탄주기교(彈奏技巧)랑, 역량에선 뭐 하나 나무랄 데가 없구나. 단지, 아직 어려서 힘이 좀 부족한 게 흠이긴 해도, 그거야 나이 따라 차차 성장하면서 절로 해결될 일이고…… 암튼, 니 나이가 올해 몇이냐?

— 열한 살입니다.

— 열한 살?…… 고작 그 나이에 이런 신기(神技)를 터득했다니 정말 믿기지 않는구나. 아까 내 방에서 잠결에 얼핏 가야금소리를 들을 때만 해도 꿈속에서 듣는 천상의 소리라고만 여기다가, 계속 소리가 나기에 나와 봤더니…… 꿈이 아니라 현실이더구나. 그래, 대관절 넌 어디서, 누구한테 이런 솜씨를 전수받았느냐?

늙은 대모는 처음 대하는 눈앞의 소녀에 대해 궁금증이 넘치는 양 마구 이말 저말 한꺼번에 쏟아낸다.

선아는 갑자기 당황하여 말문이 막혀버렸다. 사실대로 말할 수가 없었기 때문이다. 평소 이런 경우를 대비해 적당히 거짓말로 둘러대야 할 말을 미리 준비해 두고 있지 못한 데서 오는 당혹감 때문에, 선아는 낯을 붉히며 고개를 푹 수그렸다.

옆에서 이 광경을 묵묵히 지켜보던 행랑아범 석준도 당황하긴 마찬가지였다. 여태껏 신분을 감추고 도망자 신세로 잘 버텨왔건만 기어이 올 것이 오고 마는 것인가, 하고 생각하니 순간적인 긴장감이 극에 달하여 진땀이 솟았다. 선아의 입에서 나오는 말에 따라 신분이 탄로날

까봐 그는 조마조마해서 그냥 두고 볼 수만은 없었다. 선아에게 신호를 보낼 요량으로 어험! 헛기침을 하며 불쑥 앞으로 나섰다.

— 이 아이는 제 여식입니다만……, 뭣이 궁금하신지, 제가 대신 말씀드리지요.

— 아! 그러셔요?

대모가 앉은 채 흘낏 고개를 돌려 석준을 올려다보았다.

— 참 기특한 따님을 두시어 자랑스럽겠어요. 헌데, 어찌된 사연인고?…… 이 아이가 이런 놀라운 재주를 가진 데는 필시 까닭이 있을 터인즉, 도무지 그 영문을 모르니 궁금할 수밖에요. 아니 그렇소?

— 제가 말씀드리지요.

굳게 입을 닫고 있던 선아가 당돌하게 말문을 열었다. 얼굴이 붉게 상기되어 있었다. 느닷없이 중간에 끼어든 선아의 말소리에 대모는 다시 그쪽으로 고개를 홱 돌린다.

— 오호! 그래? 허긴, 나도 너한테 물었으니, 니가 대답해 보거라.

그러고는 아예 석준은 무시하듯 선아 쪽을 향해 몸을 약간 틀어 앉는다.

— 외할머니한테서 교방악을 교습 받은 건 제가 네 살 무렵부터였어요. 한때 궁중관현방(管絃坊) 소속의 여기(女妓)였던 저희 외할머니께서 은퇴하신 뒤로는 늘그막에 심심풀이 삼아 외손녀인 제게 가야금이며 거문고 등을 가르치는 걸 여생의 낙으로 삼으셨거든요. 저 역시도 악기에 재미를 붙여 외가에 가서 매양 살다시피 했구요…….

선아는 천연덕스럽게 그런 거짓말을 늘어놓으면서도 어쩐지 아귀가 맞지 않은 이야기인 듯싶은 자격지심에 낯이 화끈거렸다.

— 어쩐지…… 그럼, 그렇지! 내 생각에도 이건 틀림없이 기초부터 탄탄하게 다진 솜씨였어! 아암, 전문가인 내 눈을 속일 순 없는 법이지라.

고개를 끄덕이며 흡족한 듯 선아를 바라보는 늙은 대모의 얼굴엔 자신의 높은 안목을 스스로 자랑스러워하는 자부심이 넘친다. 이 순간만은 영특하게 능갈친 선아의 거짓부렁에 자신이 속고 있다는 생각은 티끌만큼도 안 하는 모양이었다.

— 신기(神技)에 가까운 이런 재주를 그냥 썩혀둔다는 건 정말 애석한 일이긴 혀. 하지만서도 머, 다 제 팔자대로 사는 법인데, 내가 공연히 주제넘게 얘더러 장차 기녀로 살라니 말라니 헐 처지도 아니고…… 참, 안타깝구먼그래. 허기야, 이것도 무슨 인연 같은데 기왕 연주를 한 김에 거문고도 한 번 만져 보려무나. 어때? 괜찮겠니?

대모가 더 안달이 나서 은근히 선아를 부추긴다.

— 예. 한 번 해보겠습니다.

선아는 이번엔 망설이지 않고 대답했다. 그러자 대모의 지시를 받은 고참 기녀가 건네주는 술대를 받아 쥔 선아는 아까보다 더욱 거침없이 거문고 연주를 선보이기 시작했다.

좌중은 모두 경이와 감탄의 눈길로 내내 지켜보았다. 오직 행랑아범 석준만은 그럴 수가 없었다. 아까 선아의 입에서 혹시 예부시랑 강천익의 이름이라도 발설되지는 않을까 마음 조려 잔뜩 긴장했었다. 마침 영리한 선아가 재치 있게 거짓으로 꾸며낸 말로 처신함으로써 적당히 넘어가긴 했다.

그러나 만일에 기루의 대모가 무슨 까닭으로 개경에서 먼 진주까지 낙향해 왔느냐고 나중에라도 꼬치꼬치 사연을 물어오면 도대체 무어라고 변명해야 좋을지 몰라서 석준은 적잖이 난감했던 것이다. 요행히, 아무 일 없이 가야금과 거문고를 다루는 그 탁월한 기예(技藝) 솜씨에 다들 경탄하는 칭송의 소리에 덧붙여 선아더러 틈나면 언제라도 놀러 오라는 당부의 말을 들으며 일행이 기루를 빠져나올 때, 석준은 비로소 안도의 한숨을 내쉬며 남몰래 혼자 가슴을 쓸어내렸다.

4

그날 기루에서 그 일이 있고 난 뒤로 석준의 고민은 하루하루 깊어져 갔다.

아무리 남들 앞에서는 부녀 행세를 하며 거짓말로 과거사를 꾸며대고 신분을 감추려고 노력한다 해도 언제까지나 그런 거짓말로 둘러댈 수는 없는 노릇이었다. 거짓은 또 다른 거짓을 낳고, 되풀이하다 보면 어딘가에서 반드시 아귀가 맞지 않아 들통이 나고야 마는 법이다. 요컨대 꼬리가 길면 밟히기 십상이다.

오래지 않아 나무전거리 근처에 있는 청루의 기녀들 사이에서 선아는 단연 화젯거리로 입소문을 타기 시작했다. 그러더니, 이후부터 저 잣거리로 틈틈이 군것질하러 나오는 기녀들이 주막집에서 허드렛일을 도우고 있는 선아를 직접 보려고 찾아오는 횟수도 잦아졌고, 사람 숫자도 점점 많아졌다. 알고 보니 이웃 청루에까지 소문이 퍼졌던 모양이었다.

덩달아 주막 여주인 돗골댁이나 침모인 오동댁과 춘매도 그즈음 선아를 대하는 눈빛이 예전과는 확연히 달라져 있었다. 주변에 흔한 평범한 소녀가 아니라, 세상에서 보기 드문 낯선 인간을 바라보는 눈빛이었다. 새삼스런 인식의 변화와 함께 선아는 별안간 신비로운 재주를 지닌 소녀로 거듭난 셈이었다.

주막집에 들르는 기녀들도 그냥 가는 법이 없었다. 꼭 주전부리를 즐겨서라기보다 실은 거기서 잔심부름하는 선아에게 말을 붙여보려고 시간을 오래 끄는 방편으로 국밥이라도 시켜놓고는 각종 전이랑 부침개 따위를 주문하기도 했다. 그리고는 선아를 청루로 데려가 소문대로 가야금이나 거문고의 연주를 듣고 싶다며 은근슬쩍 유혹하는 말들을 하는 것인데, 처음 선아를 보는 기녀일수록 더 안달하기 일쑤였다. 그때마다 행랑아범 석준은 쓸데없는 소리 말라며 잔뜩 화를 냈다.

그러나 돗골댁은 외려 이들이 찾아오는 횟수가 잦아질수록 싱글벙글한 표정을 감추지 않았다. 그녀의 처지에선 손님을 끌어다주는 선아가 그저 고마울 따름이었다. 그럴수록 더더욱 석준은 애가 탔다. 선아가 본의 아니게 동네에서 유명세에 시달릴 때마다 그는 한시 바삐 이 나무전거리를 벗어나야겠다는 결심이 점점 굳어져 갔다.

— 이러다간 정말 애 장래를 망치겠어요. 맹모삼천지교(孟母三遷之敎)라는 고사(故事)도 있듯이, 아무래도 저잣거리에서 애를 키우는 건 다시 생각해 볼 여지가 많네요. 아비 된 입장에서 딸내미가 장차 기녀가 되는 일은 절대 원치 않아요. 생각해 봐요. 재주가 뛰어난들 그게 뭔 소용이람? 어차피 뭇 사내들의 노리갯감이 되는 팔자를 면치 못할 터인데, 아비라면 그걸 어찌 그냥 두고 보겠소?

한번은 석준이 크게 맘먹고 오동댁에게 부탁하여 항라저고리와 곁들여 홑옷인 속적삼까지 지어 그동안의 은혜에 보답하는 거라며 돗골댁에게 선물하는 중에 선아의 장래에 관해서 진지하게 말을 꺼냈다.

— 허긴, 듣고 보니 지당한 말씀이네요.

돗골댁은 고개를 끄덕였다. 뜻밖의 선물에 적잖이 감격한 바도 있는데다 사리에 합당한 석준의 그 말에 돗골댁은 무조건 수긍하였다.

— 말인즉슨 백번 옳은데, 그라모, 선아의 장래를 위해 앞으로 우짤기요? 무신 좋은 복안이라도 있능기요?

— 그렇잖아도 최근에 그 일로 인해 오동댁과 상의한 바가 있어요. 나야 머, 드팀전 장사로 나선 김에 이번 참에 건어물까지 함께 취급하면서, 진주 인근의 산협(山峽) 마을로 등짐장수로 댕길까 궁리중이에요. 선아는 요즘 춘매하고도 아주 맘이 맞아 친자매처럼 잘 지내니까 이번 참에 아예 오동댁한테 맡겨서, 말티고개에 있는 집으로 보내설랑 어떻게든 바느질 기술이라도 열심히 배우도록 할 참이구요…….

달포 남짓 주막 근처에 오동댁이 일할 수 있도록 방 한 칸을 빌려 지낼 동안 자주 왕래하는 사이에 석준은 오동댁과도 적잖이 정분이 쌓인 게 사실이었다. 그래서 어느덧 스스럼없이 장래 문제까지 의논을 할 수 있게 된 처지였다.

나무전거리에서 말티고갯길을 걸어 선학산(仙鶴山) 북쪽 능선 아랫마을까지는 성인 보폭으로 천천히 걸어도 한 시진(時辰)이면 족했다. 석준과 선아가 그 말티고갯길의 아래뜸에 사는 오동댁의 초가로 옮겨오겠다는 제안에 대해 누구보다 반겨한 것은 춘매였다. 과부살이를 오래한 오동댁도 내심 반겼지만, 드러내어 내색하지는 않고 "춘매가 저러키 좋아하는데 난들 어쩔 수 없죠. 그동안 남정네 없이 썰렁한 집이라

내사 머, 아주바이가 그러시겠다모 한결 맴이 놓이고 듬직허기야 허
죠."라며 괜스레 수줍어서 얼버무렸다.

*

그렇게 해서 그들은 말티고개 아래뜸에서 함께 살게 되었다. 석준과
선아가 거처를 옮겨와서 보니 제대로 집을 고치고 손봐야 할 곳이 한
두 군데가 아니었다. 집안 내부의 규모는 그다지 크지 않아도 안채 옆
에 따로 떨어져 고방(庫房)과 붙어 있는 방 한 칸짜리 별채까지 합쳐 모
두 두 동(棟)이었다.

오래 사용하지 않고 버려둔 듯한 별채의 방을 잘만 고치면 석준은
여기서 남정네인 자기 혼자 따로 기거하는 데 별로 불편함 없이 지낼
수 있을 것 같다고 생각했다. 석준은 개경에서 예부시랑댁 행랑아범으
로 살던 당시의 옛 솜씨를 발휘하여 집수리에 매달렸다.

드디어 집수리가 끝나자, 이전에 군데군데 허물어진 담벼락이며 냉
골이었던 방바닥의 구들장이며 대문의 헐거운 경첩이며, 그밖에 삐걱
대던 마루까지 모든 게 말끔히 고쳐졌다. 그동안 여자들은 마당의 잡
초를 뽑거나, 풀을 쑤어 새로 문종이를 바르고 벽지로 도배하고, 구석
구석 쓸고 닦으며 마지막 손길을 보태니 비로소 번듯한 주택으로 거듭
났다. 그제야 석준은 한숨을 돌렸다.

행랑아범 석준은 이제 안심하고 선아를 맡길 수 있는 거처가 생긴
것이 무엇보다 다행스러웠다. 그는 등짐장수로 나서 볼 참이었다. 오
동댁의 삯바느질로는 도저히 네 사람의 생계를 감당할 수 없다는 것은

뻔한 일이었다. 오동댁으로선 막상 석준이 이제부터 등짐장수로 행상을 나서겠다는 제안에 대해서는 일말의 불안감이 앞섰다.

— 아주바이의 마음 씀씀이는 참말로 고맙긴 혀도, 우짠지 제 맴이 안 놓여요. 옛날에 우리 춘매 애비가 행상을 댕기서 제가 잘 아는데, 이따금 도적 떼가 행상을 노려 으슥한 산길 같은 데서 급습하여 목숨을 잃을 뻔한 적이 한두 번이 아니라요. 춘매 애비도 한번은 강도를 만나 등에 칼을 맞았었지요. 가진 것 홀랑 다 뺏기고 간신히 생명만 부지한 채 돌아온 적이 있었구먼요. 결국, 그 상처가 덧나고 곪더니 나중엔 그러키 제 명대로 못 살고 그만 일찍 세상을 떠난 것 갑소. 허니, 이녁이 꼭 행상을 댕기겠다고 고집하모 내사 머, 더는 말릴 수야 없지만서도 아무쪼록 부탁컨대, 부디 몸조심하셔야 돼요.

오동댁은 신신당부하였다.

— 염려하시는 바는 잘 알겠소만……. 암튼, 한번 결심한 거라 그 방법밖에 없는 것 같은데, 기왕 행상으로 나설 바에야 뭘 하면 이문이 많이 남을까요?

— 생전에 춘매 애비가 가끔 해쌓던 말로는, 바다가 없는 산골엔 건어물이 최고랍디다. 하동이나 사천에서 올라오는 건어물을 챙겨 산음(山陰·山淸)과 함양, 안의 같은 산골에 가서 팔면 잇속이 제법 쏠쏠하다 쿠데요. 또 그쪽에서 흔한 약초나 산나물을 받아 다시 나무전거리에다 내다 팔면 되고요…….

오동댁은 옛날 남편한테서 들은 행상 지식까지 들먹이는 걸로 보아 내심 석준의 첫 장삿길에 대해 이젠 적극적으로 보탬이 되고자 애쓰는 기색이 역력함을 알 수 있었다. 그래도 근심이 되는 듯 오동댁은 또 다시 다짐의 말을 덧붙인다.

— 꼭 명심해야 할 건요, 행상 길이 왕복 사나흘 거리를 넘기면 안 된다는 점이에요. 춘매 애비의 경험으로 보건대, 그 이상 멀리 떠나 있으면 어차피 객지에서 잠을 자야하고, 그러다 보면 가진 돈을 허투루 쓸 뿐더러, 저 역시 마음이 안 놓이긴 마찬가지데요.

석준은 그녀의 웅숭깊은 속내를 읽고는 고개를 끄덕였다.

— 그건 명심해서 꼭 지킬 테니 안심하시구려. 다만, 내가 행상 나가서 없는 동안만이라도 아주미는 우리 선아를 잘 보살펴만 주소. 요 근래 선아가 바느질에 취미를 붙인 걸 보니 나로선 참 다행스레 여기는 참인데, 아무쪼록 부지런히 배우도록 좀 다잡아 주세요. 요행, 장사가 잘 돼 돈 많이 벌면, 그때 가서 가야금이라도 하나 사주어 애가 심심찮게 지내도록 해줄 요량이에요…….

석준에겐 언제나 선아 생각이 먼저인 것 같았다.

5

이후, 석준은 등짐장수로 나섰다. 일찌감치 주막집 돗골댁의 소개로 알게 된 그녀의 친척 중에 비단 짜는 집과 변함없이 줄곧 거래해 오면서 그간에 쌓인 신뢰와 면식만으로도 그는 필요한 만큼 비단 필(疋)을 외상으로 가져다 팔 수 있었다. 게다가 오동댁의 조언을 듣고는 각종 건어물을 품목에 곁들여 사나흘 거리의 행상을 시작한 것이다.

한 번 길을 나서면 길어도 닷새를 넘기지 않는 일정이었다. 그래야 식구들이 안심할 수 있다는 오동댁과의 약속 때문만이 아니었다. 실은, 선아와 떨어져 있는 시간이 길어질수록 왠지 스스로 불안해져 석준은 반드시 기일 안에 행상을 마치고 돌아오곤 했다. 선아가 열네 살이 될 때까지 그런 평범한 삶이 반복되었다.

석준이 먼 길을 다녀온 날이면 오동댁이 초저녁부터 미리 훗훗하게 군불을 때거나 방바닥을 쓸고 닦고, 그간 깨끗이 씻어 베갯잇을 새로 씌운 베개며 홑청을 간 이부자리를 깔아주는 등 하며 부산을 떠는 것이었다. 그녀는 밤중에 석준의 방문 앞 툇마루에 와서, 머리맡에 놓아둘 자리끼를 준비해 왔노라고 기척을 하는 수도 있었다. 이제 열여덟의 어엿한 처녀가 된 춘매는 어미의 그런 행동의 의미를 이미 알 나이였다.

어느 날 이른 새벽에 춘매는 옆에서 곤히 자고 있는 선아의 잠꼬대 소리에 부스럭거리며 일어났다. 새벽 여명으로 장지문이 희읍스름하였다. 아직 날이 완전히 새지 않아 춘매는 눈을 부비며 엎드린 채 손을 뻗어 머리맡의 장지문을 슬그머니 열고 밖을 내다봤다. 어둑어둑한 마당 건너편 별채의 툇마루를 막 내려서는 사람의 그림자가 보였다. 형상으로 보아 여인임이 틀림없는 그 모습은 바로 오동댁이었다.

방금 막 석준의 방에서 빠져나온 오동댁은 발소리를 죽이며 총총히 부엌 쪽으로 다가간다. 날이 새면 행상을 떠날 석준을 위해 일찌감치 새벽동자를 준비할 요량인가 보았다. 춘매는 피식 웃고는 돌아누웠다. 그녀로서도 키가 훤칠하게 크고 체격도 건장한 석준 아재가 자기 엄니와 그렇고 그런 사이가 된 것이 그다지 싫지 않았던 것이다. 다 알면서도 단지 드러내놓고 말 못할 뿐인 경우도 있다는 게 세상살이임을 춘매도 이젠 충분히 알 만큼 성숙하였다.

*

선아가 열네 살이던 기미년(1139 · 인종 17년) 그해 초여름이었다. 어느 날 아침 일찍 행상을 떠난 석준은 평상시와는 전혀 다르게, 벌써 달포가 지나도록 돌아오지 않고 있었다. 너무나 예상 밖이었다. 집에 남은 사람들은 모두 걱정이 이만저만이 아니었다.

처음 열흘을 넘겼을 때만 해도 중간에 무슨 예기치 못한 일이 생겼거니 하고 크게 마음 졸이지는 않고 지냈다. 그러다 보름이 지나도록 감감 무소식이 되자 오동댁은 가슴이 덜컥 내려앉았다. 필시 좋지 않은 일이 발생했을 것이라는 쪽으로 한 번 생각이 기울자 좀처럼 불길한 예감을 떨쳐내지 못했다. 그 점에선 선아나 춘매도 마찬가지였다.

또다시 닷새가 지났는데도 여전히 석준은 돌아오지 않고 있었다. 집 떠난 지 스무 날째 되던 날, 기어이 선아가 찾아 나서기로 결심하고는 입을 떼었다.

— 아주머니, 그냥 속절없이 애만 태우며 마냥 이렇게 기다리고만 있을 순 없잖아요? 제가 가볼게요. 우선 나무전거리로 가서, 주막집 돗골댁 아줌마한테 어느 쪽으로 장사를 떠났는지도 알아보고, 어쩌면 좋을지 상의도 해보고…… 그러는 게 좋지 않을까요?

— 하모, 그래야겠제? 내사 진작부터 그 생각을 하고는 있었지만, 주제넘게 내가 나설 일은 아닌 것 같기도 해서 차마 입을 떼진 못했다. 만일 내가 나서면, 넘들 보기에 대놓고 여편네 행세한다고 숭보기 딱 좋제. 남세스럽게 실컷 빈축만 살 끼고, 참 우야모 좋을지 몰라 속으로만 끙끙 앓았는데……. 어차피 니가 나선다 쿤께 혼자 보내긴 걱정되

고, 춘매랑 같이 저잣거리에 한번 댕기 오느라.

그날, 선아는 춘매와 함께 나무전거리로 나가 주막집부터 들렀다. 꼭 삼년 만이었다. 참으로 오랜만에 선아를 본 돗골댁은 깜짝 놀라 반색을 하였다.

— 아이고, 세상에! 이게 누고? 선아 아이가? 춘매도 같이 왔구마이. 이기 몇 년 만이고? 니들 둘 다 인자 몰라보게 커뻤네. 아이구야! 춘매는 인자 본께 어른 다 됐구먼. 마, 시집가도 되것다.…… 그나저나, 갑작시리 무슨 일로 이리 찾아 왔노?

넉살좋게 호들갑을 떨어대는 돗골댁에게 춘매가 그동안 일어난 사정을 자초지종 설명하였다.

— 아, 그런 일이 있었구먼. 허기야, 최근에 선아 너거 아배가 도통 저잣거리에 안 나타난다 했더니, 거 참, 웬일이람? 객지로 행상을 떠날 때나 돌아올 적에, 꼭 여기 주막엔 잊지 않고 한 번씩 들렀는데……. 그라고 보이, 요새 석준 아배 못 본 지가 제법 오래 된 거 같다. 머 그렇다고, 설마 무슨 큰일이야 있것나? 이번 참에 저어기 거창이나 합천 쪽, 산골 깊숙한 데로 멀리 갔시모, 오가는데 넉넉히 보름은 잡아야지…….

— 벌써 스무날이나 아무 소식이 없는데요.

선아가 걱정스레 종알거렸다.

— 글쎄 말이다. 그란께 좀 걱정스럽긴 허다만……. 하여간, 니들이 오랜만에 왔은께 마침 점심 때도 됐고 하니, 내 후딱 국시라도 말아줄게.

그렇게 말하며 돗골댁은 선아와 춘매를 억지로 자리에 붙잡아 앉혔다. 그러고는 잽싸게 광주리에 한 묶음씩 담아둔 국수사리를 큰 뚝배기로 두 그릇 뜨끈한 국물과 함께 고명을 얹어 선아와 춘매에게 내놓는다.

— 찬찬히, 맛있게 묵어래이. 모지라모 더 달라 쿠고…….

마침 점심 때라 손님들이 막 붐비기 시작했다. 이때부터 돗골댁은 일손이 딸려 곁눈질할 새도 없이 바쁘게 설쳐대는 것이었다. 그걸 본 춘매와 선아는 느긋이 먹고 있을 수가 없었다. 둘은 얼른 식사를 끝내고는 자진하여 소맷자락을 걷어붙였다. 돗골댁을 도와 그들도 손님맞이에 각자 일손을 보태느라 분주히 움직였다.……

한 식경(食頃) 남짓 지나 손님이 뜸해지자, 그제야 겨우 서로 마주앉아 잡담을 나눌 여유가 생겼다.

— 오늘사 웬 손님들이 이리 들끓노? 춘매가 복이 많은 긴지, 선아가 복덩이인지는 모리것다만, 하여튼 니들이 모처럼 찾아온께 손님들이 평소보다 엄청 마이 몰리오네. 그라고 보이, 옛날에 선아가 요게 살 때 말인데, 기루 여자들이 선아 니 얼굴 볼끼라꼬 참 마이도 왔었제?

돗골댁이 이젠 삼년 전에 비해 몰라볼 정도로 성장한 선아의 얼굴을 찬찬히 살피듯 하며 새삼스레 지난날을 회상시킨다.

— 예, 한때 그랬죠.

— 근데, 니가 여길 떠나 춘매네 집으로 옮겨가고 난 뒤에도 종종 기녀들이 찾아 와설랑 니 소식에 대해 묻곤 하데. 주란이, 애향이, 월선이도 그랬지만, 특히 소혜(宵蕙)라는 고참 기녀가 몇 번이나 와서는 자꾸 니 행방을 묻는 기라. 수상쩍어서 내가 와 그라는데, 하고 도로 물어봤더니, 대모님의 지시라면서 혹시 니가 여기 주막에 들리모 기루로

한번 놀러 오모 좋것다고 꼭 전하라 쿠데.

　— 왜 그럴까요?

　선아가 무척 의아해서 고개를 갸웃하자, 돗골댁은 살짝 묘한 웃음을 지으며 말한다.

　— 글쎄다. 그 속내를 누가 알까마는, 내 짐작엔 가야금이랑 거문고 타는 니 솜씨가 예사롭지 않아서 대모가 은근히 탐을 내는 갑제. 그런 재주를 썩히는 게 안타깝기도 허것지. 허지만, 너거 석준 아배 입장에선 니가 기루에 드나들기 버릇하면 나쁜 길로 빠질까 싶어 아예 여길 떴는데, 내가 그리 쉽게 니 행방을 말해줄 수 있것나? 오데로 갔는지 나도 모린다고 딱 잡아뗐지 뭐.

　삼년 전 선아 역시 열한 살의 어린 판단에도 이미 행랑아범의 그런 속내를 짐작하고 있었기에 묵묵히 따랐던 것이다. 그 사실을 알기에 그녀는 지금도 말없이 고개만 끄덕거렸다.

　— 근데 말이다. 내가 눈치 하난 참 빠르거든. 소혜라는 그 고참 기녀랑 이런저런 이야길 나누다가 퍼뜩 감 잡았지. 아무래도 여기 홍등가에 니 소문이 쫙 퍼져, 기루의 그 대모란 사람이 손님을 끌 요량으로 니를 활용할 심산이지 싶더라. 거, 뭣이냐? 외부에서 특별히 모셔 온 어린 가야금 명인이라고 소개하고 깜짝 나타나면 이거야말로 굉장한 볼거리가 되는 기라. 굳이 기녀가 아니라도 상관없지. 오히려 다들 신기하게 여겨 탄복할 끼라. 안 그렇겠냐? 몇 곡 연주해주고 나서 니한테는 수고비 택의 뭐 그런 보수를 좀 주것지. 그라모 양쪽이 서로 다 이득이고…….

　— 그게 사실일까요?

선아는 솔깃해졌다.

— 글쎄, 가 보모 알것지. 여기 온 김에 함 가봐라. 춘매도 삼년 전에 기녀들이 옷 맞출 때 가본 적이 있은께 낯선 데도 아닐 끼고. 그냥 둘이 같이 가 보거라. 손해 볼 게 뭐 있노?

어떻게 해야 할지 선아는 선뜻 결정을 내릴 수가 없어 망설였다. 그 사이 돗골댁이 부추기듯 다시 덧붙인다.

— 내 짐작이 사실이라 쿠모 그 제안을 받아들여도 손해 볼 일은 없는 기라. 왠고 허니, 가뜩이나 너거 아배 소식을 몰라 집에서만 애태우고 끙끙 앓느니보다. 매일 아비 기다리는 심사로 여기 나무전거리로 나와 기루에 가서 연주 몇 곡 해주고 밤늦어 어둔 길에 춘매랑 동행해서 귀가하모 무서움도 덜할 끼고……. 너거 아배가 무사히 올 때꺼정만이라도 그리 해 보거라.

6

돗골댁의 예측력은 가히 귀신같았다. 그날 선아와 춘매가 기루에 나타나자 이들을 본 기녀들과 대모는 마치 죽은 사람이 살아 돌아온 것처럼 반가워했다. 못 본 지 삼년 만이라 지난날과는 확연히 달라진 모습과 더 성숙해진 선아를 보고 그들은 놀라워했다. 그래서 이것저것 온갖 궁금한 것들을 시시콜콜 캐묻는 것이었다. 평소에도 입이 무거운 춘매로서는 그들이 자신에 대해 관심을 갖는 게 아니란 걸 알고는 더욱 무겁게 입을 닫은 대신, 영리한 선아가 재치 있게 받아넘기며 적당히 거짓말로 둘러대기도 했다.

— 오늘 모처럼 주막에 들렀더니 돗골댁 아줌마께서 말씀하시대요, 그동안 여기서 저를 몇 번 찾으셨다고요. 그래서 저도 무슨 일인가 궁금해서 왔어요.

— 그래, 그래. 마침 잘 왔다. 그렇잖아도 내가 여기 소혜를 시켜, 니가 어디 사는지 알아보라고 몇 번 지시한 적이 있었더니라.

대모가 만면에 웃음을 띤 채 말하더니, 이후부터는 돗골댁이 이미 예측한 그대로의 제안을 넌지시 내비치기 시작한 것이다. 일테면, 아무 때나 가끔 시간을 내어 기루에 와서 연주를 해주면 보수는 섭섭잖게 주겠노라는 둥, 그 좋은 솜씨를 썩히긴 정말 아깝다는 둥, 온갖 듣기 좋은 달콤한 말로 꼬드기는 것이었다.

선아는 아까 주막에서 기루를 찾아올 때 이미 결심한 바가 있어 그같은 제안이 결코 새삼스런 건 아니었다. 다만 행상 나간 아배가 벌써 스무 날째 소식이 없어 걱정되어 저잣거리에 나온 것일 뿐인데 경황중에 이런 제안을 받으니 너무 급작스럽다고 말했다. 또, 아배와 아무런 상의도 없이 혼자서 결정하기가 어렵고 두려워 아직 어쩔 바를 모르겠다고 대답하였다.

그런 식으로 일단 거절의 의사를 슬그머니 내비쳐 대모를 안달하게 만든 뒤, 잠시 뜸을 들였다가, 단지 아배가 무사히 돌아올 때까지만 당분간 대모님의 뜻에 따르겠노라고 제 속내를 살짝 내비쳤다.

— 오냐, 오냐. 그러자꾸나. 이런 일에 아버지의 의사를 묻지도 않고 어린 니가 선불리 혼자 결정하긴 힘든 일이고말고. 아암, 그래야지. 네 아버지가 무사히 돌아오시면 그땐 내가 책임지고 잘 말씀드릴게. 그건 아무 걱정 말거라.

대모는 고개를 끄덕이며 흡족한 표정을 지었다.

오늘은 이만 인사 정도만 하고 돌아가려한다는 선아와 춘매를 대모는 기어이 잡아 앉혔다. 모처럼 이리 찾아왔는데 그냥 돌려보내기 섭섭하다며, 조금만 있으면 저녁참을 들 시간이라 이따가 저녁 먹고 가란다. 기루에서는 손님상에 나갈 특별한 음식들이 많으니 꼭 먹여 보내고 싶다고 대모는 어떻게든 선아를 좀 오래 붙잡아두려 하였다.

대모는 일부러 주방 책임자인 노파를 불러 서둘러 맛있는 음식을 장만토록 지시까지 한다. 주방 일을 맡고 있던 최고참 요리사는 당시 기루의 정문인 솟을대문 옆에 붙어있는 행랑채의 나이 든 문지기 아내였다. 그녀가 "너희들 참 오랜만에 왔구나." 하고 웃으며 알은 체를 하기에, 선아와 춘매는 오래 전에 이곳을 방문했을 때 그 문지기 부부를 본 적이 있는 것 같기도 하여 완전히 낯설지는 않았다.

— 자, 그럼 저녁 준비가 될 때까지 선아는 오랜만에 가야금 시연(試演)이라도 한번 해보자. 너무 오래 묵혀둔 솜씨는 절로 녹스는 법인 기라. 허니, 자주자주 손을 풀어주어야만 하거든.

기루의 여주인으로 별별 손님을 다 접대해본 경력으로 산전수전 다 겪으며 늙은 대모였다. 사람을 구슬리고 때로는 어르고 달래는 말본새가 능수능란한 대모는 결국 이런 식의 엉너리로 선아를 오래 붙들어 놓았다. 선아 역시 제 앞에 놓인 가야금을 보자 스스로 손가락 끝에서 전율을 일으키듯 솟구치는 연주의 충동에 참을 수가 없었다.

— 음! 오래 쉬었다 해도 옛날에 봤던 그 솜씨는 여전히 남아 있구나. 그래 됐다! 오늘부터 손님들 앞에 내보내도 전혀 손색이 없겠는데, 니 생각은 어떠냐?

꼭 대모의 요청이 있어서라기보다 이젠 선아 스스로 기루에 머물며 가야금을 연주해주기로 마음을 굳혔다.

결국, 이날을 계기로 선아는 당분간 기루의 일원이 되기로 결심한 것이다. 그날 밤 고참인 소혜가 머리를 빗기고 대충 꽃단장을 시킨 뒤 자기의 옷가지 가운데 제일 작은 것을 골라 입히려는데, 바느질 솜씨가 뛰어난 춘매가 보고는 적당히 손질하여 맵시 있게 고쳤다. 그리고 그날 밤중에 선아는 처음으로 기루를 찾아온 손님들 앞에 나가 가야금 연주를 선보였다. 다들 감탄하며 칭찬들이 자자했다.

대모는 흡족하여 나중 밤늦게 돌아가는 선아와 춘매를 위해 굳이 행랑채의 문지기 노인을 앞세워 말티고개 초입까지 배웅해주도록 하는 배려를 아끼지 않았다. 그리고 선아에게는 일당(日當)의 수고비를 손에 쥐어주며 내일 초저녁쯤에 꼭 다시 와 줄 것을 당부하였다.

*

그날 나무전거리로 나갔던 선아와 춘매가 이상하게 밤이 늦도록 돌아오지 않자 오동댁은 몹시 걱정이 되었다. 공연히 불길한 생각이 들어 집안에 가만히 앉아 있을 수가 없었다. 그녀는 고갯길 중턱까지 호롱불을 켜들고 마중 나갈 차비를 하고 툇마루에서 신발을 신고 내려서는데, 마침 달이 환하게 떠올랐다. 그나마 달빛이 밝아서 조금 안심을 하였다. 대문 밖으로 나가 아래뜸에서 말티고개 중턱까지 이어진 야트막한 비탈길을 걸어 올라가는 도중에 마침 춘매와 선아가 함께 걸어 내려오는 모습이 보였다. 오동댁은 그제야 비로소 안도의 한숨을 내쉬

고는 가까이서 보자마자 첫마디에 대뜸,

— 대체 무슨 일이 있었길래 이리 늦노?

다짜고짜 언성을 높이는데, 꾸짖기보다는 걱정을 덜은 것이 천만다행이란 듯한 어투였다.

— 엄니도 참! 길에서 너무 재촉하지 마요. 할 얘기가 많으니까 집에 가서 찬찬히 들어봐요. 우리가 늦어진 이유는 좀 이따 선아가 자세히 설명해줄 테니까.

성격이 느긋한 춘매가 그렇게 딱 잘라 대꾸하였다.

하여간, 그날 밤 선아는 낮에 주막집에 들러 돗골댁한테서 들은 말과 기루에서 있었던 일 따위에 관해 자총지종 설명했다. 그러면서 석준 아배가 무사히 귀가할 동안만이라도 매일 나무전거리로 나가 아배이 소식을 수소문해보고, 또한 기루에도 들렀다 오겠노라고 자신의 일과에 대한 앞으로의 계획 같은 걸 스스럼없이 밝혔다.

오동댁은 난감해졌다. 자기로서는 가타부타 딱 잘라 결단을 내릴 만한 처지가 못 되었기 때문에 뭐라고 대꾸할 말이 없었다. 단지 이렇게만 응수했다.

— 너거 아배가 저잣거리를 떠나, 여기로 피신하듯이 니를 데리고 급히 옮겨온 이유가 뭣이것냐? 어떡하든 니를 기생집 같은 데 얼씬거리지 못하게끔 미리 방비할 요량으로 그리한 긴데, 아배 안 계신 틈을 타서 니가 그런 델 들락거리는 걸 내가 눈감아 주었다고 나중에라도 알고 나면 내 입장이 뭐가 되것노?

— 그건 제게 맡겨주세요. 아바이가 별 일없이 무사히 돌아올 때까지만 그럴 생각이라 했고, 또 대모님한테서도 단단히 그렇게 약속을

받았으니, 아바이 오고 나면 다시 의논할 수도 있잖아요? 대모님도 제가 아직 어리니까 손님들 틈에서 반드시 저를 지켜주시겠다 했고, 다만 초저녁에 몇 곡만 연주하고 돌려보내는 조건을 내걸었기에 저도 승낙했지요. 게다가, 돌아오는 밤길엔 문지기 할아비가 말티고개까지 배웅해 주시기로 했으니 안심해도 되고요. 그러니 당분간 춘매 언니가 제 옆에 같이 있어주기만 하면 별 일없을 테니 아주머닌 너무 염려마세요, 예?

그러면서 그날 기루에서 일당으로 계산하여 받은 보수를 내놓으며, 선아는 아바이 안 계신 동안 제 밥값은 자신이 치르겠다며 오동댁에게 맡기는 것이었다. 조목조목 사리에 맞는 말이어서 오동댁은 더 이상 토를 달 언턱거리가 없었다.

어쨌거나, 행상을 나갔던 석준은 그날 이후에도 소식이 없었다. 오동댁은 저녁 무렵이면 춘매와 선아가 나무전거리를 향해 고갯길을 넘어가는 뒷모습을 멀찍이서 바라보며 안 보일 때까지 서서 배웅하곤 했다. 그러기를 열흘이 지나도록 석준은 여전히 돌아오지 않았다. 그가 처음 집을 나선 지 벌써 달포가량 되었다.

그동안 나무전거리의 기루에는 입소문을 타고 '가야금 소녀명인'을 보려는 지방 토호나 부잣집 한량들의 문전성시로 매일 밤 흥청거렸다.

7

석준 아바이가 돌아온 것은, 그가 처음 집을 나선 지 무려 두 달가량 지난 어느 날 해거름녘이었다. 그 시각쯤 선아와 춘매가 말티고개를 넘어 기루로 향한 지 얼마 되지 않은 때여서 집안에는 오동댁만 혼자 남아있었다.

대문으로 들어서는 석준의 모습이 두 달 전과는 완연히 달라져 있었다. 다 해져 너덜너덜한 바랑을 어깨에 메고 허름한 회색 승복을 걸친 입성에다, 바싹 야윈 듯 강퍅한 얼굴엔 수염이 텁수룩하였다. 한눈에 봐도 죽을 고비를 넘긴 모양새로 껑더리되어 돌아온 것이다.

— 오동댁! 나, 왔소.

처음에 오동댁은 그를 알아보지 못했다. 웬 낯선 걸식승(乞食僧)인가 여겨, 멀뚱멀뚱 쳐다보다가 얼마 뒤에야 비로소 알아보고는 깜짝 놀랐다.

— 아이쿠! 이게 누구요? 선아 아배 아이요? 이기 우찌 된 일이요?

오동댁은 얼른 큰방의 아랫목으로 그를 안내하고는 세세한 사연은 나중 듣기로 하고 부리나케 저녁상부터 차려 내어왔다. 석준은 배가 몹시 고팠던 모양이다. 며칠을 굶었는지 쉴 새 없이 숟가락, 젓가락질을 해대며 밥이랑 반찬이랑 국이랑 닥치는 대로 입안에 마구 쓸어 넣듯이 그릇들을 깨끗이 다 비운다. 그리고는 따뜻한 숭늉을 한 사발 쭉 들이키고는 그제야 한숨 돌리더니, 마침내 그간의 사연을 찬찬히 들려주는 것이었다.

그가 처음 집을 나설 때는 진주에서 가까운 단성 저자에서 일박하고, 이튿날 산청으로 갔다가 거기서 형세를 봐가며 머물든지, 아니면 산 고개를 몇 개 더 넘어가 함양 땅에서 하루를 묵고, 그 다음날엔 안의를 거쳐 진주로 곧장 돌아오는 중간에 날이 저물기라도 하면 부득이 그 길목 어디쯤 객주에 들러 일박하리라고 작정하였다. 만약 그 일정대로라면 왕복 닷새면 충분하고, 늦어도 엿새 걸려 진주까지 너끈히 되돌아올 계획으로 떠났던 것이다.

첫날 단성에서 하루 묵고, 이튿날 산청 저자에서 건어물로 가져간 마른 멸치를 한 포대쯤 팔고 나니 미시(未時 · 오후1~3시)쯤 되어서야 겨우 근처 주막에서 늦은 점심을 먹었다. 아직 해가 중천에 있어 부지런히 걸으면 해지기 전에 함양의 저녁 장판에는 도달할 수 있을 것 같았다. 그런데 함양을 향해 가던 길에 차질이 생겼다.

평소에는 왼편에 경호강을 끼고 생초를 지나 평탄한 외길만 쭉 따라가기만 하면 두 갈래로 나뉘는 수동(水東)마을이 나온다. 수동마을의 그 갈림길에서 서쪽인 왼손 편으로 꺾어 들어가면 함양을 통해 전라도 남원까지 이어지고, 오던 길 그대로 계속 북쪽으로 향하면 안의와 거창으로 이어지는 단순한 길이었다.

한데, 생초마을에 이르렀을 때 웬 장정이 뒤따라오며 그를 불러 세웠다. 아까 산청 저잣거리 주막에서 점심을 먹고 있을 때부터 평상 위에 부려놓은 석준의 등짐 가운데서 유독 비단에 관심을 보이던 사람이었다. 비단 천을 유심히 만지작거리며 가격을 묻기도 하던 사내였다.

생초마을 앞 내를 건너 시오리쯤 들어간 곳의 유림마을이 자기 고향인데 노부모 칠순 잔치에 각각 비단옷 한 벌씩 해드리고 싶단다. 어쩌면 비단을 전부 다 살 수도 있단다. 석준으로서는 오래 생각할 필요가 없을 만큼 솔깃한 이야기였다. 설령 가격 흥정이 잘 안 되더라도 손해 볼 일 없이 애초 일정대로 유림에서 함양으로 다시 제 갈 길 떠나면 그만인 것이다.

— 밑져야 본전이랄 것도 없는 제안인데 뭐, 그럽시다. 나로선 전연

손해 볼 일도 아니니까.

생초마을 앞 냇가에 이르고부터 인가(人家)라곤 전혀 없는 산기슭을 걷는 동안 석준은 별로 의심하지 않고 사내의 뒤를 따랐다. 짊어진 등짐이 점점 무거워온다는 느낌이 들 때마다 한 번씩 짐을 추스르며 방심한 채 묵묵히 걷고 있는데, 문득 사내가 힘들 텐데 좀 쉬었다 가잔다.

석준은 한숨 돌리려고 길 옆 풀덤불에 막 짐을 내려놓았다. 바로 그 순간, 별안간 강도로 돌변한 사내가 그의 오른쪽 어깻죽지를 날카로운 흉기로 내리찍었다. 아악! 하고 비명을 지르는 사이 또다시 단검 같은 뾰족한 것에 옆구리를 찔리는 강한 통증을 느끼는 순간 석준은 그만 의식을 잃고 말았다.

산길 풀숲에 쓰러진 상태로 얼마나 시간이 지났는지도, 피를 얼마나 흘렸는지도 알 수 없었는데 그가 정신을 차렸을 때는 어느 절간 방에 눕혀져 있었다. 길 가던 스님들 눈에 띄어 구출된 것인데, 그곳은 유림을 지나 마천으로 가는 길목에 있던 작은 암자였다. 가까스로 의식을 차린 것은 그가 발견된 지 닷새가 지난 뒤였다고 그곳 스님이 설명해 주었다.

석준은 자신이 가진 전 재산을 다 털린 것은 둘째 치고, 우선 이 사실을 모르고 걱정하고 있을 선아와 오동댁 생각에 안절부절못했다. 억지로 일어나 집으로 돌아가고자 했으나, 주지인 노스님은 설레설레 고개를 저었다. 설령 스님의 만류가 없었다 해도 상처가 심한 몸이 천근만근 무거워, 그는 혼자 힘으로는 아예 움직일 수가 없었다.

그나마 스님들의 눈에 띈 것이 천만 다행이었다. 절에서는 옛날부터 그 나름의 여러 가지 비방(秘方)이 전수되고 있었다. 주로 특이한 약초를 이용한 경험방(經驗方), 또는 전래된 민간요법과 각종 침구(鍼灸)를 사용하는 방법 등이었다. 단지 거기엔 치료기간이 오래 걸린다는 단점이 있었다. 상처가 절로 아물어 덧나지 않도록 하기 위해선 장기간에 걸쳐 갖은 정성을 쏟아야 하고, 또한 원기를 회복할 수 있는 탕약을 주야로 끓여 보신(補身)하는 노력까지 곁들여야 하기 때문이다.

이전까지 일면식도 없었던 스님들의 그런 지극정성 덕분에 석준은 차츰 몸을 회복할 수 있었다. 이제 어느 정도 혼자 힘으로 걷고 움직일 수가 있게 되자, 그는 주지스님께 간신히 목숨을 건질 수 있게 해주신 이 은혜를 어찌 갚아야 할지 모르겠으나 결코 잊지 않겠노라고 몇 번이고 감사의 절을 올렸다.

― 불은(佛恩)이로다!

암자의 노스님은 그렇게 대꾸하며, 공덕 쌓은 것이 있어 부처님의 은덕을 입게 된 모양이라고 간단히 대답할 따름이었다. 그리고는 완전히 원기를 회복할 때까지 며칠 더 쉴 동안 법당에 나가 부처님 전에 기도하라는 명을 받들어 석준은 이삼일 더 암자에 머물렀다.

드디어 암자를 떠나오던 날, 그는 스님들께 합장배례 하고는 귀갓길에 올라 쉼 없이 걸었다고 했다. 중간에 날이 저물어 단성 저자에 이르렀을 때, 평소 늘 거래하던 주막집에 들러 그간의 사정을 얘기하고 하룻밤을 신세진 뒤 무사히 돌아올 수 있게 된 것이라고 석준은 지나온 전 과정을 그렇게 낱낱이 오동댁에게 전하였다.

― 진주에 도착해서는 나무전거리 돗골댁을 찾아볼 생각은 못한 갑지요?

— 그럴 겨를조차 없었소. 오로지 한시 바삐 집에 오고 싶은 생각뿐이었소.

— 그래요, 잘 하셨소. 참말로 다행이구면요. 그동안 우린 얼매나 근심걱정에 빠져설랑 맘 졸이고 지냈는지 몰라요. 과거 춘매 애비의 경우도 있고, 불길한 예감이 자꾸 떠올라 당최 일이 손에 잡히질 않습디다. 어쨌거나, 이렇게 살아서 돌아오신 것만 해도 다 부처님 은덕인갑네요. 아이고, 나무관세음보살…….

오동댁은 자신도 모르게 두 손바닥을 공손히 모으고는 마치 석준의 목숨을 살려내 준 스님들을 앞에 둔 것처럼 허공에다 고개를 주억거려 감사의 배례를 반복한다. 그녀는 과거에 경험했던 어떤 기시감(旣視感)으로 인해 놀라운 감정을 한동안 주체하지를 못했다.

— 그나저나, 선아는 어디로 갔소? 춘매도 안 보이는 걸 보니 어디 함께 간 모양인데, 애들한테 무슨 일이라도 있는 게요?

오동댁은 한 순간 가슴이 찔끔했으나 어차피 알게 될 일이라 사실대로 고하지 않을 수 없었다.

일테면, 석준이 행상 나가 소식이 끊긴 지 스무 날이 되자, 비로소 선아와 춘매가 나무전거리로 행방을 찾아 나선 일이며, 그날 기루에 들러 대모의 제안을 받아들인 것이며, 당분간 일당제(日當制)를 조건으로 가야금 연주를 하게 된 경과 사항 따위를 다 말했다.

이야기를 전부 듣고 나서도 석준은 예상 외로 특별한 반응을 보이기는커녕 가만히 눈을 감고 앉아서 무슨 생각을 하는지 그저 묵묵하기만 하였다.

*

석준은 두 달 가까이 집을 떠나 있던 사이 일어난 변화에 자신이 알고 나서도 어떻게 조처할 방도가 없었다. 아닌 게 아니라, 식구들의 생계를 책임질 능력이나 여력이 없이 빈털터리가 된 지금의 처지로서 그가 할 수 있는 일은 이전까지 춘매가 하던 일을 대신하는 것뿐이었다. 말하자면, 기루에 나가는 선아의 안전을 책임지는 동행자로서 출퇴근을 시키는 역할 외엔 현재로서 달리 할 게 없었다. 석준은 평생토록 아씨의 길라잡이가 되는 게 자신에게 주어진 운명이라고 여겼다.

기루의 대모가 특별히 허락하여 석준은 그 집 행랑채의 늙은이를 도와 임시로 문지기 역할을 겸하게 되었다. 선아의 연주가 두어 곡 끝나기를 기다렸다가 데리고 돌아오는 것이, 물론 그의 주된 임무였다. 가끔은 술 취해 행패를 부리는 자를 제지하여 조용히 처리하는 일도 본의 아니게 도맡게 되었다. 석준은 키가 크고 건장했기 때문에 외관상으로도 그런 역할이 제격이었다.

하루는 함께 말티고개를 넘어 돌아오던 밤길에 선아가 석준에게 말했다.

— 아바이, 부탁이 있어요.

— 부탁이라뇨? 아씨, 무언데요?

석준은 잔뜩 궁금증이 나기도 하고, 아씨가 무슨 말을 하려나 긴장되었다.

— 나를 기적(妓籍)에 올려주세요.

석준은 기겁을 할 정도로 놀랐다.

― 아니 됩니다. 아기씨! 그건 절대 아니 됩니다. 쇤네는 마님과의 약속을 지켜야 해요. 그 약속 하나로 지금껏 버텨 왔습지요. 아씨를 그런 곳에 보내면 나는 죄책감 때문에 세상을 살아갈 면목이 없습니다.

석준은 기가 막혔다. 딱히 절대 안 된다고 말은 하였지만 뾰족한 수가 떠오르지 않았다. 어물어물 자꾸만 안 된다는 말만 되풀이 하고 있는데, 선아가 자르듯이 말했다.

― 요 며칠 아무리 생각해도 살아갈 길이 막막해요. 그렇다고 마냥 이렇게 살아가서는 안 되겠어요. 내 나이도 곧 열다섯 살이 되어요. 그동안 날 보살피고 키워준 아바이의 은혜는 잊지 않을게요.

― 아씨! 무슨 그런 말씀을! 기녀가 된다면 그건 인생을 망치는 일이고, 또한 가문에 먹칠하는 짓이에요. 귀족가문의 여식으로 조상님들 뵐 면목 없는 짓을 할 생각일랑 당장 그만두어요!

― 하루아침에 역적으로 몰린 가문이 밥 먹여 주나요? 나도 더 이상 아바이 신세만 지고 살고 싶지 않단 말이에요. 아바이도 연세를 생각해야지요. 이제 곧 마흔이 되잖아요. 그런데 평생을 나 때문에 희생하는 걸 더는 두고 볼 수가 없단 말예요! 우리가 언제까지 부녀 행세하며 남들을 속이고 살아갈 수 있다고 생각해요? 사람마다 각자 타고난 운명이 있으니까, 내 생각엔 더 늦기 전에 아바이도 춘매 엄니랑 인연을 맺고 행복한 가정을 꾸리고 살아가세요. 다행히 아줌마도 참 맘씨 좋은 분이란 건 겪어봐서 잘 알잖아요. 나도 이젠 어린애가 아니라서 알 만한 건 다 알고 있으니까 그렇게 하시는 게 나도 맘 편하겠어요……

석준은 말문이 턱 막혔다. 뭐라고 대꾸할 말이 더 이상 떠오르지 않았다.

— 아씨, 거기 대해선 좀 더 시간을 두고 생각해보기로 하고……, 암튼, 난 아씨가 기녀가 되는 건 무슨 일이 있더라도 막을 겁니다. 그것만은 절대로 안 돼요.

8

초저녁부터 승복차림의 사내는 기루의 마당가 귀목나무 밑 평상을 차지하고 팔베개를 하고 누워 있었다. 술이 거나하게 취해 밤하늘 별자리를 감상하는 척하며 기녀들의 가야금 병창에 귀를 세워 듣고 있다.

날이 더운 탓인지, 술기운으로 열이 난 몸뚱이를 식히려는지, 그는 겉옷으로 걸친 잿빛 가사(袈裟)의 고름을 풀어 헤쳤다. 그래도 시원치 않아 홑껍데기 윗저고리 옷고름까지 반쯤 풀어놓고는 바람을 쐰다. 삼베잠방이는 긴 다리에 비해 약간 짧아 보였다. 그는 벌써 반년 정도 매일 저녁 선아를 기루에 데리고 와서는 연회장이 파할 때까지 하릴없이 대기하는 처지로 변한 석준 아바이였다. 머리통은 굵은 밤송이를 보는 듯 뾰족뾰족하게 솟은 털로 가관이었다. 강도를 만나 목숨을 잃을 뻔한 그를 구해준 스님들 덕분에 가까스로 살아나 암자를 떠나오기 직전에 박박 깎은 머리가 제법 길어진 탓이었다. 텁수룩했던 수염과 구렛나루는 오동댁의 잘 드는 가위로 알맞게 다듬어져 이젠 보기 좋게 정돈되어 있었다. 겉모습만으로는 얼핏 땡추 스님이나 진배없는 형상이었다.

선아의 명성이 높아지자 이곳 홍등가의 다른 유곽(遊廓)과는 달리 이 기루에만 유달리 내로라하는 지방 호족이며 한량패가 들끓었다. 그럴수록 석준은 나날이 제 속이 타들어가는 느낌에 혼자 괴로워했다. 얼마 전 선아 아씨가 자기한테 한 말이 가슴에 딱 걸려 응어리처럼 남아 있었던 탓이다. 자기 때문에 희생하면서 인생을 허비하지 말고 춘매 어미하고라도 연을 맺어 가정을 꾸려 살아가라고 하던 선아 아씨의 그 말이 두고두고 제 가슴을 후벼 파는 것 같았다. 애써 잊어보려고 그는 주방 식모에게 술을 갖다 달라하여 취하도록 마시곤 했다.

선아한테서 뜻밖의 말을 들은 뒤로 석준은 여기저기 절간을 떠돌며 정식 승려가 되어볼까, 그런 생각도 해 보았다. 예기치 않게 지난번에 한 번 불연(佛緣)을 맺은 뒤로 어쩜 그것이 제 팔자일지도 모른다는 생각도 들었다. 그러나 과연 천민의 신분으로 승려가 될 수 있는지도 알수 없었을 뿐더러, 승방을 얻어 생활하는 게 정말 가능한 일인지도 그로서는 전혀 가늠하기조차 어려웠다. 평생 절간의 불목하니로 지내며 산에서 나무나 해다 주고, 승방에 군불이나 지피고, 초파일날이면 연등 다는 일 따위의 허드렛일이나 도와주면서 행자승도 신도도 아니게 어정쩡하게 살더라도, 겨우 입은 굶지 않고 지내겠지…….

몇 달 전, 암자에서 주지스님이 "불은(佛恩)이로다!" 하였을 때, 그는 봉두난발(蓬頭亂髮)을 아예 삭발해 달라고 요청하던 순간, 잠깐이나마 그 생각을 안 해본 것은 아니었다. 그러나 한편으로 자기를 기다리고 있을 선아 아기씨가 걱정되고 보고 싶어 미칠 것 같아 몸을 추슬러 급히 산을 내려오고야 말았던 것이다. 그때도 그랬는데, 지금 와서 새삼스레 아기씨를 떠나 승려가 된다는 건 도저히 생각할 수 없는 일이었다. 석준은 그와 같은 온갖 생각으로 마음속이 착잡해진다.

안에서 갑자기 웬 고함소리가 터져 나왔다. 이따금 있는 일로서, 아마 술 취한 손님 중 누군가가 또 객기를 부리고 패악을 떠는 모양인가 싶었다. 그도 인젠 기녀집의 생리를 어느 정도 파악하고 있었다.

— 아저씨! 아저씨! 빨리 일어나세요.

좀 전에 안에서 손님들과 술판을 벌이던 기녀 하나가 석준이 누워 있던 마당가 평상으로 급히 다가왔다. 석준은 아직 술이 얼얼한 상태로 누운 채 시무룩하니 그녀를 쳐다보았다. 낯이 익은 애향이었다.

— 뭔 일이요? 안이 시끄럽던데 무슨 일 났소?

— 지금 낭패 났어요. 못된 놈이 선아한테 막 행패를 부리려 해요.

— 뭐라고?

석준은 반사적으로 벌떡 일어났다.

— 대체 무슨 일인데?

— 글쎄, 얼른 들어가 봐요.

더 이야기 들을 새도 없이 석준은 대청마루를 올라 술판이 벌어진 방으로 갔다. 잠시 후 그곳에서 웬 사내가 호통을 치는 소리가 들렸다. 만취한 상태로 얼른 선아를 데려오라고 억지를 쓰고 있었다. 여차하면 상이라도 엎을 양 몇 번이나 주안상의 모서리를 잡고 으름장을 놓는 것을 옆에서 고참인 소혜가 아양을 떨듯 달래면서 무마를 하는 참이었다. 주란은 소혜의 뒤에 쪼그려 앉아 벌벌 떨며 겁에 질린 표정이었다.

— 선아는?

방문 안을 들여다본 석준은 선아가 그 방에 없는 것에 우선 안도하면서 옆에 서 있는 애향에게 물었다.

— 좀 전까지 여기 있다가, 놀라서 대모님 방으로 피신해 갔나 봐요.

행패를 부리는 녀석은 고을 수령의 조카로, 하창수라는 이름의 스물넷쯤 된 한량이었다. 이 기루에서 자타가 공인하는 주란의 애인으로 단골손님이기도 했다. 선아의 가야금 연주를 청해 듣다가 느닷없이 선아를 끌어당겨 오늘밤 자기에게 수청을 들라며 본새 없이 수작을 걸었다는 것이다. 주란이 못마땅해서 흘겨보다가 "선아는 기녀가 아니에요. 단지 연주를 위해 온 것뿐이지. 잘 아시면서 왜 그래? 애한테 집적대지 마세요! 자꾸 그러시면 대모님한테 혼나요."라고 쏘아붙인 것을 빌미로, 녀석은 더욱 심통을 부리기 시작했단다.

— 뭣이라? 대모가 나를 혼내? 어럽쇼! 그래, 맘대로 해 보라지. 기녀가 따로 있나? 기루에 와서 연주하면 그게 다 기녀지 뭐야!…… 얘야, 내가 오늘 밤 너를 어른으로 만들어줄 테니 나한테 수청 들어라!

석준이 그 방으로 갔을 때는, 소란스런 기척에 고참 기녀인 소혜가 황급히 와서 달래고 있었다. 녀석은 이미 너무 취하여 몸을 제대로 가누지를 못할 정도였다. 그 와중에도 창수 녀석은 선아를 데려 오라며 이젠 숫제 어린애처럼 보챈다. 소혜는 그렇게 할 테니 잠깐만 쉬라며 석준에게 그를 업게 해서 빈방으로 안내해 눕혔다.

— 술만 취하면 개망나니예요. 맨 정신일 때는 돈 씀씀이도 헤프고 제법 통 큰 활수(滑手)인 양 행세하길래 괜찮은 손님이라 여겼더니, 갈수록 제멋대로예요. 고을 수령인 제 숙부 뒷배만 믿고 저렇게 기고만장할 때는 정말 꼴사나워 못 볼 지경이거든요. 제멋대로 행패를 부려도 후환이 두려워 어쩌지 못하고 살살 빌면서 달래는 수밖에 없어요.

기가 막혀서, 이 짓도 참 못 해먹을 노릇이에요.

소혜가 혀를 끌끌 찬다.

— 왜 안 그렇겠소? 암튼, 오늘 밤엔 이쯤에서 선아를 데리고 돌아
가야겠습니다.

— 저쪽 옆방에 계신 점잖은 손님 분들 자리에서 막 가야금 요청이
있어 선아가 그리로 갔대요. 여흥으로 연주 두어 곡만 하면 곧 끝나니
까 그때 데려가도 좋대요. 저도 지금 그리로 가서 합석해야 할 판이니
까 아저씨는 예서 기다릴 동안 출출하시면 주방에 밤참이라도 청해 드
세요.

— 알았으니 내 걱정일랑 말고, 얼른 가보게.

석준은 손사래를 치고는 다시 평상에 벌렁 드러누웠다. 캄캄한 밤하
늘의 별들이 그윽이 내려다보고 있다. 이제 막 선아가 켜는지 가야금
의 선율이 집안에서 흘러나와 밤하늘로 퍼져간다. 그는 스스로 생각해
도 제 몸이 옛날과 달리 빠삭빠삭 말라가는 듯한 느낌이었다. 주인어
른의 여식을 지키며 여직껏 키워서 결국엔 사내들의 노리갯감으로 팔
았다는 죄책감이 들어 하루도 마음 편할 날이 없었다.

며칠 전만 해도 석준은 선아를 설득할 목적으로 안타까운 자신의 속
내를 터놓았다.

— 쇤네는 여태 아기씨만 바라보고 살아왔는데, 제발 헤어져서 살지
말고 함께 여길 떠납시다. 진주 땅엔 더 이상 미련을 두지 말고, 아무
데나 멀리 세상 간섭이 없는 조용한 곳으로 가서 삽시다.

그러나 선아로부터 돌아오는 대답은 한결같이 쌀쌀맞았다.

— 세상에 그런 곳이 어디 있겠어요? 설령 있다 해도 그런 곳에 무

슨 희망이 있겠어요? 세상과 등진 채 조용한 곳에 살려면 벌어놓은 돈이라도 많이 있어야죠.

— 아기씨, 내가 무슨 일을 해서라도 돈을 벌면 되잖습니까?

— 아바이도 참! 인젠 나이가 들고 몸도 성치 않아 힘든 일은 못하잖아요? 게다가, 수중엔 지금 한 푼도 없는 처지고…….

그런 야멸친 말에는 그도 기가 죽을 수밖에 없었다.

미상불 머릿속으로는 멀리 육지와 절연된 조용한 섬 같은 곳을 그려보지만, 막상 처한 현실의 삶은 생각만큼 녹록치 않다는 사실을 뼈저리게 실감하고 있었다. 개경을 떠나올 때 주인마님께서 장만해주신 금붙이와 꽤 넉넉했던 노잣돈을 밑천으로 삼고 시작한 장사였다. 얼마동안은 벌이도 쏠쏠했건만 결코 오래가진 못했다. 그것마저 몇 달 전 노상강도를 당해 깡그리 다 날린 셈이었다. 이래저래 희망이 사라진 상태에서 자신이 할 수 있는 일이라곤 더 이상 없는 것 같았다.

석준이 한참 생각에 잠겨 있던 차에, 선아의 가야금 연주도 끝이 난 듯 이제 조용하다. 그런데 갑자기 집안에서 다시 시끌벅적한 고함소리가 울렸다. 아까 기방에서 주정을 부리며 추태를 보이던 하창수를 간신히 달래어서 업어다 빈방에 눕혔더니, 잠시 곯아떨어졌던 녀석이 이제 막 잠을 깨었는지 소란하다.

이때 애향이가 선아를 데리고 슬쩍 자리를 피해 오는지, 복도의 난간 곁을 지나 마당으로 내려선다. 석준은 얼른 평상에서 일어나 선아를 맞이하려고 다가갔다. 애향이가 약간 숨찬 기색으로 헉헉대며 재빨리 전한다.

— 지금 창수란 자가 선아를 찾아서 또 난리를 피우네요. 주란이 방

에 찾아가 어서 선아를 데려오라고, 애먼 주란이한테 드잡이로 호통을
쳐대며 지랄을 해요.

— 아바이, 이제 갑시다. 난 괜찮아요.

선아는 생각보다 침착한 목소리로 그렇게 말했으나, 그래도 표정에
는 어지간히 놀란 기색이 역력했다.

— 이제 가실라오?

돌아보니, 행랑채의 늙은 문지기가 나와서 걱정스레 바라보고 있다.

— 내가 가서 마무리하고 나오리다. 뒷일은 내게 맡기고, 아무쪼록
밤길에 조심해 가시오.

그러고 있는데 소란을 떨다 말고 창수란 녀석이 없어진 선아를 찾아
대청마루의 난간 쪽에서 허겁지겁 달려 나오며 외친다.

— 네 이년! 게 섰거라! 시방 어딜 달아나려고?

녀석은 버선발로 마당에까지 뛰어 내려섰다. 석준이 그를 제지하려
고 나서자 늙은 문지기가 그를 만류하며,

— 여기 계세요. 내가 대신 처리하리다.

말하고 나서 문지기 노인이 돌아서는 순간, 창수 녀석이 저돌적인
자세로 앞을 가로막는 그를 떠받듯이 들입다 밀쳤다. 그 바람에 그만
노인은 뒤로 나자빠져 털썩 엉덩방아를 찧으면서 마당에 나뒹굴었다.
석준이 뒤에서 어떻게 손쓸 겨를도 없이 순식간에 눈앞에서 벌어진 일
이었다.

— 어딜 달아나? 못 간다, 이 년아!

녀석은 눈에 아무것도 뵈는 게 없는 듯했다. 이번엔 다짜고짜 선아
의 팔을 홱 낚아채듯 붙잡아 당기며 강제로 집안으로 도로 끌고 들어

가려고 했다. 그 광경을 목도하는 순간, 그만 눈이 확 뒤집힌 석준은 마당 옆에 쌓아둔 장작개비를 손에 잡히는 대로 들고 사정없이 녀석의 뒤통수를 후려쳤다. 퍽! 하고 깨어지는 둔탁한 소리와 악! 하고 내지르는 외마디 비명소리가 거의 동시에 겹치면서 녀석이 땅바닥에 고꾸라졌다. 순식간에 일어난 일이라 누가 어떻게 말릴 사이도 없었다.

— 아바이, 지금 무슨 짓을 한 거예요?

선아가 깜짝 놀라 나무랐지만 일은 벌어지고 난 뒤였다. 그 자는 죽었는지 꼼짝도 하지 않고 쓰러져 있다. 그때쯤 대청마루 난간 근처에 우르르 몰려나온 사람들이 놀라움에 휩싸인 눈빛으로 이 광경을 지켜보고 있었다. 처마 끝에 달린 홍등의 불빛에 반사된 그들의 질린 표정이며 공포가 서린 눈동자들과 맞닥뜨리자 석준은 왈칵 겁이 나기 시작했다. 선아도 와들와들 떨고 있다.

이때 늙은 문지기 노인이 석준에게 얼른 선아를 데리고 빠져나가라고 눈짓을 하며 "어서 가요."라고 나지막이 재촉한다.

하긴, 사태가 이 지경에 이르렀으니 여기 더 있다가는 어떤 결말에 부닥쳐 또 무슨 봉변을 당할지 가늠할 수가 없었다. 석준은 선아의 손을 잡아끌며 부랴부랴 도망치듯 기루를 빠져나갔다.

— 아바이, 혹시…… 그 자가 정말로 죽으면 어떡하죠?

뛰다시피 잰걸음으로 내처 쉬지 않고 말티고갯길의 초입까지 이르렀을 때 선아가 가쁜 숨을 몰아쉬며 비로소 걸음을 멈추었다. 여기서부터는 오르막길이었다. 숨이 가쁘기도 했지만, 선아는 뒤늦게 공포심이 몰려드는 모양으로 쉽사리 발걸음을 떼지 못하고 우두커니 서있다.

— 만일 하창수란 그 놈이 죽는다면, 살인죄로 금세 체포령이 내려

지겠죠. 더구나 녀석이 고을 수령의 조카라던데 여부가 있겠어요? 붙들려가서 속절없이 가혹한 형벌을 받아야겠지만, 그건 두렵지 않아요. 단지, 쇤네가 걱정스런 것은 아씨의 장래문제예요. 혹시 아씨까지 붙잡혀 가서 심한 추궁을 받게 될 시엔, 개경에서 있었던 과거의 사건들이 들추어져 아씨의 정체가 탄로 나지는 않을까……, 나로선 그것이 못내 걱정될 뿐이에요. 그나마 지금까진 용케 신분을 숨겨 다행이긴 했지만…….

— 그럼, 어쩔 수 없이 여기서 멀리 도망치는 길밖에 다른 방법이 없겠어요. 아바이가 늘 하던 말대로, 세상을 등진 곳에 가서 깊숙이 숨어서 살 수밖에…….

9

그날 밤, 말티고개 아래뜸의 춘매네 집까지 헐레벌떡 도망쳐 온 석준과 선아는 오동댁과 급히 상의한 끝에 우선 간단한 짐들을 챙겨 멀리 길 떠날 채비를 차렸다.

아까 집에 당도하자마자 곧장 석준은 오동댁과 단 둘이 의논할 게 있다며 조용히 따로 불렀다. 그리고는 얼마 전 기루에서 있었던 일뿐만 아니라 지금껏 감춰온 모든 사실에 대해, 더는 숨김없이 이실직고하였다. 십여년 전, 서경(西京·평양)에서 묘청이 일으킨 난의 여파로 왕경(王京)의 정변에 휩쓸려 역적으로 몰린 예부시랑 댁의 무남독녀이자 유일한 혈육인 선아를 데리고 미리 개경을 빠져나왔으나, 이후 줄곧 도망자 신세로 부녀행세를 하며 신분을 감춘 채 살아온 저간의 사정을 그는 낱낱이 고백하였다.

― 오동댁! 늦었지만 비로소 사실대로 다 말하고 나니, 이제 내 마음도 홀가분하오. 용서하시오.

― 용서하고 말고가 어디 있어요. 이리 다 솔직히 말해주시니, 오히려 내가 민망커만요. 허기야, 그동안 선아를 대하는 이녁의 태도가 좀 이상허긴 했지요. 진짜 부녀지간인지 긴가민가해서 늘 의심스럽긴 했어도 머, 크게 신경 쓰진 않았어요. 어쨌거나, 사람이 죽었든 안 죽었든 녀석이 고을 수령의 조카라 헌께, 아매도 틀림없이 체포령이 내려질 기라요. 그란께 지금 당장 서둘러 떠나야 해요. 가급적 눈에 잘 띄는 큰길을 버리고 산길을 타고 가시라요. 이녁을 체포하러 오는 자들이 틀림없이 수소문하여 나중엔 필경 우리 집에도 들이닥칠 게 빤해요. 그러니 말티고갯길로 가지 말고, 여기 선학산 능선을 타고 남동쪽으로 계속 내려가면 돗골이 나오고, 거기 큰들 나루터에서 좁은 강폭을 건너면 문산으로 빠지는 길로 이어지니까, 그리로 계속 내려가다 보면 금곡으로 해서 영오, 개천, 구만, 배둔, 고성까지 줄곧 연결돼요.

― 선학산을 넘어 돗골로 가는 길은 나도 몇 번 다녀본 적이 있어서 알고 있죠. 그쪽이 지름길이라 일부러 돗골 쪽에 비단 필을 주문하러 오갈 때 그 길을 택하기도 했으니까. 그나저나, 선아 아씨와 내가 떠난 뒤에 우리를 추적하는 놈들이 틀림없이 이곳을 탐문하여 들이닥칠 텐데, 아무래도 오동댁의 안전이 걱정스럽소.

― 그건 염려 마시오. 기루에서 나온 즉시 그 길로 아예 다른 데로 도망쳤는지 여긴 들린 적이 없다고 딱 잡아떼면 저들이 뭘 어쩌겠소? 춘매한테도 그리 일러 놓을게요. 허니, 인자 고만 떠나시오. 이러고 있

을 여유가 없어요. 한시가 급한데, 어서 밤길을 재촉해서 어데로든지 멀리멀리 달아나소.

— 인연이 다하지 않았으면 꼭 다시 만날 때가 있으리다.

— 지도 그리 생각해요. 기다림이 있다는 건, 그래도 희망이 남아 있다는 증거구만요. 지는 항시 이곳에서 기다릴게요…….

떠나기 직전, 오동댁은 장차 요긴하게 쓸 수 있는 고약(膏藥) 따위의 상비약과 함께 옷장 속에 몰래 숨겨둔 한팔 길이만 한 검(劍)을 내어주며 보자기에 싸서 장차 호신용으로 지니고 다니라고 하였다. 과거에 춘매 아비가 도적을 만나 횡액을 당한 이후, 대장간에서 특별히 주문하여 마련한 호신용 칼이라는 것이다. 앞으로 어떤 일을 당할지 알 수 없으니 항시 바랑 속에 넣어 다니다가 요긴할 때 사용하란다.

그렇게 서로 작별한 뒤, 그 길로 석준은 지난날 암자에서 얻어 입은 가사를 걸치고 등에 바랑을 멘 스님 행색을 하고, 선아는 춘매의 제안으로 남장을 한 채 선학산 능선을 타고 무조건 남쪽으로 산길을 재촉했다. 별로 미련은 없었지만 그래도 선아는 기방의 언니뻘 되는 기녀들과 대모님께 작별인사조차 못하고 떠나는 게 조금은 아쉬웠다.

두 사람은 오동댁이 일러준 대로 선학산을 넘어 한참 걸어 진양벌에 이르렀다. 돗골 마을을 굽이돌아 흐르는 남강 줄기의 큰들 나루터까지 왔을 때는 동녘 하늘이 희부옇게 밝아오고 있었다. 강가 갈대숲의 계류장(繫留場)에 묶여 있는 나룻배의 밧줄을 풀고 뱃전에 얹힌 장대로 밀면서 좁은 강폭을 건넜다. 건너간 즉시 그쪽 계류장에 다시 밧줄을 묶어놓고 진주를 벗어나 남쪽으로 이어진 길을 따라 계속 걸었다.

가다가 갈림길이 나오면 가급적 남쪽 방향을 선택하였다. 남쪽으로

만 가면 필시 바다가 나올 것이라고 판단했기 때문이다. 낮이 되자 길에는 간혹 말이나 소가 끄는 달구지며 행인들이 눈에 띄기 시작했다. 소달구지나 마차를 보아도 얻어 탈 엄두가 나지 않았다. 그러면 공연히 이런저런 이야기가 나오기 마련이라 신분 노출이 될까봐 아예 정처 없이 걷고 또 걸을 수밖에 없었다.

사나흘 뒤 그들이 도착한 곳은 제법 민가가 많은 곳이었다. 지나는 행인에게 여기가 어디냐고 물으니 배둔이란다. 두 사람은 종일 굶다시피 걸어왔기에 허기를 달랠 겸 하룻밤 묵어 갈 적당한 곳을 찾고 있을 때였다. 수상쩍은 사내 둘이 뒤를 밟고 있는 것을 선아도 석준도 전혀 눈치를 채지 못했다.

둘이서 주막에서 겸상하여 저녁을 먹고 있을 때였다. 저쪽 평상 위에서 두 사내 중 한 놈은 국밥을 먹고, 또 한 놈은 갓을 쓰고 이쪽을 연신 힐끔거리며 막걸리 사발에 얼굴을 감추고 있었다.

밤중 무렵, 주막집에 투숙하여 잠을 청하는데 아까 급히 먹은 음식이 빈 뱃속에서 탈을 일으켰는지 석준은 갑자기 뒤가 마려웠다. 뒷간에 가서 시원하게 볼일을 보고 있는 차에 반쯤 열린 문틈을 통해 주막집 지붕에 흰 박꽃이 환하게 피어 있는 게 보였다. 달빛에 빛나는 둥근 박을 세어보고 있는데, 자기 방 쪽 근처에 두 그림자가 달빛에 어른거렸다. 정체를 알 수가 없었다. 석준은 본능적으로 위기를 느꼈다. 어쩌면 진주에서부터 그들을 추격해온 자들인지, 아니면 행인을 노리는 단순한 강도인지 아직 분간이 서질 않았다. 집 떠날 때 오동댁이 건네준 검을 떠올렸으나, 방안에 놓아둔 바랑 속에 들어있어 이 순간엔 아무 쓸모없는 거나 다름없었다.

슬그머니 뒷간을 빠져나오자 마침 근처의 헛간에 쌓아둔 퇴비더미에 쇠스랑이 비스듬히 꽂혀 있는 게 눈에 띄었다. 그는 얼른 그것을 집어 들고 숨어서 지켜보았다. 지금 방안에는 선아 혼자 바깥의 동정에 대해 전혀 모르고 있을 터였다.

그런데 두 사내 중 한 놈이 막 방문 앞으로 살그머니 다가가는 것이 아닌가. 다른 녀석은 약간 거리를 둔 채 몸을 낮추고 살금살금 고양이 걸음으로 뒤따르고 있다. 한 녀석이 막 문고리를 잡으려는 순간, 석준은 달려가며 쇠스랑을 휘둘러 뒤쪽에 있는 녀석의 목덜미를 가격하였다.

— 악!

놈이 비명을 지르며 앞으로 고꾸라지듯 몸을 푹 수그렸다. 그 순간, 막 문고리를 잡으려던 앞의 녀석이 재빨리 돌아서며 어느새 품안에서 꺼냈는지 달빛에 번쩍이는 단도를 손에 쥐고 석준을 향해 달려들었다. 석준은 살짝 몸을 피하며 쇠스랑을 창처럼 꼬나 쥐고 녀석의 배를 찔렀다.

— 윽!

놀라 주춤하는 것을 보고 석준이 다시 한 번 위협하듯 찌르는 사이에 녀석이 재빨리 쇠스랑의 끝부분을 손으로 붙잡는 것이었다. 석준이 다시 빼내려고 용을 쓰는 순간, 좀 전에 목덜미를 가격당해 쓰러졌던 놈이 금세 일어나 석준의 허벅지를 겨냥해 재빨리 칼로 찔렀다.

— 으윽!

석준은 순간적으로 비틀했다. 문밖이 소란하자 선아도 어느새 밖으로 나왔다. 석준이 다리에 피를 흘리고 있었다. 선아가 놀라서 엉겁결에 큰소리로 외쳤다.

— 도둑이야! 도둑이야!

두 번의 고함소리에 옆방의 손님들이 잠에서 깨어 문을 열었다. 밤이 깊었지만 하현달이 마당을 훤히 비추고 있었다.

— 도둑이야! 저기, 도둑놈 잡아라!

선아의 고함소리에 주막집의 주모를 포함해 투숙했던 사람들이 모두 밖으로 뛰쳐나왔다. 일단 낭패스런 처지에 빠진 두 녀석은 당황하여 후다닥 달아났다.

석준은 절룩이며 방안으로 들어왔다. 다행히 상처가 그다지 깊지는 않았다. 선아는 머리맡에 놓아둔 봇짐을 풀고 오동댁이 요긴할 때 쓰라며 미리 챙겨준 고약을 석준의 허벅지 상처에 붙이고 그 위에다 좁고 길게 오린 면포로 띠처럼 만든 붕대로 동여매었다.

10

허벅지의 상처는 예상외로 쉽게 낫지 않았다. 한 군데 지그시 눌러 앉아 안정을 취할 틈도 없이 매일 걷다보니 상처가 덧나 석준은 빨리 걷지를 못했다. 암만 생각해봐도 자기네들을 기습한 두 사내의 정체를 알 수가 없었다. 만약 하창수가 그날 밤 장작개비로 뒤통수를 얻어맞고 죽었을 경우라면 관에서 정식 체포령이 내려 포졸들이 추격해 왔을 것이다. 그렇지 않고 정체불명의 사내 둘이 그들을 뒤쫓는 걸 보면 아무래도 창수란 녀석은 죽은 게 아니라 살아서 보복을 할 요량으로 자객을 보냈을 경우라고 생각되기도 했다. 아무튼, 그 자들이 쉽게 포기하고 돌아갔을 리가 없지 싶었다.

그런 생각이 들자 석준과 선아는 더욱 조심조심 앞뒤를 살피며 남쪽으로 도망을 쳤다. 틈틈이 덧난 상처를 확인하여 고름을 짜내고 고약을 바른다. 동여맨 면포 띠를 풀 때마다 진물이 배어 상처에 끈이 눌어붙어 있곤 했다. 선아는 깨끗한 헝겊에 물을 적셔서 닦고 그 위에 새로 고약을 발라주며 묻곤 하였다.

— 아바이, 많이 아프지?

— 아씨, 아닙니다. 칼끝에 약간 찔렸을 뿐. 그렇게 깊진 않아요.

둘은 남의 집 헛간이나 빈방을 얻어 잠을 잤다. 아무래도 주막집은 위험했다. 한적한 산길이나 사람들이 없는 곳은 될 수 있는 대로 피했다. 옛날 소가야 지방이었던 고성을 지나 춘원(현재의 통영)으로 접어드는 해안 길에 도착했을 때는 벌써 황혼 무렵이었다. 하룻밤 묵을 민가를 찾는데 쉽지가 않았다. 여기저기 물어보았으나 적당한 집이 없었다.

어느덧 날이 어둑해져 더 이상 유숙할 곳을 발견하지 못해 발길 닿는 대로 인가(人家)에서 꽤 멀찍이 떨어진 산길을 걷고 있을 즈음이었다. 그때 건너편 산기슭 쪽에 무슨 사당(祠堂)처럼 지어진 낡은 기와지붕이 언뜻 보였다. 가까이 다가가보니 제각(祭閣) 같은 곳이었다. 빗장이 잠겨 있었다. 석준이 담을 넘어 빗장을 풀고, 선아도 안으로 들어갔다. 마주 뵈는 정면 벽에 웬 장수(將帥)의 화상이 부착돼 있고 누군가가 향초를 피운 흔적이 있었다. 염치불구하고 두 사람은 장수의 영전에 합장하고 주변을 대충 정리하여 잠잘 차비를 서둘렀다.

선아와 석준은 구석에 나란히 쪼그려 앉은 자세로 깜깜한 그 방에서 잠을 청했다. 한여름이라 바깥엔 달빛이 밝았다. 사당 뒤로 대밭이 있었다. 산비둘기들이 보금자리를 찾아서 깃드는지 푸드득 거리는 소리가 들렸다. 몹시 피곤했던지 금세 석준의 코고는 소리가 들렸다. 선아는 얼른 잠이 들지가 않았다. 몸을 요리조리 꼬아 보고 자세를 바꾸어보고 하는데, 대밭의 산비둘기가 일제히 푸득거리며 날아가는 것이 아닌가! 그 요란한 기척에 놀란 선아는 잠이든 석준을 흔들어 깨웠다.

— 아씨, 왜 그러십니까?

— 쉿, 조용히 해요.

— 아씨, 무슨 소릴 들었습니까?

선아는 대답 대신 일어나 문 옆으로 가까이 가서 귀를 바짝 대고 밖의 동정에 신경을 곤두세운다. 벌써 삼경(三更)쯤 된 것 같다. 석준은 등에 멘 바랑에서 검을 찾아 손에 쥐었다. 적막한 밤하늘에 댓바람 소리만 기왓장 위를 쓸고 가듯 분다. 발자국소리가 점점 가까이 들리더니 문 앞에서 뚝, 멈춘다. 문이 열리고 석준이 손아귀에 쥐고 있던 검으로 막 내리치려는 순간이었다. 웬 노파 한 분이 쟁반에 음식을 담아 들고 들어오다 화들짝 놀라 뒷걸음질을 쳤다.

— 누, 누구요?

석준이 칼을 얼른 등 뒤로 숨겼다. 안에 사람이 있다는 표시로 선아가 대신 헛기침을 하고는 석준의 어깨 너머로 고개를 내밀고는,

— 예, 저희는 먼 길 가던 행인들인데, 잠잘 곳이 마땅찮아 잠시 쉬어 가려고 들어왔어요.

남자처럼 목소리를 꾸며 얼른 대꾸했다.

마침 달빛이 밝아서 희미하나마 서로의 복장을 확인할 수가 있었다.

석준은 승복차림새였고 선아는 남장이라 별 이상하지는 않았다. 노파가 사당 앞에 서서 안을 기웃거리더니,

— 난 요 근처 마을에 사는 무당할미요. 사당에 모셔놓은 장수화상(將帥畫像)이 뉘신지 내사 모르오만, 예 와서 치성을 드리면 영험발이 있더구먼.

그리고는 이왕지사 이렇게 된 것을 어쩌겠느냐며 가지고 온 음식을 드시란다. 아마 장군님이 배곯은 손님이 찾아와서 나를 부른 것 같다며 나물 한 그릇에 쌀밥 한 공기를 내민다.

— 장군님이 손님들을 대접하려고 하신 것인께 염치 차리지 말고 드시오.

노파는 제단석(祭壇石) 아래쪽을 손으로 더듬거려 부싯돌을 찾더니 여기 오면 으레 켜는 호롱에 불을 밝히는 것이었다. 선아와 석준은 조금 전까지도 돌로 다듬은 제단 옆에 그런 게 비치되어 있을 줄은 생각지도 못했다.

노파는 이 일대 마을에서 무당 노릇을 하며 점을 치고 남의 신수 따위를 봐주며 살아간다고 했다. 시간을 정해 두고 이곳에 와서 기도를 하고 간단다. 그러면 신점이 용하게 잘 맞는단다. 낮에는 이곳에 함부로 드나들면 안 되기 때문에 꼭 남들이 다 잠든 밤중에 와서 기도하고 간다는 것이었다. 그렇게 일방적인 이야기를 한참 늘어놓다가 노파는 선아를 가만히 들여다보고는 고개를 갸웃갸웃한다.

— 혹시, 이녁은 여자 아닌감?

들키고 말았다. 선아가 고개를 끄덕여 예, 맞습니다, 하고 가늘게 말하자.

— 그러면 그렇지. 내 눈은 못 속이지. 헌데, 남장을 하고 있으니 이는 필시 무슨 곡절이 있는 게라.

선아가 사정이 있어서 남장을 했다고 조심스레 한마디 건네자, 노파는 느닷없이

— 생년월일시가 어떻게 되누?

하였다. 선아는 병오(丙午·1126)생, 몇 월, 며칠, 몇 시라고 사실대로 말했더니, 노파는 왼손바닥을 펴고는 엄지손가락을 이용해 나머지 손가락 마디마디를 이리저리 짚어보고는 불쑥 한마디 하였다.

— 병오생 말띠는 천복(天福)이 든 해고, 달에 천파(天破)가 들었고, 날에 천역(天驛)이 들었는데, 다행히 태어난 시각에 천귀(天貴)가 들었구먼. 관상을 보니 아주 귀한 집 무남독녀로 태어나 외롭겠고, 오히려 잘난 부모 때문에 평생 도망자 신세로 살아갈 팔자라……. 해서, 아마 지금도 누군가에게 쫓기고 있구먼. 그것도 두 사람이야. 칼을 품고 쫓고 있어…….

찔끔 놀란 선아가 두 눈을 휘둥그레 뜨고 노파를 빤히 쳐다보았다. 노파는 휘파람을 휘휘 불면서 게슴츠레 실눈을 짓더니 고개를 살래살래 흔들기 시작한다. 마치 누군가의 영혼을 불러들이는 듯한 태도였다. 이윽고 노파가 말한다.

— 물을 건너야 살 수가 있어. 사내로 태어났더라면 큰 벼슬을 할 운명이지만, 또한 그 때문에 귀양살이 갈 팔자니까, 차라리 섬으로 들어가 미리 액땜을 해버리면 살 수가 있어. 또, 중년에 좋은 인연을 만나게 되면 말년에는 아주 귀한 인물이 될 게야. 점괘가 그렇게 나오고, 관상도 그래.…… 머, 건 그렇고, 옆에 계신 댁은 아무리 승복차림으로

변장하고 있어도 중이 아니구먼. 당신 얼굴이 귀상(貴相)은 못 되오. 중 팔자도 아니고 천상(賤相)도 아니오. 해서, 굳이 신분을 따지자면 하인 상(下人相)으로 노비이긴 해도 충복(忠僕)으로 일생을 마친다면 가장 보람된 생이 되리다.

노파는 묻지도 않았는데 두 사람이 처한 형편을 훤히 꿰뚫어 보고 있었다. 심지어 석준의 신분에 관해서도 귀신 같이 맞춘 셈이었다. 개경을 떠나올 때 예부시랑은 행랑아범 석준에게 선아를 맡기며 노비문서를 태워버리고 그에게 평민의 지위와 함께 자유를 준 셈이었다. 그래도 그는 평생 주인댁 노비로 살아가리라고 스스로 다짐하였고, 선아 아씨를 곁에서 돌보는 삶을 자신의 운명으로 삼은 것이다.

석준은 부득이 그동안의 사연을 대충 노파에게 사실대로 전하면서 앞으로 어떻게 하면 좋겠느냐고 물었다. 그러자 노파가 한 가지 방도를 가르쳐 주었다. 여기서 동남방이 길(吉)한 곳인데, 마침 그쪽에 거제도가 있어 멀지 않으니 그리로 가되, 지금부터선 두 사람이 따로따로 떨어져 가야한다고 말했다.

— 그래야 발각되지 않지. 둘이 같이 행동하면 쉽게 눈에 띌 우려가 있거든.

잡히면 큰 변을 당할 테니 꼭 그대로 행하라 했다. 따로 떨어져 가되, 헤어질 땐 언제 어디쯤에서 합류할 것인가를 미리 정해놓고 각자의 길을 가라는 것이었다. 듣고 보니 그 말이 맞았다. 아무리 변장을 했더라도 쫓는 자는 두 사람이 함께 움직이는 것만 보고 다닐 것이니 눈에 안 띌 리가 없다.

— 내가 알기로는, 거제 섬 초입에 고려 땅 마지막 파발역인 오양역

이 있는데, 그리로 가려면 제일 가까운 뭍의 나루가 견내량이오. 게서 일단 만나, 함께 나루를 건너든지, 혹 서로 때를 못 맞추어 엇갈리면 각자 나루를 건너 오양역참에서 만나든지, 머 그렇게 약속하면 되겠구 먼.

노파는 마지막까지 친절하게 방도를 알려준다. 두 사람은 노파에게 고맙다고 몇 번이나 절을 했다. 노파는 무슨 인연인지는 몰라도 전생의 연줄이 닿은 것 같으니, 저기 장군님한테 고맙다고 절을 하란다. 선아와 석준은 노파가 시키는 대로 벽에 걸린 장군화상 앞에서 무사안녕을 기원하며 두어 번 합장 배례하였다.

*

날이 환하게 밝아지자 마침내 두 사람은 헤어져 각자의 길을 갔다. 선아가 먼저 길을 재촉했는데, 가면서 그녀는 행랑아범이 분명 안심이 안 되어 제 눈에는 보이지 않는 먼 거리에서 뒤따라오고 있을 것이라고 지레짐작하였다. 춘원에서 거제로 가는 파발역로를 따라 하루 종일 걸어 선아는 견내량 나루터까지 오게 되었다. 누가 자꾸 뒤쫓아 오는 것만 같아서 자주 뒤를 돌아다 봤다. 점쟁이노파 말대로 물을 건너면 살 길이 열린다는 말만 믿었다.

마침 섬으로 떠나는 나룻배가 있어 얼른 올라 타버렸다. 그리하여 바다를 건넜다. 마지막 파발역인 오양역까지 도망치듯 오게 되자 비로소 안도의 한숨을 쉬었다.

행랑아범을 이곳에서 만날 때까지 선아는 무료하게 기다리다가 문득 앞으로 살아갈 거처를 어디에 정할지가 걱정되었다. 살만한 집을 마련하는 일이 우선이었다. 그녀는 누가 볼까 봐 으슥한 숲 그늘로 들어가 봇짐에서 여자 옷을 꺼내 갈아입었다. 나들이 나온 동네 여인처럼 차려입고 천천히 마을을 둘러보며 빈집이 있는가를 눈여겨보며 다녔다.

마침 바깥몰에 빈집이 한 채 있었다. 선아가 이웃집의 노파에게 물으니 자기의 생질이 홀로 살다 뭍으로 개가를 가고 집이 비어 있단다. 자기에게 맡기고 갔기 때문에 적당한 값이면 팔 것이란다. 선아는 얼마냐고 물었다. 부르는 값에 웃돈을 조금 더 쳐줄 테니 제게 팔면 어떻겠느냐고 슬쩍 운을 떼었다.

— 아직 처년지 젊은 색신지는 모르겠소만, 예서 혼자 살라꼬?

— 아뇨, 열여덟에 청상과부 되어 홀로 계신 시아버지 모시고 살려고 섬으로 들어왔는데, 우선 거처라도 하나 장만해야겠다 싶어서요.

선아는 천연덕스럽게 제 나이도 속이고는, 이때부터 오동댁의 경우를 자신의 처지에 빗대어 즉석에서 일종의 대체현실을 가상하듯 거짓으로 꾸며댔다. 행상하던 남편이 노상강도를 만나 칼에 맞아 죽고 전재산을 다 날린 셈이라, 혼자 삯바느질로 시아버지 봉양하며 살아가기 너무 힘들어 섬으로 들어오게 되었다는 줄거리를 엮어냈다. 이야기를 듣던 주인 노파는 연신 혀를 끌끌 차며 동정어린 눈빛으로 선아를 바라본다.

— 거 참, 젊디젊은 나이에 고생이 참 심했구먼그래. 시아버님은 지금 어디 계시는고?

— 예, 여기서 가까운 오양역참 근처에 계신데, 지금쯤 아마 그쪽 어

디엔가 살만한 집이 있는지 둘러보실 거예요.

— 그럼, 마침 잘 됐네. 그냥 이쪽으로 옮겨와서 살도록 하게. 나도 혼자 사는 몸이라 늘그막에 하도 적적했는데 나랑 이웃해서 지내면 오죽 좋아. 가서 시아버님 모시고 당장 이리로 살러 오게.

— 한데, 죄송한 말씀이지만, 제가 가진 돈은 없고 행상 다니던 남편이 제게 유품으로 남겨주신 패물이 조금 있는데 집값 대신 그걸로 지불해도 될까요?

선아는 어머니가 위급할 때 쓰라고 고의춤에 달아준 패물을 꺼내주었다. 노파는 옥가락지와 금비녀 같은 패물을 보자 내 평생 이런 걸 처음 본다며 무척 좋아했다. 그리고는 자기를 소개하며 마을에선 장깃댁이라 부르니 앞으로는 그렇게 부르란다. 육지인 고성 장기마을(현 동해면)에서 시집을 왔단다. 남편은 평생을 고기잡이 어부로 생활하다가 여러해 전에 병으로 사별하였다고 하였다. 뭐든지 이것저것 가르쳐주고 챙겨줄 터이니 함께 지내잔다.

선아는 노파보고 다른 사람이 물으면 친정 쪽에서 알던 사람이라고 부탁을 해두었다. 아무래도 조금은 연고가 있어야 할 것 같았다. 시아버님 모시고 오겠다며 돌아나와 선아는 견내량 선창 쪽으로 되돌아갔다. 그 무렵, 때를 맞추어 석준이 견내량 도선장에서 배를 타고 들어와 이미 갯가 쪽에서 선아를 기다리고 있었다.

두 사람은 오양역 바깥몰에 허름한 초가 한 채를 마련해 살게 되었다.

11

이웃에 사는 사람들이 어디서 살러 왔느냐고 물었다. 진주목(晉州牧)에 살다 왔노라고 무심코 대답한 것인데, 이후부터 자연히 이웃사람들은 그녀를 '진줏댁'으로 호칭했다. 그럭저럭 이태를 잘 살며 선아는 장깃댁 아줌마를 따라 고개도가 보이는 개펄로 종종 개발(조개잡이)하러 다녔다. 어떤 때는 멀리 간섬(艮島)앞 광리 쪽 개펄로 나가면 거기 조개밭에는 바지락이 지천이었다. 석준은 집 근처 빈터에 남새밭을 가꾸며 농사를 지었고, 산에 가 땔나무를 장만해 왔다.

선아가 스무 살 무렵, 마을에 이상한 소문이 퍼졌다. 진주목에 살던 어떤 종놈이 상전의 따님과 눈이 맞아 도망을 와서 숨어 산다는 헛소문이 그곳 바깥몰과 고개 너머 뒷개까지 소문이 파다했다. 그럴 수밖에 없기도 했다. 척 보아도 남자는 늙수그레한데다 말투 역시 무뚝뚝하여 결코 양반 같지 않고 하인처럼 보였다. 그 반면에 아직 한창 젊은 여인은 얼굴이며 몸맵시며 행동거지가 꼭 젊은 귀부인 같아 보였던 것이다. 그러니 누가 봐도 그렇게 생각할 수밖에 없었을 터였다. 게다가 호칭이 문제였다. 아버님도 아니고 남편은 더더욱 아닌 것 같고, 그렇다고 여자가 늙은 종을 대하는 것 같지도 않았기 때문이다.

때마침 그 지역에 배를 몇 채 식이나 부리는 마을 토호인 어장주가 살고 있었다. 그는 그 전까지 못 보던 진줏댁이 이사해 온 뒤로 그녀의 미모에 흠뻑 빠져 평소에 은근히 눈독을 들이고 있던 참이었다.

그러던 어느 날, 마을에 떠도는 괴이한 소문을 듣고 어장주는 진줏댁이 사는 집으로 마을 청년들을 데리고 불쑥 찾아왔다. 호롱불을 밝혀야 될 저녁 시간이었다. 갑자기 사립문 밖이 왁자지껄 소란스러웠다. 석준이 방문을 열고 밖을 내다보며 무슨 일로 그러느냐고 물었다. 사립문을 흔들며 어장주가 할 이야기가 있다며 사내를 좀 보잔다. 선아는 예감이 이상하여 나가지 말라고 석준의 손을 잡고 말렸다. 아무래도 불안했다. 재차 사립문 밖에서 문을 좀 열어달라고 역정을 부렸다. 옆집인 장깃댁 개가 세차게 짖었다.

— 왜 그러십니까? 할 얘기가 있으면 밝은 날 찾아오시지요.

참다못해 진주댁 선아가 한마디 던졌다. 그러자 어장주와 마을청년들이 발로 걷어차서 사립문을 강제로 열고 마당으로 뛰어 들어왔다. 석준과 선아가 부득이 마당으로 나갔다. 때마침 옆집의 장깃댁이 무슨 일인가하고 황급히 찾아왔다.

선아는 남의 집에 함부로 들어와서 웬 행패냐고 위엄 있게 소리를 쳤다. 움찔 놀란 어장주가 먼저 물었다.

— 지금 떠도는 소문에, 늙은 종놈이 모시던 상전의 딸을 보쌈하여 산다는데 어떻게 된 거요?

그러자 장깃댁이 거든다.

— 아, 여기 진줏댁은 우리 친정 곳의 친척뻘 되는 새댁이야. 남편이 죽고 일찍 혼자 몸이 되었지만……. 게다가 이분은 시아버님이야.

선아도 웃으며 말했다.

— 뭔지 오해가 있었던가 보군요. 저의 시아버님이세요.

일찍 남편을 여의고 청상과부가 된 몸이지만, 돌아가신 남편 대신 시아버님을 모시고 진주목에서 멀리 떨어진 여기 오양역까지 와서 살게 된 게 무슨 잘못이며, 남의 집안 사정을 두고 도대체 당신네들이 감

놔라, 배 놔라 하며 간섭할 처지냐고 다시 한 번 그럴싸하게 둘러댔다.

고개를 갸웃갸웃하던 어장주는 선아의 명확한 주장과 당찬 태도에 그만 머쓱해졌다. 거기에 장깃댁까지 거들고 나서자 무안해서 돌아갔다.

두 사람은 제 할 일 다 했다며 되돌아서는 장깃댁에게 고맙다고 절을 했다. 방으로 들어온 두 사람은 진지하게 의논을 했다. 아버님이라고 부르지를 않으니 이런 오해가 생겼다며 선아는 앞으로 남들 앞에서는 꼭 아버님이라 부르겠다고 말했다. 석준도 하는 수 없이 고개를 끄덕였다.

그래도 주위 사람들의 의혹의 시선은 좀처럼 가시지 않는 듯했다. 그런 일이 있고 나서, 같은 아래뜸에 사는 고기잡잇배 타는 어부가 찾아왔다. 서른 살쯤 되어 보이는 억세게 생긴 어부였다. 어르신께서도 어선(漁船) 한번 타보지 않으시겠느냐고 석준에게 제안하였다. 주낙을 놓아서 문어를 잡는 배인데, 선원 한 사람이 갑자기 아파서 이번 출어에 못 나가게 되었다는 것이다. 석준은 그렇잖아도 벌이가 없던 판에 귀가 솔깃했다. 어떤 일을 하느냐고 물었다. 주낙이라 근해에서 작업을 하며 줄만 잡아당기면 된단다. 별 어려운 일이 아니라서 웬만한 사람이면 다 할 수 있다고도 했다. 석준은 강을 건너는 나룻배는 타 보았지만 고깃배는 생판 처음이다. 그 어부의 말로는, 어르신을 옆에서 지켜보니 부지런하고 손끝이 야물어서 뱃일을 잘 하실 것 같아 권한다고 했다. 내일 조업을 나가야 되니 오늘 점심 때까지 결정을 해야 하므로 같이 선줏집으로 가보잔다. 석준은 선아를 쳐다본다.

— 아버님이 알아서 하십시오.

공손하게 머리를 숙이고 진짜 며느리 같이 말했다.

석준은 어부를 따라 선주 집으로 갔다. 저녁 무렵 돌아온 그를 선아는 측은한 눈으로 바라보았다. 그녀는 권하고 싶지 않았지만 수중에 돈도 다 떨어져가고 그렇잖아도 지금 형편에는 자기도 무슨 일이든 해야 할 판이었다.

— 아바이, 할 수 있겠습디까?

— 아씨, 가까운 요 앞바다 고개섬 근처에서 작업을 한답니다. 이번 한번만 도와달라고 하네요. 마을 사람들과 친목도 도모하고 안면도 익힐 겸 연습 삼아 한번만 나가서 일해 볼게요.

별로 권유하고 싶지 않았지만 석준은 굳이 가겠다고 하였다. 선아는 한숨을 쉬었다.

— 아바이, 그렇잖아도 얼마 전엔 나도 바느질을 해볼까 생각했어요. 전에 오동댁과 춘매한테서 열심히 배워둔 게 있잖아요. 암튼, 아바이도 이번 한 번만 경험삼아 갔다가 오세요.

선아는 허락하고 말았다. 다음 날 석준은 두둑한 솜바지를 꺼내 입고 어부를 따라 나섰다. 열 살 이후로 지금껏 아비로 여기며 저 그늘에서 자랐다. 그러한 그에게 연민의 정이 없을 수가 없었다. 행랑아범은 본디 고기 잡는 뱃사람과는 거리가 멀었다. 개경에서 살 때는 집안에서 장작 패고 군불 지피는 사소한 일에서부터 온갖 힘든 일, 궂은 일다 하던 사람이었다. 그리고 도망자 신세로 살아갈 적엔 행상으로 자신을 벌어 먹이며 곁에서 지키고 키워주며 늙어온 사람이다. 주인마님의 간곡한 마지막 부탁을 지키기 위해 평생을 바친 사람이다. 꾸부정한 어깨를 수그린 채 바다로 나서던 석준의 뒷모습을 물끄러미 바라보던 선아는 돌아서서 눈물을 훔쳤다.

사흘 만에 돌아온 석준은 선아를 보고 싱글벙글 웃는다.

— 아씨, 뱃일도 그렇게 어렵지도 않고 조금 익숙해지니까 재미가 있습디다.

그는 뱃삯이라며 제법 많은 돈을 내어놓는다. 선아로서도 의외였다. 뱃일을 하면 이렇게 돈을 제법 벌 수 있겠구나 생각이 들었다.

뒤에 알고 보니 석준을 붙잡아두려고 선주가 덤으로 더 쳐준 것이었다. 이틀 뒤에 그 어부가 다시 찾아왔다. 그 전 어부가 몸이 더 아프고 병이 들어서 배를 도저히 못 타게 될 것 같다며 다시 사정을 하는 것이었다. 이를 계기로 행랑아범은 어부를 따라 계속 주낙배를 타게 되었다. 본격적인 어부생활로 탈바꿈한 계기였다.

12

석준은 한 번 출어하면 정해진 일정이 있는 게 아니라 닷새일 때도 있고, 이레도 걸렸다가, 짬이 없었다. 옛날 행상을 다닐 때와 비슷한 생활이었다. 한 번 나가면 며칠이 걸리는지 대중을 잡을 수가 없게 돌아오는 것이다.

왜 그렇게 들쑥날쑥한가 물었더니, 문어를 생각보다 많이 잡으면 빨리 들어오고 못 잡게 되면 이삼일씩 더 걸린다는 것이었다. 수입도 대중이 없었다. 경비와 선주의 몫을 제하고 그 다음 뱃사람들의 직급에 따라 이익금을 나누었다. 문어만 잡는 게 아니다. 철따라 잡는 어종도 바뀌었다 좀 넓은 바다로 나가서는 홍돔이나 흑돔의 주낙도 나간단다.

남해 먼 바다까지도 조업을 나가는 모양이라고 석준은 약간 시무룩해서 말을 했다. 반년 정도 지나니 제법 뱃사람 같아 보였다. 수입은 일정치 않아도 두 사람 먹고 살기는 될 정도였다.

어부생활 오 년째 되던 겨울, 선주는 제법 큰 배를 새로 마련하여 이번에는 먼 바다로 돔 주낙을 떠난다고 했다. 배에서 생활할 물자인 양식이며 땔나무며 반찬까지 세심하게 장만하였다. 선아와 마을 사람들이 지켜보는 가운데 배는 오색 선왕기를 펄럭이며 낙망식을 마치고 조업을 떠났다. 석준은 그렇게 완전한 어부가 되어가고 있었다.

그와 같은 생활이 어느덧 십년이라는 세월이 후딱 지나갔다. 선아는 행랑아범의 등허리가 요즘 들어 많이 굽었다는 사실을 문밖 저만치 바래다주고 오면서 새삼 느꼈다. 이제는 바느질감이 늘어서 바느질만으로도 어느 정도 생활을 할 수 있을 것 같다는 생각이 들었다.

석준이 배 타러 떠난 어느 날 놀러온 장깃댁이 선아의 눈치를 보더니, 좋은 자리가 생겼다며 조심스레 개가를 하면 어떻겠느냐고 물었다.

— 할머니, 그런 말 하시려거든 우리 집에 오지마세요.

그는 매몰차게 거절 하였다. 역적의 자식이 탄로 나면 그날로 모든 것이 끝이기 때문이었다. 그 뒤로 장깃댁은 선아에게 개가 소리를 더 이상 하지 못했다.

유난히 추운 겨울이었다. 또 다시 돔 주낙을 떠난다며 석준은 솜옷이며 개인 소지품을 챙기고 있었다.

— 아바이, 이번에는 그냥 안 가면 안 돼요? 이제는 내가 바느질만 해도 먹고 살 것 같아요.

— 아씨, 아씨 맘은 알지만 이번만 갔다 오고 그만 둘게요. 대체할 마땅한 사람도 없고 갑자기 선주보고 못 간다고 말하기가 어렵네요.

그 말을 하고 석준은 보따리를 챙겨 떠났다. 간밤에 이상하게도 꿈자리가 뒤숭숭하여, 선아는 아침에 먼 바다로 돔 주낙을 떠나는 석준을 차마 보내기가 싫었다.

어쩔 수 없이 잘 다녀오시라고 떠나보낸 그 다음날부터 선아는 어쩐지 몸이 어슬어슬 아팠다. 방문에서 찬바람이 자꾸만 들어왔다. 날씨가 추워서 그런가? 창호지를 구해 문을 덧바르고 문풍지도 새로 달았다. 아무래도 고뿔인가 싶었다. 내일 날이 밝으면 근처 의원이라도 찾아가야겠다며 억지로 이불을 쓰고 잠을 청했다.

이튿날 날이 밝자, 기지개를 켜고 일어나니 언제 몸이 아팠냐는 듯이 깨끗이 나았다. 물을 길어 밥을 안치는데, 행랑아범과 같이 간 어부의 아내가 헐레벌떡 뛰어왔다. 선아를 쳐다보는 얼굴이 눈물범벅이다.

— 아이고, 진줏댁. 큰일 났소! 이 일을 우짜모 좋겠소?

— 아주머니, 무슨 일입니까?

— 세상에! 우리 아범과 어르신이 탄 배가 풍랑을 만나 고마 침몰했다 쿱디더……

— 예엣? 그게 정말입니까?

— 우리 그 양반이 배 타러 가기 전날 밤 허공에서 자꾸만 선왕[9]이 운다고 해 쌓더니만, 흑흑흑!

갑자기 어제 왔던 고뿔이 다시 도지는 것 같았다. 이마에 식은땀이

---

[9] 옛날부터 배에 이상 징후가 있을 시 찍찍하는 벌레소리 같은 선왕(船王)이 우는 소리가 났다. 그러면 뱃사람들은 각별히 조심하거나 조업을 나가지 않았다.(도움말: 술역마을 백도림)

나기 시작하더니 갑자기 머리가 어지럽고 정신이 혼미해졌다. 그녀는 쓰러졌다.

그렇게 행랑아범을 떠나보내고 말았다. 그 뒤에 들은 소식은 두 척의 배가 같이 조업을 나갔단다. 어장을 펼쳐 닻을 놓고 자고 있는데, 갑자기 바람이 불기 시작하더란다. 석준이 탄 배는 파도가 갑자기 치기 시작하는데도 풀어놓은 주낙을 애써 걷으러 나갔단다. 다른 배는 포기하고 뭍으로 황급히 노를 저어 돌아오는데 집채만 한 파도가 석준이 탄 배를 삼키는 것을 멀리서 보았다고 했다. 다른 배는 천신만고 끝에 겨우 육지 가까운 쪽에 이르러 가까스로 어창에서 떨어져 나온 널빤지를 붙잡고 헤엄을 쳐서 육지에 올라 살고, 석준이 탔던 배의 선원들은 모두 물속에 빠져 어디로 갔는지 찾을 수가 없더란다. 결국 실종된 뱃사람들은 다 죽고, 같이 나갔던 다른 배의 세 사람은 육지에 닿아서 살았단다.

그녀는 어처구니없는 시련에 몇 날을 방 안에만 누워 있었다. 어부의 아내가 울며불며 와서 전하는 이야기만 누운 채 듣고 있었다. 선주가 찾아오고, 관에서 나와 몇 마디 물어보고는 그냥 돌아갔다. 도저히 배의 흔적도 못 찾고 시신도 찾을 수가 없어서 장사를 지낼 수밖에 없단다.

공동으로 차린 상막에서 장례의식을 치렀다. 무당을 불러 혼백을 건진다고 고개섬이 보이는 갯가 분향소(焚香所)까지 선아를 데리고 갔다. 영혼을 위로하는 굿을 이틀씩 하고 동네의 많은 사람들이 모여 함께 눈물을 뿌렸다. 선아도 상복을 입고 그들과 같이 장례의식을 마쳤다.

선아는 자기 때문에 그가 죽은 것이나 다름없다고 자책했다. 극구 말렸어야 하는 건데 그만 말리지 않은 것이 자기 책임이라고 여겨 더욱 죄책감이 들었다. 돌아가신 아버지 어머니를 대신해서 열 살 이후로 자기를 친딸처럼 키웠던 행랑아범이었다. 선아 역시 도망자 신세로 지내야 할 현실을 받아들였고, 그 또한 운명이려니 여기며 더 이상 세상을 원망하지 않으려고 노력하며 살았다. 언제나 옆에서 자기를 지키며 여기까지 키워준 행랑아범의 삶에 고맙다는 마음 이전에 차라리 바보스럽기도 하였다. 한때는 투정도 부렸고, 더 야멸치게 굴기도 했었다. 그러는 자기를 묵묵히 보고만 있던 석준 아바이였다.

선아는 몇 날을 식음을 전폐했다. 시신 없는 장사를 지내고 난 뒤, 선줏집에서 위로금이라며 얼마간의 돈을 가져왔다. 선주도 전 재산인 배를 잃었으니 많은 보상을 못해준다는 궁색한 변명과 함께 약간의 엽전 꾸러미를 방으로 던져주었다. 멀쩡한 생목숨만 잃고 말았다. 그나저나 이제 선아는 의지할 곳도, 마땅히 갈 곳도 없었다.

이러지도 저러지도 못한 선아는 개펄로 나가 개발을 하거나 삯바느질을 하며 근근이 살아갈 수밖에 없었다. 이웃집 장깃댁 아줌마가 그나마 유일한 의지처였다.

선아의 옷 만들고 바느질 하는 솜씨가 꼼꼼하고 고급스럽다는 소문이 났다. 오양역 인근 '바깥몰에 사는 진줏댁'이라고 하면 이제 원근 일대에서는 바느질 잘하는 여자로 소문나 있었다. 어느 날, 성안에 들러 바느질 일감을 맡아서 유배살이를 하는 정서의 집 앞을 지나다가 거문고 소리를 듣게 된 것이다. 저렇게 격조 있고 장중한 거문고 소리를 개경을 떠난 뒤로는 한 번도 들어본 적이 없었다. 몇 번 그 소리를 듣고서 하루는 무작정 사립문을 밀고 안으로 들어간 것이다. 두 사람의 운명을 바꾼 그날 밤의 만남이었다.

제3장

폐왕(廢王)의 피신

1

눅눅한 갯바람은 언제나 정서를 괴롭혔다. 그러던 어느 날이었다. 정서는 악몽을 꾸고 놀라 벌떡 일어나 앉았다. 희뿌연 여명이 처소의 봉창을 비추고 있었다. 날이 막 샐 무렵이었다. 꿈속에서 대궐이 불타고 왕이 피를 흘리며 쫓겨 달아났다. 따라가며 전하! 전하! 아무리 불러도 대답도 하지 않고 궁의 정문인 승평문(昇平門)을 나가 신봉문(神鳳門)쪽으로 달아났다. 이상한 꿈이었다. 그가 아무리 원망하고 그리워해도 한 번도 꿈에 보이지 않으시던 분이셨다. 멍청히 혼이 나간 사람처럼 앉아 있는데 사립문밖에서 부르는 소리가 들렸다.

— 송도나리! 송도나리!

대충 옷을 입고 방문을 열어보니 역원의 아비인 이웃 노인이었다. 급하게 마루에 걸터앉으며 말을 한다. 이곳 사람들은 정서를 '송도나리'라고 불렀다.

— 마침 일어나셨군요?

평소에도 노인은 종종 정서의 집으로 놀러와 세상 돌아가는 이야기며, 개경 도성이야기를 듣기를 좋아했다.

— 노인장, 새벽부터 무슨 일이요? 혹시 아드님한테서 개경 소식이라도 들었습니까? 나도 간밤 꿈이 하도 현실 같이 생생하기에, 지금막 놀라서 일어나 앉아 있던 중이었어요.

— 아, 송도나리! 그렇잖아도 오늘 새벽 파발꾼들과 아들이 나누는 소리를 듣고는 송도나리를 빨리 만나봐야겠다고 여겨 얼른 날이 밝기만을 기다렸습니다.

노인은 그들에게서 들은 얘기를 정서에게 상세히 전하고 돌아갔다.

개경 도성에서 무신들이 난(1170년 8월 병자일)을 일으켰단다. 왕이 보현원(普賢院)에 행차하는 것을 계기로 무신 정중부(鄭仲夫)와 이고(李高), 이의방(李義方)일당이 왕을 군기감에 감금시키고 대궐을 장악한 뒤, 피바람이 한바탕 휩쓸고 지나갔단다. 문신들은 설령 말단 서리라도 관을 쓴 자는 모조리 죽이라 했단다. 태자 기(祈)는 진도에 유폐시켰고, 3일 동안 희생된 문신을 포함한 내시와 환관의 수가 대략 50명이 넘는단다. 각 역참마다 정위치 대기하라는 파발이 병부의 정중부 상장군으로부터 명령이 내려왔다고 했다. 역원들은 모여서 쉬쉬하며 아마도 나라님이 변을 당하신 것이 분명한 것 같다는 것이었다.

순간, 내시낭중(內侍郞中)을 지낸 정서는 누구보다 사태의 심각성을 직감했다. 꿈에 본 왕의 모습하며 온종일 불길한 생각과 해배라는 희망이 교차하여 머리를 어지럽히기 시작했다.

2

경인년(1170) 음력 구월 기묘일(10월 2일)이었다. 무신들이 보현원에서 난을 일으킨 지 한 달여가 지난 때였다. 견내량의 선착장에 말을 탄 피왕(避王·의종)과 호위하는 무사와 신하들이 도착했다. 그 외에도 주변의 백성들이 왕의 행차에 웅성거리며 모여들고 있었다. 백성들의 숫자가 얼마인지 그 수를 헤아릴 수가 없었다.

견내량의 물결이 왕의 앞길을 가로막았다. 빤히 바라보이는 섬 기슭이 피왕의 마음속에서 한없이 멀어보였다. 빠르게 흐르는 해협의 조수 때문일까. 쉽게 건널 수 없을 것 같은 불안함이 가슴 밑바닥을 가득 채웠다. 고성관아에서부터 따라온 고성현령이 건너편 기슭을 향해 붉은 깃발을 좌우로 크게 흔들었다.

얼마 후, 거룻배가 도착하고 피왕 일행이 먼저 배에 올랐다. 고성 현령이 울면서 작별의 큰절을 올렸다. 천천히 거룻배가 움직였다. 피왕을 따라온 신하들은 해협을 건너기 위해 다음 나룻배가 올 때까지 차례를 기다려야만 했다. 물결은 그동안 피왕이 겪은 몸서리치는 피바람의 현장처럼 흘렀다. 마치 수천마리 이무기 떼가 물속에서 아귀다툼을 벌이고 있는 것처럼 소용돌이치며 흘렀다. 나루에는 수없이 늘어선 백성들이 무너지듯 주저앉으며 울음을 터뜨렸다. 점점 멀어져가는 배를 향해 울부짖듯 "전하(殿下)!……"를 목 놓아 부르는 소리가 기슭을 가득 메웠다.[10] 나중에는 그 소리가 점점 커져, 왕의 귀에는 마치 뒤쫓아 오

---

10) 후세 사람들이 전하가 건넜다하여 전하도(殿下渡)라 불렸다. 통영 쪽 견유에는 전하목(殿下目)이라 부르는 지명이 있고, 거제 쪽에는 전하도(殿下渡)라는 마을 지명이 아직도 남아 있다. 왕이 탄 거룻배가 해협을 먼저 건너가자 남아있던 백성과 시종무관들이 일제히 꿇어앉

는 반란군의 함성처럼 들렸다.

사공이 어렵게 물살을 가르며 노련하게 배의 방향을 잡아 나갔다. 등지게만 입은 사공의 굵은 팔뚝에 왕의 시선이 멈춘다. 퍼런 힘줄이 꿈틀거렸다. 순간, 흰 눈자위를 까뒤집고 왕의 면전에서 철퇴를 휘두르던 팔뚝과 보현원의 무지막지한 무신들의 팔뚝이 대개 저랬다. 피왕은 두 손으로 얼굴을 가렸다. 간신히 사선(死線)을 넘어왔다는 안도감보다 미래에 대한 불안한 마음이 앞선다. 피왕은 아직도 이번 일이 꿈인지 생시인지 분간이 가지 않았다. 피왕은 지금의 상황이 제발 꿈이기를 간절히 빌었다…….

*

대궐을 점령한 반란세력들은 우선 전왕(前王) 인종(仁宗)의 왕비인 공예태후(恭睿太后)를 찾아가 급박하였다. 공예태후로서는 그들의 요구를 거부할 뾰족한 방도가 없었다. 반란군의 정당성을 받아들이고 정중부와 조건부 타협을 한 후, 군기감에 갇힌 왕을 은밀히 탈출시키는 계획을 묵인하는 선에서 반란군은 일단 폐왕(廢王)의 안전을 눈감아주기로 하였다. 태후는 밤에 말 한 필을 준비시켰다. 평소 가장 믿을 만한 외조부 이위(李瑋)[11]의 문하생인 내부시랑(內府侍郎) 빈승(賓昇)에게 차후 뒷

아 전하를 부르며 울었다. 그 소리가 도(渡)를 가득 매웠단다.(둔덕면 아사마을 이광훈씨의 증언을 필자가 채록하였다.) 고려 때는 전하라는 용어를 쓰지 않았다는 학설이 있으나, 안동 봉정사 극락전을 수리하는 과정에 홍건적의 난을 피해 몽진한 고려 공민왕을 지칭하는 주상전하(主上殿下) 성수만세聖壽萬世)라는 글귀가 발견되어 전한다.
11) 공예태후의 외할아버지, 문하시중을 지냈다.

일은 태후인 내가 처리할 테니, 우선 거제까지 왕을 잘 뫼시라 일렀다.

공예태후로서는 무신들이 득실거리는 도성에서 왕을 멀리 피신케 함이 가장 우선이었다. 왕의 목숨이 경각에 달려 있다는 것을 안 태후는 몸이 달았다. 반란의 주도자인 이의방, 이고 중에 누구라도 사태의 추이에 따라 여차하면 왕의 목숨을 빼앗을 수 있는 자들이다. 명분상 반란주도자는 상장군 정중부(鄭仲夫)였지만 야차같이 무서운 이의방(李義方), 이고(李高) 중 누구라도 명령을 내려 왕을 시해할지 몰랐다.

다행히 반란군도 명분이 필요했기 때문에 궁중의 최고 어른인 태후의 윤허가 필요했다. 정중부와 태후는 셋째 아들 익양군 왕호(王晧 · 훗날의 明宗)를 왕으로 옹립한다는 윤허의 교지와 폐왕의 목숨과 맞바꾼 셈이었다. 이의방이 크게 반발은 하였으나 일단 권좌에 셋째 왕자 왕호를 앉힘으로써 무신들의 반란은 그런 대로 성공한 셈이었다.

3

— 전하! 거제 섬에 도착했습니다.

피왕을 개경서부터 모시고 온 내부시랑 빈승이 아뢰었다.

— 빈승, 내가 이 나루를 다시 살아서 건널 수 있을까?

— 예! 전하, 염려치 마시옵소서.

건너편 나루에는 아직도 백성들이 울부짖고 있었다.

정신이 몽롱한 왕을 빈승이 배에서 부축하여 내렸다.

— 전하, 저기 거제현령 이윤섭(李允涉)이 마중을 나와 있습니다.

무리 중에서 이 현령이 한 발 앞으로 나와 무릎을 꿇는다.

— 전하, 황공하옵니다. 신 이윤섭, 전하를 이런 곳에서 뵈옵니다.

황송한 이 현령이 참았던 눈물을 흘리자, 모인 사람들도 일제히 무릎을 꿇고 "전하!"를 부르며 머리를 땅에 조아린다. 피왕이 천천히 다가간다.

— 이 현령이 아닌가?

나지막하나 위엄 있고 또박 또박 묻는 목소리였다.

— 예, 주상전하(主上殿下)! 오시(午時)부터 기다리고 있었습니다.

초췌한 피왕의 얼굴에 잠시 회한이 어린다. 참소에 의해 이 현령이 이곳 거제현으로 좌천된 사실을 알고 있었다.

거제현령 이윤섭과 피왕은 나란히 말을 타고 수역(水驛)[12]의 동랑구지(東浪邱地)[13]에 다다랐다. 여기서 부터는 비좁은 산길이다. 현령은 황송한 마음에 시종들에게 가마를 대령하라 이른다. 피왕이 말렸다.

— 아니다. 도성에서부터 여기까지 말을 타고 왔더니 그새 허벅지에 굳은살이 박였구나. 그냥 말을 타고 가겠네.

현령은 더 이상 권하지 않았다. 앞서가며 거치적거리는 나뭇가지를 분질러 꺾으며 현령이 변명하듯 말을 한다.

---

12) 거림 현지와 그 일대에 왕족들과 공예태후, 공주, 시종무관들이 의종을 따라 거제현에 내려왔다.(거제시 향토사학자 제익근.) 뭍인 두룡포와 물자를 수송하는 수역(水驛)이 있었다. 현재는 술역(述亦)으로 와전되어 옴.

13) 동랑구지: 여기서부터 호곡마을 뒤로 해서 녹산마을 소류지를 돌아 봉산재를 넘어 여관곡(麗關谷)까지 마찻길이 이어졌다. 근대에는 학생들의 통학로로 이용되었다. (농막마을 제기정 씨의 증언을 필자가 채록함.) 동랑구지라 함은 '동쪽 물길이 모이는 작은 반도(半島)'라는 뜻이다. 구지는 거제도방언으로, 작은 반도라는 뜻과 남근의 상징인 자지라는 뜻도 있다. 이 치 끝머리에서 물때가 바뀐다. 들물(밀물) 때는 견내량도에서 밀려오는 물과 한산도 동좌리 쪽에서 올라오는 두 물줄기가 동랑구지에서 합쳐져서 지금의 통영 쪽으로 밀려간다. 썰물 때는 그 반대 현상이 된다. 우리 선조들은 짐을 가득 실은 배를 이와 같은 조류의 흐름을 기다렸다가 힘 안 들이고 두룡포와 수역을 오갔던 것이다. 그래서 수역이 생기지 않았나 사료된다. (도움말: 호곡마을 이종만)

— 전하! 두룡포 뭍에서 수역(水驛)으로 오는 물자를 실어 나르기 위해, 마차가 다닐 수 있도록 길을 넓히고 있는 중입니다.

말없이 따라오던 피왕의 대답이 엉뚱하다.

— 정서는 어떻게 지내고 있는가?

놀란 이 현령이 뒤돌아본다.

— 아, 예에, 내시낭중을 아직 오양역 인근 배소에서 형을 살고 있습니다.

— 아! 어느새 강산이 두 번이나 변한 세월이 흘렀구나!

햇살을 등진 피왕의 탄식하는 모습이 더욱 처연하다.

'왕도 우리와 똑같은 사람이구나!'

현령은 보통사람들과 왕의 감정은 다른 줄 알았다. 동랑구지에서 거림의 동헌까지 가는 길의 절반 정도 되는 곳에 있는 봉산 재먼당(재 몬다위)에 도착했다. 그곳에 성황당이 있었다.

— 오! 여기 성황당이 있었구나.

— 예, 옛날부터 이 고갯마루에서 풍어와 풍년을 비는 풍속이 있었습니다. 저 팽나무는 몇 백 년이 되었는지 수령을 알 수 없습니다.

울긋불긋한 천들이 나뭇가지에 나부끼고 있었다. 피왕이 먼저 말에서 내려 천천히 성황당 돌무더기까지 걸어가 돌 하나를 주어 돌탑에 올린다. 그 모습이 자못 진지하다. 뒤이어 이 현령도 돌 하나를 주어 올려놓고는 고개를 숙이고 입술을 달싹이며 뭔가를 빈다. 그러고는 빈 승을 돌아본다. 빈승도 마지못해 따라한다. 당산나무 옆에는 자그마한 당집도 있었다. 피왕은 주위를 둘러보다 시선을 멀리 한산만(閑山灣)과 소녹도 주변에 일렁이는 윤슬을 넋을 잃고 바라보았다. 입에서 절로 탄성이 터져 나왔다.

— 아! 바다라는 것이 사람의 마음을 이렇게 심란케도 만드는구나!

한참 후, 거림의 동헌에 도착하자 백성들이 모여 부복해 있다. 피왕이 현령을 향해 묻는다.

— 저 백성들은 작금의 사태를 어떻게 생각하고 있는가?

— 네! 정중부를 포함한 못된 무신들이 반역을 저질렀다고 몹시 분개해 하고 있습니다.

피왕은 눈물을 흘리는 백성들을 똑바로 바라보지 못했다.

거림 동헌의 토성 성가퀴에 까마귀 떼가 줄지어 날아와 앉았다. 피왕은 먼 우두봉(牛頭峰)정상으로 시선을 천천히 옮기고 있었다.

4

거림 동헌은 주심포 형식에 팔작지붕으로 된 본관과 기타부속 건물로 되어 있었다. 뒤쪽으로 우두봉을 주산으로 삼아 배산임수가 뚜렷했다. 풍수지리상으로 봐도 길지임이 분명하다. 마치 황소가 잔뜩 뿔을 낮추고 풀을 뜯고 있는 형상이다. 뿔 양쪽 끝이 좌청룡(청룡끝) 우백호(백호등)이다. 뿔의 중간에 동헌이 자리하고 남쪽으로 탁 트인 벌을 바라보고 있다. 그 앞으로 천(川)이 유유히 흘렀다. 이러한 충분한 조건으로 인해 삼한시대 때부터 독로국(瀆盧國 · 일명 두루국)[14]의 왕도가 여기

---

14) 독로국(瀆盧國): 변진(弁辰) 중의 1국. 독로국의 위치를 정약용(丁若鏞)은 경남 거제도(巨濟島)라고 하였으나 이병도(李丙燾)는 동래(東萊)를 주장하고 있어 확실치 않았는데, 1992년 거제 둔덕에서 경지정리를 할 때 거림리에 고려 때의 치소지(治所地)가 발견되었다. 그 당시 12대 동아대총장을 지냈으며 박물관장이었던 심봉근 박사 팀이 거제군청 문화담당 이승철씨와

였다.

거림 치소(治所)[15]에는 큰 나무들이 울창했다. 동헌을 중심으로 토성이 쭉 둘러 쳐져 있고 크고 작은 집들이 200여 호(戶)나 되었다. 동헌에는 임시 어전이 마련되었다. 현령이 집무를 보던 곳을 피왕을 위해 양보한 것이다.

동헌마당에서는 피왕의 거처에 대한 논의가 한창이다. 형방이 먼저 말문을 연다.

— 언제 반란군이 뒤쫓아 올지도 모릅니다. 그리고 무엇보다 현령께서 집무를 보기가 불편합니다. 그래서 처음 계획대로 우두봉 중턱에 방치되어 있는 기성(岐城)을 다시 손을 보고 견고히 축성하여 그곳으로 전하를 모셔야 된다고 봅니다.

현령이 호방을 돌아본다.

— 지금 수역에서 오는 길을 넓히는데도 공비(工費)가 빠듯한 실정입니다.

호방은 얼굴에 난색을 표하면서 다시 말한다.

— 굳이 한다면 부역(賦役)으로 공사를 시작하면 모를까, 그렇지 않으면 어렵겠습니다.

발굴을 주도했는데, 치마 상(裳)자가 새겨진 '상사리(裳四里)'라는 와편을 발견하고는 춤을 출 듯이 좋아하더라는 이야기가 전한다. 신라 문무왕 때 상군을 설치하였으니, 그 때에 거제가 비로소 독로국(두루국)임이 밝혀졌다. 그 당시 심 박사 팀은 여기가 독로국의 왕도였음을 단정하였다. 즉 치마 상(裳)자 라는 글자는 이 경우에 '두르다, 두루'의 향찰식 표기임이 분명하기 때문이다.

15) 현재는 '거림마을'이라고 불리고 있다. 그러나 유독 거림에 간다고 할 때는, 현지인들이 '거림테 간다'고 말한다. 그런데 일찍이 그곳에는 치소지로서 울타리 형태의 토성을 쌓은 동헌(東軒)이 있었기에, 아무나 함부로 갈 수 없는 곳이었다. 그러나 동헌도 토성도 없어지고, 건축물 등이 있던 유지(遺址), 즉 '터'만 남은 훗날에 '거림터에' 간다는 말이 축약되어 '거림테' 간다고 한 것이다.(도움말: 전 거제문인협회장 반평원)

이번에는 이방이 앞으로 나서며 자신 있게 말을 한다.

— 그렇지 않아도 피왕의 거처가 마땅치 않다는 소식을 듣고, 송변(松邊)골·아주(鵝洲)골·명진(溟珍)골의 호족들이 찾아와 성 쌓는 일을 자발적으로 돕겠다고 합니다. 이제 곧 가을걷이가 시작되니 추수만 끝나고 나면 모든 현민(縣民)이 힘을 합하겠답니다.

현령은 이방을 향해 지시를 내린다.

— 고성과 합포, 사천 등지에 도움을 요청하는 파발공문을 띄우시오. 영향력이 큰 인근의 호족들에게도 협조를 요청하고. 그리고 기성의 성곽 개축은 추수가 끝난 후 본격적으로 시작하시오. 우선 대목장들을 최대한 동원하여 기성 안에 전하께서 기거하실 거처부터 마련토록 하시오! 알겠소?

제4장

운명같은 인연

1

정서의 선친은 예부상서 추밀원부사(樞密院副使)를 지낸 정항(鄭沆)이
었다. 인종의 총애를 오랫동안 받았다. 정서는 그런 부친의 후광에 힘
입어서 과거를 보지 않고 음서(蔭敍)로 벼슬을 시작하여 정5품 내시낭
중(內侍郎中)에까지 올랐다. 모두가 부러워하는 명문집안이었다. 그도
뒷날엔 인종의 총애를 받아 동서간이 되었다.

주변에서 진줏댁으로 불리며 신분을 감춘 채 살고 있는 선아 역시
원래는 개경이 고향이었다. 지난날 예부시랑 강천익의 무남독녀로 한
때는 모든 이의 사랑을 독차지하며 부러움 없이 살았지만 그 세월은
너무나도 짧았다. 이 모두가 운명 탓이었을까?

선아의 고운 자태는 갯가의 무지막지한 사내들에겐 관심의 대상이
었다. 정도의 차이는 있지만 사내들이 한번쯤 흑심을 품기에 충분할
만큼 특별한 데가 있었다. 그녀는 행랑아범 석준의 장례식이 있고 난

뒤로는 애써 바깥나들이를 삼가고 더욱 몸가짐을 조심하며 살았다. 그나마 옆에서 든든한 버팀목이 되어주던 장깃댁도 연세가 많아 돌아가셨다.

그녀는 일부러 펑퍼짐하고 누더기 같은 옷을 입고 몸을 가꾸지도 않았다. 한편으로는 세월이 흐르다보니 그 곱던 선아의 모습도 옛날 같지는 않았다. 어쨌거나 정서에게는 종종 따뜻한 밥과 반찬을 가져다주는 그녀가 고맙기만 했다.

— 나리, 저도 나리처럼 거문고를 더 잘 연주하고 싶어요. 가르쳐주세요.

서른 중반을 넘긴 여인이 새삼 거문고를 더 배우겠다는 것은 핑계였다. 고독하고 외로웠던 유배객은 그나마 선아가 종종 들러 대화하고 놀다가는 것만 해도 얼마나 다행이었는지 모른다. 선아는 정서가 자작한 소위 '충신연주지사(忠信戀主之詞)'를 아주 잘 불렀다. 부르면서 스스로 도취되어 곧잘 흐느껴 울었다.

당시에도 유배를 온 정객들이 현지 첩을 두는 수가 간혹 있었으나, 정서는 그런 선아를 대할 때마다 흔들리는 자신의 마음을 제어하려고 그 옛날 예부시랑 댁에서 보았던 예닐곱 살 무렵의 어린 그녀를 떠올리려고 애썼다. 옛날의 그 인연이 다시 이곳 외로운 섬에서 다시 이어질 줄은 상상조차 못했기에, 두려우면서도 자꾸만 서로 이끌리고 있는지도 모를 일이었다.

어느 날 정서는 집 가까이 있는 오이 밭에서 풀을 뽑고 넝쿨을 보살피고 있었다. 제법 어린애 팔뚝만한 오이가 주렁주렁 열렸다. 때마침 선아가 정서의 집으로 찾아왔다. 그녀는 잘 영근 오이를 손으로 만져

보며 정서의 얼굴을 빤히 쳐다보았다.

— 나리 참 잘 키우셨네요.

— 허허! 소일거리가 하도 없어 자주 와서 돌보니, 이놈들이 내가 오는 것을 아는 것 같애. 하루가 다르게 쑥쑥 잘 크는구먼.

마을 사람들은 두 사람이 만나는 것을 보면 웃음 띤 얼굴로 가볍게 목례만 하고 지나갔다. 선아가 정서의 배소지 초옥으로 거문고를 배운다고 오간 지도 벌써 한 해가 다 되어가고 있었다. 하루는 정서가 집에 밥 지을 땔감이 떨어졌다며 걱정을 했다. 그 말을 들은 선아는 제가 도와 드릴 테니 함께 땔나무를 하러 가자고 권했다.

약속을 한 다음날 두 사람은 뒷산으로 올랐다. 서로 가까이에서 선아는 갈퀴로 솔잎갈비를 모아 차곡차곡 부대자루에 쟁였고, 정서는 삭정이를 꺾었다. 나무를 하는 것도 그렇고, 이고 지는 것이 서투르기는 두 사람 다 마찬가지였다.

겨울이 막 지난 초봄이라 양지의 햇살이 다습게 느껴졌다. 묏등이 듬성듬성 산재하여 그 사이로 잔디가 잘 자란 곳에서 정서는 나뭇짐을 지게작대기로 받치고, 선아는 솔잎갈비 자루를 내리고 쉬었다.

거기 높은 산등성이에서는 바다가 한눈에 내려다보였다. 그 바다 한가운데 작은 바위섬이 수면 위로 고개를 내민 암초처럼 떠 있다. 식물이라고는 살 수 없을 듯한 바위섬에 어떻게 뿌리를 내렸는지 희한하게 소나무 한 그루가 뒤틀린 가지를 뻗은 모습을 하고 자라고 있었다. 멀리서도 그게 보였다. 선아가 손가락으로 가리켰다.

— 저어기, 저 바위섬에 소나무 있는 거 보이시죠?

— 그래. 거 참, 용케도 저런 곳에 나무가 다 자라다니, 희한키도 하

구먼.

　— 물결에 실려 왔는지, 아니면 바람결을 타고 왔는지, 씨앗이 저 척
박한 환경 속에서도 뿌리를 내릴 수 있다는 게 참 놀라워요. 저런 걸
보면 왠지 저도 희망이 생기데요. 개경에서 이 절해고도까지 흘러들어
와, 여태 죽지 않고 용케 살아남은 데는 다 그럴 만한 하늘의 뜻이 있
었던 게 아닐까 하는 생각이 들더군요. 그럴수록 더욱 이곳에 깊이 뿌
리박고 살아야겠다는 각오를 다지게 되는 걸요.

　— 아무렴, 그래야지.

　정서는 크게 고개를 끄덕였다. 그리고는 스스로에게 들려주듯 중얼
거렸다.

　— 그렇고말고. 인생은 단 한 번뿐인데, 어떤 상황에서도 희망의 끈
만은 놓지 말아야겠지…….

　근처 물 고인 산기슭 논에서 산개구리 울음소리가 들렸다. 신기한
울음소리에 쉬고 있던 두 사람은 소리 나는 쪽을 향해 살그머니 다가
갔다. 떼를 지어 암수가 산옆 논에서 뒹굴고 있었다. 두 사람은 마주
보며 빙긋이 웃었다.

　— 선아! 저 미물들도 사랑을 나누고 있구먼. 하긴, 저게 다 자연의
이치야…….

　— 나리도 참…….

　선아는 얼굴을 붉혔다.

　— 세상의 이치는 음양이 조화를 이룰 때 가장 보기 좋고 아름다운
법…….

　선아는 정서의 그 말에 아무 대꾸를 하지 않았지만 무슨 뜻인지는

충분히 이해했다. 내려오는 산길은 한결 가벼웠다. 마을 사람들도 그런 두 사람의 모습을 거부감 없이 받아들이는 듯 은근한 미소로 바라보곤 했다.

2

초저녁부터 시래산에서 처량한 소쩍새 울음소리가 들렸다. 정서의 오두막집 장지문에 두 사람이 다정하게 저녁을 먹는 그림자가 비쳤다. 상을 물리고 정서는 책을 읽고 선아는 바느질을 하였다. 시래산에서 울던 소쩍새가 점점 가까워지더니 방문 앞에서 우는 것 같이 들렸다.

대지는 우수경칩을 지나면서부터는 따뜻한 지열이 올라온다. 그러면 땅 속에서 겨우내 움츠렸던 생물들은 그 열에 의해 반응하게 된다. 지열이 올라와 기존의 찬 공기와 서로 섞이면서 눅눅한 저기압이 낮게 형성된다. 공기 중에 습도가 많아지면 소쩍새 소리는 지상으로 낮게 깔려 더욱 선명하게, 멀리까지 들리게 되는 법이다.

선아가 가만히 방문을 밀고 밖을 내다본다. 향긋한 밤공기가 밀려온다. 초승달은 지고, 별빛마저 희미한 것이 더욱 적막했다.

문을 닫으니 이제 그 소리는 먼 기성(岐城)이 있는 뒷산 쪽으로 옮겨가서 쪼옥쪽, 쪼옥쪽, 하면서 점점 멀어진다. 책을 읽던 정서가 푸념처럼 말을 한다.

— 저 처량한 소쩍새 소리가 왠지 내 신세와 흡사하구먼! 이 골, 저 골로 옮겨 다니며 울고 있는 것이…….

정서의 푸념 섞인 말을 듣고 있던 선아는 바느질을 멈추고 못들은 척 호롱불 심지를 돋운다. 그리고는 정서의 책 읽는 모습을 가만히 돌아본다. 정서의 하품하는 눈에 잠이 어렸다.

— 나리, 이제 그만 주무시지요.

정서는 선아가 일찌감치 이부자리를 펴주는 동안 가만히 그녀의 뒷모습을 지켜봤다. 아직도 선아의 몸매는 아름다웠다. 유배를 살다보니 여체를 가까이할 기회가 없었다. 잊고 있었던 성욕이 문득 고개를 든 것이다. 정서가 무릎걸음으로 다가가 그녀를 뒤에서 살그머니 감싸 안았다. 선아는 놀라지도 거부하는 눈치도 아니었다. 어쩌면 여직껏 속내를 감추고 그녀 역시 은근히 바라고 있었는지도 모른다. 선아의 저고리 옷고름을 푸는 정서의 손이 초야(初夜)때처럼 떨렸다. 선아의 젖무덤은 아직도 풍만했다. 정서는 아이처럼 젖무덤 사이에 얼굴을 묻었다. 엷은 속옷이 벗겨나가고 그녀가 가빠진 호흡을 삼키느라 가느다랗게 신음소리를 낸다. 그리고는 갑자기 숨이 차는지 헐떡이며 손으로 호롱불을 가리켰다. 남자의 손길이 은밀한 곳에 닿는 경험이 처음인 선아는 어찌할 바를 몰라 바들바들 떨었다. 그만 숨이 턱 막혀 어디로든 숨고 싶었다.

— 불, 불부터 꺼주세요…….

어둠 속에서도 선아의 허벅지는 희고 매끄러웠다. 정서의 손이 밑에서 위로 쓸어갈 때마다 선아는 입에서 가느다란 신음소리를 토했다. 그날 밤 고개섬 앞 갈대밭에서 날아오른 왜가리의 긴 울음소리가 적소(謫所)의 밤하늘을 갈랐다.

정서가 유배를 사는 처지인지라 이후에도 두 사람은 보란 듯이 합쳐 살지는 못했다. 단지 선아 쪽에서 늘 정서의 집으로 찾아왔다. 그녀는 정서에게 후사가 없다는 것을 알고부터는 기를 쓰고 아이를 갖으려 노력했다. 정서가 그만두라고 해도 막무가내였다.

— 어쩌면 부질없는 짓이야. 또 다른 서글픈 운명의 싹을 배태하는 일이 앞날에 무슨 도움이 된다고……. 일부러 새로운 불행을 만들지는 말아야지.

— 무슨 뜻인지는 잘 압니다. 하오나, 저로선 그렇지만도 않아요.

선아는 강하게 도리질을 하였다.

— 지난번에도 말씀드렸다시피, 저는 이 섬에 깊이 뿌리를 내려 살고자 하는 희망을 절대 버리지 않을래요.……

그녀는 한의를 찾아가서 탕약을 지어 달여서 먹기도 하였고, 회임에 도움이 되는 것은 무엇이든지 다했다. 그 같은 집념을 정서는 이해할 수 없었다. 어쨌거나 그녀의 정성에 하늘이 감복했는지 결국 서로 만난 지 1년 만에 선아는 회임하게 되었다. 갖은 고생 끝에 선아는 서른 여덟을 갓 넘기던 그해 늦둥이 딸아이를 낳았다. 자식 복이 없는 줄 알았더니 그나마 지어놓은 공덕이 있었다며 정서는 좋아서 어쩔 줄을 몰랐다. 정유(情唯)라고 이름을 지어주었다. 둘 사이의 깊은 정으로 인해 맺어진 유일한 핏줄이라는 뜻이었다.

그렇게 태어난 정유가 무탈하게 자라 어느덧 일곱 살이 되던 경인년(庚寅年·1170)이었다.

그나마 느지막하게 딸애의 재롱을 보며 살던 정서는 개경 송도에서 그해 8월, 왕이 보현원(普賢院)에 행차하자, 정중부·이의방 등 무신들에 의해 반란의 정변이 터진 것을 알았다. 옆집에 사는 역원의 부친 유 노인을 통해서 전해 들었던 것이다. 조정에서는 한창 무신들의 칼날

아래 문신들이 처단되는 숙청의 피비린내가 진동하고 있다는 소문이었다. 정서는 그 와중에도 바야흐로 정권이 바뀌는 것을 기화로 이제 억울한 귀양살이에서 벗어날 해배 소식이 오기만을 기다리고 있었다. 이웃에 살며 그동안 정이 든 사람들이 길에서 마주치면 다들 한마디씩 인사치레를 하곤 했다.

— 송도나리, 이젠 조만간에 해배가 내려지겠네요.

미리 짐작하여 그렇게 축하의 말들을 건네기도 한다. 그러나 정서의 마음은 한편으로 편치가 않았다. 9월에 정중부 일파에 의해 왕과 태자가 강제로 폐위되고, 의종왕의 동생인 익양공(翼陽公) 호(晧)가 새로운 왕으로 영위(迎位)되었다는 것이다. 게다가 얼마 전 9월 하순경, 전왕이 거제현으로 다급히 피신해 와서 거림의 동헌에 계신다는 소문까지 들어서 알고 있었다.

3

피왕이 거제현에 도착한 다음 달 시월 말에, 드디어 정서에게 현령으로부터 동헌으로 급히 들어오라는 사령의 전갈이 왔다.

'해배 소식인가?……'

그는 우선 차비를 대충 차려놓고 선아를 찾아갔다. 선아는 정서의 배소로 사령이 들어가더라는 누군가의 말을 먼저 전해 듣고는 벌써 딸아이를 붙잡고 한바탕 울었는지 눈이 부석부석하였다.

— 허허, 이 사람아, 어찌 그렇게 마음을 약하게 가지시는가? 만일 해배 소식이라면, 내 우선 개경으로 올라가 벼슬이라도 받고 자리를

잡으면 데리러 오겠네. 내 유일한 핏줄인 딸 정유가 있고, 어찌 은인 같은 자네를 잊겠나?

— 아닙니다. 해배 되신다 하시기에 기뻐서 울었습니다.

정서가 첫 유배지인 동래에서 5년 10개월을 살고 거제로 이배되어 13년 8개월을 살았다. 귀양을 산 지가 올해로 만 19년 6개월째다. 어느새 육순을 바라보는 노인이 되었다. 선아도 마흔 중반이 되어 있었다. 정서는 수심에 젖은 선아에게 다가가 조용히 귓속말을 한다.

— 아무 말 말고, 이런저런 준비나 하시게.

*

정서는 거림 동헌마당에서 해배의 어명을 받았다. 그것도 자기를 유배시킨 왕이 아니라 피왕의 둘째 동생 익양공 왕호(명종)의 어인(御印)이 찍힌 사면의 조서를 받은 것이다.

결국 대녕후 왕경의 역모사건에 연루되어 유배를 오게 되었고, 머잖아 부르겠다던 그 왕이 여기 거제 땅에 함께 있는 동안, 엉뚱한 데서 내려온 해배의 조서를 받은 것이다.

내용인즉, "죄인 정서를 경인년 시월 기해일로 해배하노라. 이에, 내 시낭중 정서는 어명을 받는 대로 환도토록 하라."였다.

한 사람은 오고, 한 사람은 떠나는 운명의 장난. 결자해지가 아닌 인과응보인가. 그 길고 길던 이십 년 유배생활이 어제만 같이 느껴졌다. 동헌마당에 엎드려 있던 정서가 고개를 들었다. 해배의 어명을 읽던 현령은 없고 마당에는 피왕이 서있지 않는가! 처음 동래로 유배 보낼

적의 그 왕이었다. 여기에 왕이 와 계신다는 소식은 이미 들어 알고 있었다. 거제현민 뿐만 아니라 뭍에까지 소문이 나 있었다.

그렇게도 애타게 다시 불러주기를 간절히 바랐던 야속한 임께서 천천히 다가와 정서를 일으켜 세웠다. 그의 손을 두 손으로 싸잡는다. 눈에는 회한의 눈물이 흐르고 있었다. 정서도 목이 메여 말을 하지 못했다. 서로 손을 맞잡고 눈물만 흘렸다. 귀양을 떠날 때 그 혈기왕성하던 정서는 노인이 되어 있었고, 스물다섯 젊디젊었던 피왕도 옛날의 모습이 아니었다. 낯설고 물선 척박한 섬의 눅눅한 갯바람이 정서를 이렇게 만든 것이다. 아니다. 비정한 정치권력이 그렇게 만든 것이다.

— 이숙!

— 마마!

이 말 한 마디씩만 하고 둘은 다시 눈물만 흘렸다.

선왕 때 묘청의 난이 진압되고 서경천도가 무위로 끝난 뒤부터는 정권을 개경의 문벌귀족들이 장악했다. 인종인 부왕의 뒤를 이어 왕이 되었으나 왕권은 이미 땅에 떨어져 있었다. 하지만 좀 더 구명에 신경을 썼더라면 이렇게까지 정서를 오래도록 귀양살이를 시키지 않아도 되었을 것이다. 왕위 계승까지 잇게 해준 스승인 추밀원지부사 정습명(鄭襲明)까지 내쳐서 결국엔 자결하도록 만들면서까지, 참소한 문신들의 눈치만 보며 그저 왕의 자리 지키기에만 급급했다. 오로지 저들로부터 천시(賤視)당하던 왕권을 되찾겠다는 일념뿐이었다. 눈앞의 정서를 보니 비로소 뼈에 사무쳤다. 엉겁결에 일어섰던 정서가 다시 마당에 큰절을 정식으로 올린다. 어깨를 들먹이며 통곡을 한다. 피왕은 면목이 없고 주위가 부끄러웠다. 옆에서 지켜보던 이(李) 현령이 나서 두 사람을 임시 어전으로 우선 오르라고 권한다.

어둑한 밤이 되자, 거제 동헌에서는 작은 술상 하나를 앞에 놓고 피왕과 정서는 밤을 지새울 양으로 이야기를 주고 받았다. 피왕도 얼굴이 상기되어 물었다.

— 이숙, 내시낭중 때 유배를 떠났지요? 이번에 도성으로 가시게 되면 이조(吏曹) 쪽에 벼슬을 하게 되겠군요? 이숙은 이번에 변을 당한 문신들과는 입장이 다르니 아마 중히 쓰일 겁니다.

— 아닙니다. 마마. 저는 저 정중부 이의방 무리들과는 결코 국사를 논하지 않겠습니다. 하늘에 태양은 오직 하나, 전하뿐입니다.

잠시 침묵이 흘렀다. 다시 정서가 결심한 듯 무겁게 입을 뗀다.

— 신은 전하의 복위를 위해 남은 생을 살도록 하겠습니다. 개경에서 제가 할 역할들이 분명 있을 겁니다.

밖에서 빈승이 조용히 아뢴다.

— 전하! 오양역참에서 왔다며 웬 여인이 거문고를 메고 정서를 찾습니다.

정서가 얼른 알아차리고.

— 아! 잠시만 기다리라 하십시오.

그러고는 피왕에게,

— 마마! 신이 거제로 이배 와서 도움을 많이 받은 여인이 한 사람 있사옵니다. 한번 만나보시겠습니까?

— 이숙을 도운 여인이라구요? 궁금하군요. 들어오라 하시오.

잠시 후, 선아가 들어와 피왕 앞에 큰절을 올렸다. 그러고는 황송한 듯 어쩔 줄을 모른다. 피왕이 어려워말고 편히 앉으라고 말한다. 그래도 못 앉고 선아는 우물쭈물하였다. 정서가 재차 권하니 그녀가 마지 못해 앉는다. 정서가 왕께 정색을 하고 아뢴다.

　— 전하! 이 여인이 여태껏 저를 살린 은인과도 같사옵니다. 조석으로 끼니는 물론이고, 신의 글 친구이면서 또한 함께 거문고를 켜며 한탄의 노래를 함께 불렀습니다. 신은 이 여인이 없었더라면 마마와 재회하지도 못했을 겁니다.

　— 노래를 잘 부른다구요?

　— 어찌 노래뿐이겠습니까? 거문고며 가야금 연주에 통달한 경지에 있습니다. 저 여인은 일찍이 선왕시절 예부시랑을 지낸 바 있는 거문고의 명인 강천익의 여식이온데 오죽하겠습니까?

　— 아아, 그래요? 그 분이라면 내 훗날 듣기로는 묘청의 난 때 정지상과 함께 엮여 희생당한 것으로 알고 있습니다만…….

　— 예, 마마. 그러하옵니다. 당시 억울하게 희생당한 분들도 많았던 게 사실입지요. 집안이 풍비박산 날 적에 그나마 천행으로 홀로 살아남아 이 섬까지 흘러 들어왔사온데, 소신과는 무슨 운명처럼 만나게 되었습니다. 오랜 옛날 개경에서 살던 소신의 젊은 시절, 몇 번 예부시랑 댁을 방문했을 때 이미 본 적도 있습니다. 그 정도로 기묘한 인연이 있었기에 더욱 예사롭지 않은 상봉이었습니다. 여기 섬에서도 오랜 귀양살이의 외로움을 달래려고 제가 거문고를 타고 마마를 그리워하며 지은 노래가 있습니다. 저희는 종종 그 노래를 함께 불렀사온데, 여기서 한번 불러드리고 싶습니다.

　— 오! 그래요?

　피왕은 자신이 처한 처지도 잊고 노래를 들어보기로 했다. 밖에 있

던 거문고가 들어오고, 정서는 천천히 거문고를 켜기 시작했다. 피왕
은 정서의 거문고 솜씨를 그 전부터 익히 듣고 보아 알고 있었다.

내 님을 그리사와 우니다니
산접동새 난 이슷하요이다
아니시며 거츠르신달 아으
잔월효성이 아라시리이다
넉시라도 님은 한데 녀져라 아으
벼기더시니 뉘러시니잇가
과도 허믈도 천만 업소이다
말힛마리신뎌 살읏븐뎌 아으
니미 나랄 하마 니자시니잇가
아소 님하 도람 드르샤 괴오쇼셔

거문고의 투박하면서도 격조높은 음은 가히 선아의 맑은 음색과 절
묘한 조화를 이루었다. 저게 사람의 소리가 맞나 할 정도였다. 슬픈 노
랫말과 긴 거문고의 여운은 방안에 가득차고 밖에서 듣고 있던 사람들
도 눈물을 흘리다가 아예 흐느끼고 있었다. 음률도 음률이거니와 가사
의 내용이 너무나 애절했다.

충신연주지사! 정서의 거문고와 선아의 노래 소리는 하나가 되었다.
거문고 소리가 노래요, 노랫소리가 거문고 소리였다. 둘은 종종 이 노
래를 같이 불렀건만 오늘의 이 노래는 그때와는 확연히 달랐다. 사람
의 마음을 홀리는 마력이 있었다. 피왕은 노래하는 선아를 똑바로 바
라보지 못하고 정서의 거문고 타는 술대채만 넋 나간 사람 모양 응시

하고 있었다. 왕은 점점 장승처럼 그 자리에 굳어진 듯했다.

노래가 끝나자 선아는 부끄러운 듯 절을 하고 자리에서 일어섰다가 다시 앉는다.

왕은 드디어 눈물을 글썽였다.

— 이름이……?

— 선아라고 하옵니다.

피왕은 말없이 고개를 끄덕이며 착잡한 심사로 한참동안 그녀를 그윽이 바라볼 따름이었다.

서로에게 만감이 교차했던 그 밤을 함께 지새우고, 이튿날 정서는 피왕을 작별한 뒤 선아와 함께 딸 정유가 기다리는 오양역참으로 되돌아왔다.

기어코 인젠 섬을 떠나야 할 때가 온 것이다!

그러나 막상 선아 모녀를 섬에 남겨두고 개경으로 떠나려 하니 그렇게 무려 스무 해 정도의 긴 세월을 오매불망 기다렸던 개경으로의 환도가 즐겁지만은 않았다. 역원의 집에 찾아가 자기가 돌아올 동안 두 모녀를 잘 보살펴 달라는 부탁을 수십 번도 더했다. 정서는 선아와 정유를 함께 보듬고 곧 데리러 오겠다는 굳은 약속을 하고는 개경을 향해 떠났다.

제5장

임시 도성(都城)

1

거제현 거림 주변에는 변화가 일기 시작했다. 문신 가족들을 포함한 종친들이 무신들의 눈을 피해 점차 피왕의 뒤를 따라 이곳 거제현으로 속속 모여들었다. 거제현은 갑자기 북적대기 시작했다. 이들은 주로 왕족이거나 무신들이 무서워 도망쳐온 문관 출신들이었다. 그밖에 시종무관들이 떼를 지어 내려왔다. 500여 호의 집이 새로 생겼다. 그밖에 군사들도 내려오다 보니 골이 그득하였다. 이들로 인해 처음 어려웠던 재정 문제는 서서히 풀리기 시작했다. 또 인근의 고성과 진주, 합포 등지의 명문 호족들이 자진하여 비용을 모아왔다. 임시 피난조정이 이곳 거제현 거림동헌에 생긴 것이다. 그들은 입을 모아 난을 일으킨 무신들을 성토하며 당장이라도 정중부 일당을 제압하러 올라갈 태세다. 개성의 종친들과 문관들은 동헌 인근에 내려와 집을 짓고 살기 시작했다. 사람들은 그곳을 신촌 또는 개경촌[16]이라 불렀다. 그리고 무엇보다 함경도 변방에서부터 정중부 일당의 무신정변 소식을 듣고 반구(潘邱) 장군이 700여 명의 군사를 이끌고 밤낮으로 피왕을 보필하러 달려왔다. 그것은 무신정변을 어쩔 수 없이 묵인한 공예태후의 은밀한 지시였다.

반장군은 피왕을 알현하고 통곡을 하였다. 피왕은 그나마 반장군이 곁에서 지켜준다니 얼마나 든든한지 몰랐다. 반가움에 모처럼 환한 얼굴이다.

— 오오, 반 장군! 어서 오시오!

— 전하! 얼마나 놀라셨습니까? 신 반구가 전하를 지켜드리겠습니다. 이제 안심하시옵소서.

반장군은 무신들 중에서도 수박희(手搏戱)에 능했다. 힘이 이의방에 버금가는 장사였다. 연회 때 수박희를 이기고는 우쭐하여 우승선(右承宣) 김존중과 환관 정함이 서 있는 앞을 지날 때 무시하는 듯한 행동으로 인해 함경도로 좌천되었다. 물론 공예태후의 후광을 의식한 것이 화근이었다. 모든 것이 인종이 승하하고 태자 현(晛)[17]이 즉위한 후로는 분위기가 바뀌기 시작했다. 그가 변방을 전전하고 있던 차 무신들의 반란이 일어난 것이다. 그때 태후가 은밀한 지시를 내렸던 것이다. 진(陣)에서 이탈하여 따르는 병사들과 수천리 길을 밤낮으로 달려 온 것이다.

반구의 어린 시절, 태후의 부친이자 뒷날 문하시중이 된 임원후의

---

16) 훗날 고려촌이라 불리게 됨.
17) 태자 때 의종의 이름

집과 반구의 집은 담장 하나 사이로 붙어 있었다. 두 집 어른들은 동문 수학하는 사이였고, 반구가 꼬맹이일 적엔 부친께서 잔심부름을 자주 시켰었다. 두 집 사이는 쉽게 드나들 수 있는 측문이 따로 있었다. 규방 처녀였던 훗날의 태후가 당시 심부름 온 반구를 무척 귀여워했다. 태후가 인종의 왕후로 간택되어 궁으로 들어갈 때 반구는 다섯 살이었다. 엄마와 헤어지는 아이처럼 울었다. 이처럼 친했던 집안이고 반구가 커서 무과에 급제하자 태후가 궁으로 불러 신임했었다.

2

가을걷이가 마무리되자 성 쌓는 공사가 대대적으로 이뤄졌다. 골짝을 가득매운 인파가 너덜겅[18]의 돌들을 지게등짐으로 산 위로 져서 날랐다. 큰 돌은 갈짓자로 길을 내고 말목을 박아 계단을 만들고 2목도와 4목도를 해서 메어 날랐다. '호도추야, 호도호!' 발맞추는 소리가 골을 울렸다. 부녀자들까지 합세하여 모반이나 소쿠리 또는 짚으로 엮은 광주리와 심지어는 마대자루에 세석(細石)돌을 담아 머리에 이고 날랐다. 우두봉 기슭은 성 쌓는 사람들로 골 전체가 하얬다. 거제 현민들은 말할 것도 없고, 인근 고을의 현령들도 성 쌓는 기술자와 장정들을 뽑아

---

18) 의종이 피신 와서 하늘에 간절한 기도를 올렸다. 그 딱한 사정을 듣고 중국의 천태산 마고할미가 돌을 한 치마 담아 와서 하룻밤 새에 성을 다 쌓고 남은 돌을 버린 곳이 '마고 (너)덜겅'이 됐다는 전설이 전한다.
〈의종의 간절한 기도/ 하늘에 닿았던지/ 천태산 마고할미 돌 한 치마 담아 와서/ 밤새워 성 다 쌓고 나니/ 새벽닭이 울더라고/ 남은 돌 부려놓고 손 털고 눈 오줌이/ 돌 틈새로 꿀, 꿀, 꿀,/ 둔덕벌을 적시네./ 한 맺힌 피왕의 전설이/ 어디 마고 덜겅 뿐이겠나. — 필자의 자작시, 「마고 덜겅」〉

보내왔다. 모두가 힘을 합친 덕분에 예상보다 빨리 성은 완성되었다. 이른바 피왕성(避王城)의 축성은, 그 이전 적의 침입에 대비하고 견내량을 통과하는 배를 감시하기 위해 쌓았던 기존의 기성(岐城)을 더욱 단단히 보수하고 개축하였다. 특히 성의 남단에 빗물을 저장하는 저수조(貯水槽)[19]를 만드는 등 요새지로 변모했다.

그런 한편, 반구 장군은 데리고 온 군사들과 함께 자주방(自主坊)[20]을 설치하였다. 또 농막의 남산에 대비장(大妃莊)을 건설했는데, 이는 대비를 안치시킬 장원(莊園)을 조성하고 그 곳에 조그마하게 토성[21]을 쌓았다. 태후가 거제로 내려올 것임을 미리 귀띔하였으므로 사전에 쌓기 시작한 것이다.

태후는 주상이 평소 어미인 자기를 원망하고 있다는 것을 알고 있었다. 주상이 아직 태자 시절일 때 차남인 경(暻)으로 태자를 바꾸려했다는 것을 오해하고서부터다. 그 일로 인해 그렇잖아도 가슴이 미어졌는데, 이런 불미스러운 사태가 일어난 것에 태후는 죄책감이 컸었다. "이 어미가 어떻게든 주상을 지켜주어야겠다"는 말을 잠결에

---

19) 기성 발굴 조사에서 연지가 발견되었다. 아무리 가물어도 항시 푸른 물이 고여 있다. 전설에 무명 실꾸리미를 풀어 넣으면 괭이바다에서 그 끝이 떠오른다고 전한다.(도움말: 전 거제시청 김화순 국장)

20) '자주방(自主坊)'의 다른 이름으로 제지방(制止坊) 또는 재기방(再起坊)이라고도 불리고 있지만, 실은 이와 같은 동네 지명들은 결국 '자주방(自主坊)'에서 와전되었거나 비슷한 의미의 한 자를 갖다 붙인 경우일 것이다.

21) 대비장 안치봉(大妃莊 安置峰): 공예태후(恭睿太后)가 당시 거처하던 별장을 대비장(大妃莊)으로 불렀다.(토성둘레 303m, 지름 50m, 토성높이 2.5m, 폭 1.5m. 제보자: 하둔마을 반병원.) 후세 사람들이 그 봉우리에 태후의 장원(莊園)을 조성하여 안치시켰다 해서 '안치봉', 또는 태후가 이곳에서 국태민안(國泰民安)을 기원했던 곳이라는 의미에서 '안태봉(安泰峰)'이라 줄여 부르기도 하였다. 한편 안치봉 밑에 옛날 비석이 묻혀 있다는 제보를 받고 혹시 빈 정승의 빗돌이 묻혔을지 모른다하여 문화재청에서 발굴을 시도하였으나 뱀이 나와 실패하였다.(제보자: 하둔마을 정태흥, 양갑생, 반병원)

하다가 놀라 깨기도 했다. 대비장의 관문을 설치하고 이름을 여관(麗
關 · 고려관문)[22] 또는 어소(御所)라고도 했다. 고려 임시수도로 들어오는
현관이자 신성한 곳이란 뜻이다. 머잖아 공예태후가 내려와서 모든 업
무를 관장할 준비를 마친 것이었다. 특히 피왕을 알현하러 오는 사람
들은 이곳 여관을 필히 거쳐서 가도록 했다.

반구 장군은 재기방(再起坊 · 자주방 터)을 중심으로 상둔(上屯)과 하둔
(下屯)으로 나누어 진을 쳤다. 하둔에는 주둔한 군사들이 매일 활 쏘는
훈련을 하는 복위정(復位亭)[23]이라는 활터가 있었다. 둔전(屯田)을 일구
고 농막(農幕 · 농막마을)[24]을 지었다. 외인금(현, 어구마을) 초입에는 쇠널
[鐵板][25]로서 철문을 만들고 여기에 외인금(外人禁)[26]이라는 큼지막한 경
고문을 쓴 간판을 내걸었다. 창을 든 군사들이 보초를 섰다. 화살촉이
며 각종 무기들을 만드는 대장간이 있었다. 그곳에는 화살대의 재료가
되는 시눗대[海藏竹]와 산벚나무가 많았다. 성의 동북쪽에는 군마(軍馬)
를 사육하는 마장(馬場)[27]을 설치했다. 시목(施牧)[28]에는 가축을 기르는

---

22) 본래는 여관(麗關 · 고려관문)인데, 현재 마을사람들이 '여갠'이란 와전된 말로 통칭하고
    있다. 또, 여관곡(麗關谷) 앞에 매주봉이라는 조그만 산이 있고, 의종이 피난 오면서 보물을
    가지고 와서 묻었다고 해서 매주봉(埋珠峰)이라 전한다. 그러나 확실한 것은 알 수 없다.
23) 하둔(下屯) '찬새미', 즉 찬샘[冷泉]이 있다. 그 위쪽에 군사들의 활터가 있었다.(둔덕면사)
24) 둔전들에서 생산한 곡식과 기타 농산물을 저장하는 창고들이 있었다.
25) 둔덕천이 옛날에는 방답마을 앞으로 굽이 돌아 어구마을 초입으로 물길이 흘렀다. 일제강점
    기에 개막이공사로 인해 물길이 바뀌었다. 현재 방조제 수문이 있는 곳을 예로부터 철판(鐵
    板)의 뜻인 순우리말 '쇠널'이라 불렀다. 지금의 '칠성식품' 앞의 밭을 방답 사람들은 쇠널밭이
    라 부른다.(제보자: 방답마을 박영호)
26) 철판으로 막아놓고 '외인금(外人禁)' 즉, 외인출입금지라 했다. 지금도 나이든 사람들은 어구
    마을에 갈 때 습관처럼 '외인금 간다'고 말한다. '어구(於九)'라는 지명 역시 바다 쪽에서 뭍으
    로 들어오는 '어귀'의 향찰식 표기로 봄이 옳을 듯하다.
27) 의종 임금이 피난 와서 말을 사육한 곳이다.
28) 각종 과실나무와 목장을 운영하였다고 전하는데, 본래의 뜻은 이곳에서 목축을 실시했다는
    의미인 '시목(施牧)'이었을 것으로 추정된다. 지금은 시목(柿木 · 감나무)이니 시목(柴木 · 땔
    나무) 등의 엉뚱한 뜻으로 와전됨.

방목장을 두었다.

　상둔에도 반구 장군이 군사들을 나누어 배치하여 기성의 위쪽을 방비케 했다. 함덕(咸德)[29]은 피왕의 복위를 위한 충성스런 군사들이 주둔하며 훈련한 곳이기도 하다. 이리하여 거림 일대는 서서히 고려 임시 도성으로서의 면모를 갖추어 갔다.

3

　해배된 정서는 개경에 돌아가 입궐하였다. 정변으로 느닷없이 왕이 된 조카 왕호(王晧·명종)를 알현했다.

　왕호의 주위에는 정중부를 비롯해서 이의방, 이호, 이의민 등 반란 주도 세력들이 한쪽으로 서고, 다른 쪽에는 문신들이 서 있었으나 정서로서는 아는 문신들의 얼굴이 드물었다.

　— 낭중께서 강산이 두 번이나 바뀌도록 오랜 귀양살이에 얼마나 힘이 들었소?

　— 예, 전하! 이렇게 신의 죄를 사하여 주시고 해배하여 불러주시니 황송하여 몸 둘 바를 모르겠사옵니다.

　왕은 무신들의 눈치를 슬금슬금 보면서 입에 발린 말만 한다.

　— 먼 길 오시느라 노독이 쌓였을 텐데, 그만 물러가서 우선 편히 쉬도록 하시오. 내 다시 불러 하교하리다.

　정서는 너무나 바뀐 환경과 옛날 같지 않은 무신들의 살벌한 분위

---

29) 함유일덕(咸有一德), 즉 "임금과 신하가 다 한 가지 덕이 있다"는 말에서 유래한 지명이다. 여기에 군율을 어긴 병사들을 벌주는 곳도 있었다고 한다.

기며 낯선 문신들과, 또한 반란주도 세력의 서슬에 쩔쩔매는 허울뿐인 조카 왕호(王晧)의 모습에서 오히려 연민의 정을 느낄 정도였다. 대충 예상은 하고 왔지만 이렇게까지 달라진 줄은 미처 몰랐던 것이다.

정중부를 비롯한 무신세력의 우두머리들과 수인사를 나누고 헤어진 뒤, 그는 살던 집을 들어섰다. 아내가 세상을 떠나고 몇 년을 비워두었는지 마당에는 여기저기 잡풀이 무성히 우거져 있었다. 지붕의 기왓장도 모진 비바람에 군데군데 떨어져 나가고 꺼져 내려앉아 거의 폐가나 다름없었다. 완전히 무너지지 않은 것만도 다행일 정도였다. 아내가 죽은 뒤로는 돌보는 이 하나 없이 완전히 빈집이 되었나보다.

정서는 집안 곳곳을 돌아보며, 그 옛날 아내와 함께 살던 행복한 시절을 떠올려보려고 애썼다. 모든 게 허망했다. 이십 년 전의 영화가 한바탕의 꿈이었다. 아내가 살고 있을 때는 그나마 종이며 친인척들이 들락거리고 북적였을 것이다. 귀양살이가 예상외로 길어지자 인적이 끊기기 시작했고, 외로운 밤을 지새우며 오로지 귀양 간 남편에게 줄 옷을 짓는 일로 낙을 삼았을 지도 모른다. 또한 남편의 구명을 위해 얼마나 궁으로 들락거렸을까? 문설주의 경첩이 덜렁거리는 방문을 열어젖혀 텅 빈 방 안을 들여다보는 정서의 눈앞에 그런 아내의 모습이 잠시 환상으로 일렁였다.

오랜 귀양살이에 몸도 마음도 이미 지쳐버린 노정객(老政客)의 눈에는 어느새 눈물이 맺히더니 이내 하염없이 흘러내린다.

이미 한 번 가세가 기울게 되자 더는 하인도 부릴 수가 없었다. 친정 쪽에서 조금 도움을 주기는 했지만 그것도 오래가지는 못했다. 정서의 누이와 여동생들도 마찬가지였다. 끌어주고 받쳐주어야 할 친정집의 기둥 격인 오라비가 죄인으로 유배를 산지가 이십 년이나 되었으니, 그동안 살기가 더 형편없었을 터였다. 다만 귀양살이에서 풀려났다는 소문을 듣고 누이와 여동생들이 생질들과 한 번씩 다녀갔을 뿐이었다.

처음 정서가 인종의 동서가 되었을 때 세상 사람들은 다 부러워했었다. 그러나 인종이 승하하고 태자 현이 왕위에 올랐다. 5년 뒤 정서는 대녕후 왕경의 역모에 연루되어 시기하던 김존중, 정함 등이 왕식, 기거주, 이원응을 시켜 참소를 하였고, 급기야 동래로 귀양을 떠나자 집안은 풍비박산 나기 시작했다. 잘 나가던 것을 시샘하던 무리들이 헐뜯고 음해해서 집안은 몰락의 길을 걸었다.

정서가 동래에서 거제로 이배되면서 아내는 그 충격으로 쓰러져 결국 그 길로 화병(火病)이 들어 앓다가 세상을 뜨고 말았다. 가문은 말 그대로 쑥대밭이 되고 말았다. 자식이라도 있었으면 집을 지키고 살았을 텐데, 그렇지 못하니 멸문(滅門)된 가정이나 별반 다를 게 없었다.

공예태후도 정서의 구명에 최선을 다 해봤지만, 왕을 둘러싼 폐신(嬖臣)들의 강력한 반대에 부딪쳐 뜻을 이루지 못했다. 지난날 선왕시절 태자(의종)의 스승이었던 추밀원지주사(樞密院知奏事) 정습명(鄭襲明)까지 왕의 미움을 사서 신미년(1151 · 의종 5년)에 자결하고부터 점점 내리막길이었다. 끝내 정서는 관심에서 서서히 멀어질 수밖에 없었다. 자연히 사람들의 발걸음도 끊기고 더욱이 이젠 아내도 없는 빈집은 말 그대로 도깨비집이 되고 말았다.

4

거제현 기성에 피신 온 왕은 개성 궁궐에서의 생활과는 모든 면에서 완전히 달라졌다. 새벽 다섯 시면 일어나 목욕재계하고 정신을 맑게 하고는 천제단(天祭壇)에 오른다.

정한수를 먼저 올리고 마른 대구 한 마리와 촛불을 켜고, 그리고 수십 년 된 향나무를 그늘에 말려 손수 칼로 얇게 깎은 좋은 향을 향로에 피운 뒤, 오체투지한 자세로 한참을 꼼짝도 하지 않고 엎드려 빌었다.

— 하늘에 계신 천제(天帝)님! 관세음보살님! 내 기어코 복위하여 저 금수 같은 정중부 일당을 처단하고, 이 고려의 어진 백성들을 위해서 성군이 될 수 있도록 도와주옵소서. 숭문천무(崇文賤武)하던 오랜 폐습으로 인한 문무 갈등을 해소하고, 부왕 때 못한 서경천도를 꼭 실행토록 하겠나이다. 그리고 태조 신성대왕(神聖大王)의 숙원인 고구려의 웅혼한 정신을 계승하고 그 광활한 고토를 회복하게 제게 힘과 용기를 내려주옵소서…….

매번 기도할 적마다 꼭 같은 내용을 한결같이 빌었다.

그동안 반구 장군은 저만치 육지가 훤히 보이는 길목에 길게 참호를 파 호망골(壕望谷)[30]이라 하여, 만약의 사태에 대비했다. 또 기성 주변으로 토성을 보강해 쌓았다.[31] 그러던 중 피왕은 반구 장군을 종1품

---

30) 견내량을 건너서 피왕을 시해할 자객이나 토벌군이 오는 것을 숨어서 감시한 참호. (아사마을 김임준씨가 자기 할아버지로부터 전해 들었다고 증언함.)

31) 두룡포가 빤히 보이는 곳에 능선을 따라 토성이 있다. 오양 쪽에서 임도가 닦여 기성의 남문 쪽으로 연결되어 있다. 그때 임도를 닦으면서 토성 중허리를 잘랐는데, 그곳에 토성을 드나드는 석문이 있었다는 증언이 나왔다. 공사하는 측에서 귀찮으니 문화재청에 신고하지 않은 것 같다. (아사마을 강현운 씨가 공사한 인부들로부터 그 말을 전해 들었다고 증언함.)

상장군으로, 빈승을 종1품 문하시중에 봉한다는 교지를 손수 써서 내렸다. 말하자면 빈승은 임시 도성에서 왕의 책사노릇을 겸하였고, 반구는 상장군의 직위로 피왕의 복위를 책임진 친위대장으로서 성의 방비를 철통같이 하라는 의미였다.

피왕이 거제에 내려오자 얼마 되지 않아 대비가 이곳 거제현으로 피왕의 막내딸인 화순공주와 함께 내려왔다. 화순공주는 그때 나이 열 살이었다. 기성 안에는 피왕과 애첩인 무비(無比)가 거처하고, 그 즈음 이미 여관곡의 작은 동산 위에는 대비가 거처할 곳을 미리 마련해두었다. 이른바 대비장원(大妃莊園)인데, 줄여서 간단히 '대비장(大妃莊)'이라 칭하였다. 조그만 토성 안에 살며 임시 도성의 모든 살림살이를 대비가 총괄했다.

당시 주민들이 둔전들(屯田野)이라 부르던 장야(莊野)에서 생산된 곡식들을 군량미로 농막에 비축하는 것부터 대비가 관장을 했다. 공주는 할미와 함께 대비장에서 생활했다.

피왕은 선명왕후한테서는 왕자와 공주를 생산하지 못했다. 두 번째 장경왕후로부터 효령(孝靈)태자 기(祈)와 경덕(敬德), 안정(安貞), 화순(和順) 공주를 생산했다. 효령태자 기는 진도로 유폐되고 경덕, 안정 두 공주는 출가를 한 상태였다. 장경왕후는 온통 진도의 태자에게만 신경을 썼다. 반군세력들이 무비를 죽이려하자 태후가 그나마 살려서 피왕과 함께 거제로 내려온 것이다. 늦둥이 화순공주는 할미를 의지할 수밖에 없었다. 태후의 치맛자락을 붙잡고 따라온 것이다. 그렇잖아도 태후는 화순공주를 끔찍이도 귀여워했다.

화순공주는 여관곡의 안치봉에서 대비와 함께 살며 태후를 모시는 윤상궁을 졸라 개경에서 온 사람들이 많이 모여 사는 마을에 종종 물을 길으려 다녔다. 대비장에서의 생활은 공주로서는 조롱속의 앵무새와 같았다. 공주는 대비와 윤상궁 앞에서 곧잘 앵무새같이 조잘거렸다. 서로에게 심심하지 않을 정도의 귀여움을 떨었다.

갑갑했던 공주는 윤상궁을 앞세워 이따금 둔전들을 가로질러 옥수가 솟는 샘(훗날 공주샘)에 와서 흑유정병(黑釉淨瓶)에 물을 담아갔다. 이 샘에 관해, 오래전부터 눈병난 사람들이 이곳 물을 길러 가서 먹고 또 눈을 씻으니 감쪽같이 나았다는 소문이 널리 퍼져 있었다. 그 뒤로 이 샘물은, 자시와 축시가 바뀌는 시간대에는 '지장수'라 하여 마시면 위장병도 낫더라는 소문이 퍼지면서 신비한 우물이 되었다. 첫새벽부터 물을 깃기 위해 줄을 서서 기다려야 했다. 마을사람들뿐만 아니라 인근 마을사람들도 물을 길어갔다. 모두가 신성시하고 한 방울의 물이라도 함부로 버리는 일이 없었다.

공주는 긴 들길을 종종 소풍 가듯이 오갔다. 냇가의 징검다리도 건너고, 송사리 떼와 붕어가 수초 사이에서 노니는 모습과 은어가 물살을 오르면서 얕은 물에서 흰 배를 뒤집는 것을 신기하게 바라보았다. 봄이면 서툰 풀피리도 꺾어 불고, 추운 겨울을 견뎌낸 보리들이 어느새 통통하게 알을 밴 것을 보고는 신기해했다. 굵은 보리 이삭들이 바다에서부터 골을 타고 싸하니 불어오는 갯바람에 일제히 파도처럼 물결 춤을 추었다. 하늘 높이 종달새 노래 소리도 한층 듣기가 좋았다. 또 대비장에서 둔전들을 내려다보고 있으면 백성들이 모를 심으며 농요를 불렀다.

님 계신 우두봉에 컴컴하니 비 묻었다
산방산 밑 사람들아 너나없이 다 모여라
벗님네는 써레질로 편편하게 논 고르소
아낙네는 모춤 쪄서 둔전들에 모심어라
칠월칠석 물망골에 쌍무지게 서는 날
하늘에 제를 지내 지성이면 감천이라
산방산 애바위에 천마가 내려와서
올가을 풍년 들면 복위하러 떠난다네
우리 님 가실 곳은 송악산 밑이라네

공주는 무슨 말인지도 잘 모르면서 따라 흥얼거렸다. 여름이면 여치
와 메뚜기를 잡으며 잔망스레 굴었다. 그러면 윤상궁은 어쩔 수 없이
같이 놀아주는 수밖에 없었다. 논에 김을 매던 농부들이 둘러앉아 새
참을 먹는 모습을 멀찍이서 지켜봤다.

가을에는 농부들이 벼를 베다 말고 논두렁으로 나와 허리 굽혀 절을
하며 우리 공주마마 오셨다며 반가워했다. 겨울에는 윤상궁이 제일 애
를 먹었다. 논바닥에 서릿발이 부풀어 오른 벼 그루터기를 공주는 발
로 자근자근 밟았다. 파삭, 파삭, 하는 소리를 공주는 재미있어 했다.
윤상궁은 넘어질세라 공주마마 제발 논바닥엔 들어가지 마시라고 애
원을 해도 소용이 없었다. 필요한 물은 병사들이 충분하게 동산 위까
지 물지게로 길어다 주었다. 그런데도 공주는 심심하면 우물에 물 길
러 가자고 윤상궁을 졸랐다. 거제현의 백성들이 누구보다 어린 공주마
마를 가까이서 보는 것을 좋아했다.

— 윤상궁, 오늘도 같이 물 길러 가요. 내가 마실 정병에 물이 벌써

떨어졌어요.

— 네, 공주마마.

바깥나들이가 즐거운 공주는 항시 윤상궁을 채근하여 같이 물 길러 가자고 보챘다. 윤상궁도 공주가 그래 주기를 은근히 바랐다. 그러는 것을 옆에서 태후가 보고는 당부의 말을 한다.

— 밖에 나가되 백성들에게 함부로 굴지 말며, 고려왕실의 공주로서 체통을 지켜야한다.

— 네, 할마마마!

그러거나 말거나 윤상궁의 손을 잡고 들길을 나간다. 공주에겐 답답한 동산 대비장(大妃莊)에 있는 것보다 들길을 걸으며 백성들의 농사짓는 삶의 생생한 모습을 보는 것이 유일한 즐거움이었다. 사람들은 먼 발치에서도 알아보고 우리 공주마마가 저기 오신다며 반겼다. 개경에서는 꿈도 못 꿀 일이었다.

*

화순 공주는 간혹 태후와 같이 아바마마인 피왕을 만나 뵈러 기성에 올랐다. 대비장으로부터 가파른 산길은 너무 멀고 힘들었다. 그래서 병사들은 태후는 가마에 태우고 자기는 덩[乘轎]32)을 타고 올랐다. 성에서부터 이곳 대비장까지는 둑길처럼 돋우어 가마길이 나 있었다. 중간에 힘들면 군졸들이 교대로 메고 남문으로 올랐다. 피왕은 늦둥이 공

---

32) 덩: 한자로는 승교(乘轎)라 하는데, 공주나 옹주가 타던 가마.

주를 볼 때마다 무릎에 앉히고 자기 볼에 입맞춤으로 인사를 받았다.

태후와 피왕이 이야기를 나누는 동안 공주는 밖으로 나와 빈승에게 이것저것 궁금한 것을 물어본다. 성 주변에 펼쳐져 있는 산이며, 바다에 떠있는 섬들이며, 손으로 하나하나 가리키며 이름을 물어본다. 겨울이라 머리 위로 줄 지어 기러기 떼가 날고, 청둥오리 떼가 새까맣게 날아가다가 갑자기 둔전들로 내려앉는다. 어찌나 날갯짓이 빠르고 세찬지 바람 스치는 소리가 성까지 들렸다. 대비와 공주는 해가 지기 전에 대비장으로 내려가야 했다. 아바마마를 작별하고 어두워져서야 대비장에 도착했다. 건너편 바위산인 산방산 쪽에서 부엉이가 부욱, 부욱, 울었다.

5

개경에서 정서는 집을 보수할 엄두도 내지 못했다. 그럴 마음도 없었다. 대충 비가 새는 곳만 고쳤다. 거제현에서 떠나올 때 피왕과 한 약속, 그리고 선아와 유일한 피붙이 딸 정유와의 언약들이 정서의 마음을 이곳에 더 안주하지 못하게 만들었다. 그나마 성한 아래채에서 그는 혼자 살았다.

하루는 궐에서 사람이 나왔다. 일부러 방에 누워 이마에 물수건을 얹고 이조에서 나온 서리에게 병색이 짙은 음성으로 그는 이렇게 말했다.

— 오랜 귀양살이에 섬의 풍토병인 장려(瘴癘)[33]를 얻은 데다 이젠 나이도 많아 도저히 벼슬을 받을 수가 없네.

이조에서 나온 서리는 정서의 사정 얘기를 일일이 기록하고, 정서가 처한 현 상황을 상세히 적어서 돌아갔다. 서리는 돌아가서 아마도 이조의 책임자에게 보고를 했을 거고, 무신들은 그렇잖아도 논공행상으로 벼슬자리가 부족하였을 터인데 오히려 이렇게 된 것을 반겼을 터였다. 정서는 쓰러져가는 집에서 혼자 살면서 도성의 돌아가는 상황을 파악하고 정변을 일으킨 세력들의 동태를 살폈다. 그리고는 빈승이 보낸 정탐꾼에게 상세한 보고서 형식의 편지를 써서 의종에게 보냈다.

마마, 그간 옥체만강(玉體萬康)하옵나이까?
오늘 개경의 하늘은 모처럼 맑고 푸릅니다. 언젠가 마마께서 복위하는 날도 이러지 않을까 사뭇 기대해 봅니다. 이의방과 이고, 채원 등이 저들끼리 살벌한 권력다툼이 시작된 것 같습니다. 조금만 더 참고 기다리시면 좋은 소식을 전해 올리겠사옵니다. 그때까지 항시 옥체를 보존하시고 복위의 그날을 기원하겠습니다.

그리고 다른 한 통의 편지를 따로 써서 주었다. 그것은 선아와 정유에게 보내는 안부편지였다.

그렇게 세월이 흘러갔다.

정서가 개경에 돌아온 지도 어느덧 3년이 지났다. 내시낭중 시절 정서 밑에서 서리를 지내던 후배 문신이 하루는 문안차 찾아왔다. 예기

---

33) 외지인이 곧잘 걸리던 이 지역 풍토병으로서, 도성인 개경에 살던 유배자들이 일 년만 습한 바닷바람을 쐬면 거의 다 이 병에 걸렸다고 한다.

치 않았던 방문이었다. 둘은 술상을 차려놓고 이런저런 얘기를 나누었다. 술이 거나해지자 그가 고급정보를 전해주었다.

— 과정 어르신, 동북면병마사 간의대부 김보당(東北面兵馬使 諫議大夫 金甫當)이 전왕을 복위케 할 계획 아래 장차 계림으로 모셔 오고자 은밀히 군사작전을 꾀하고 계십니다.

정서는 드디어 올 것이 왔구나 싶어 속으로 쾌재를 불렀지만 겉으로는 내색하지 않았다.

— 으음, 그게 확실한가?

— 예, 저와 김보당 동북면병마사와는 어려서부터 절친한 친구 사이입니다. 저는 내관으로 궁에서만 지내지만 그와는 늘 서신왕래를 하고 지냅니다.

다음날 정서는 상항 판단을 해보고 길 떠날 행장을 꾸렸다. 선아와 정유가 있는 거제현으로 얼른 가보고 싶었다. 친척이나 주위 분들에게는 금강산 유점사에 불공을 드리고 겸사겸사 유람을 다녀오겠노라고 둘러대었다.

6

날씨가 청명한 어느 날 피왕은 문하시중 빈승과 반구 상장군을 대동하고 말을 타고 우두봉에 올랐다. 이 현령이 모처럼 시목 방목장에서 기르던 좋은 소 한 마리를 잡아 보내왔기에 우두봉에서 제를 지내기 위해서다. 이곳은 기성보다도 높아 더 멀리 남해안과 괭이바다를 한눈에 조망할 수가 있었다. 피왕은 간혹 천제단에서 지내던 제를 이곳에 옮겨와서 하늘에 지내곤 했다. 높은 등성마루라 하늘과 가까워서인지 기도가 더 잘 되는 것 같았다. 가지고 온 제물들을 하나하나 손수 차리며 제사는 정성이 전부라며 빈승과 반구를 보고 일일이 설명을 한다. 하늘에 제를 마치고 피왕이 음복주를 마시고 대꼬치에 낀 맥적(貊炙)을 한 입 먹으며 느닷없이 두 사람을 향해 질문을 던진다.

— 저 거북은 어디로 저리 유유히 헤엄쳐 갈꼬?

— 예엣? 거북이라뇨?

반구 상장군이 의아한 듯 피왕이 가리키는 바위를 바라본다. 아닌 게 아니라 자세히 보니 바위의 생김새가 흡사 거북의 형상이다. 빈승이 빙그레 웃으며 대답한다.

— 예! 남해바다를 지나 서해를 거쳐 임진강을 거슬러 올라갈 것이옵니다.

— 그러면 개경까지 가려면 얼마나 걸리겠는가?

— 예! 넉넉잡고 삼년이면 충분할 것입니다.

— 저 제성(齊聖 · 원숭이를 닮은 바위)[34]은 언제부터 저렇게 서 있었는고?

이번에는 반구 상장군이 말을 받는다.

— 전하, 신이 듣기로는 마마께서 여기에 오실 것이라는 것을 미리 알고 하늘나라에서 내려와 기다렸다 하옵니다. 아마 옥황상제님이 전하를 도우라고 보내신 줄 아옵니다.

---

34) 서유기에 나오는 손오공이 스스로 붙인 봉호가 제천대성(齊天大聖)인데 원숭이 모양의 바위를 가리켜 여기에 사는 사람들은 줄여서 '제성바위'라 부른다.(도움 주신 분: 거제시청 옥기종 국장)

반구 상장군도 두 사람의 주고받는 이야기에 금세 맞장구를 쳤다. 오랜만에 피왕은 기분이 흐뭇해서 기성으로 내려왔다.

＊

　　빈승은 돌아가는 개경 도성의 실태를 누구보다 훤히 알고 있었다. 정탐꾼이 보내오는 첩보를 반구 상장군과 빈틈없이 분석했다. 그래서 항시 개경의 급박하게 돌아가는 상황을 꿰뚫어 보고 있었다. 정탐꾼들에게 돌아올 때는 반드시 정서를 비밀리에 만나 그가 수집한 정보도 같이 받아 오도록 했다. 정서가 수집한 내용에는 이고(李高)가 대장군위위경집주(大將軍衛尉卿執奏)가 되었고, 정중부 이의방과 함께 벽상공신(壁上功臣)으로 공신각(功臣閣) 위에 초상이 그려질 정도로 높은 자리에 올랐음에도 불구하고, 다른 공신들보다 상대적으로 얻은 것이 적다고 불만을 가졌단다. 그래서 정권의 독단을 노리고 은밀하게 행실이 불량한 젊은이들과 어울리며 개국사의 승려 현소 등과도 연이 닿자 권력을 독차지하려는 모의 끝에 거짓 제서(制書)를 꾸몄다는 것이다.

　　이를 알아차린 이의방이 이고를 극도로 미워하게 되었다. 이에 겁을 먹은 이고가 난을 일으키기로 마음을 먹는다. 태자에게 원복을 가할 때 여정궁에서 베풀어진 잔치에 이고도 참석하게 되었는데 악소(惡少)들로 하여금 소매 속에 칼을 품고 있다가 난을 일으키도록 계획하였다. 그러나 이고의 노복이던 교위(校尉) 김대용의 아들이 이고가 반란을 일으키려 한다는 사실을 아버지에게 알렸다. 김대용은 내시장군 채원과 함께 이의방 앞으로 달려가 모든 사실을 고변해버렸다. 이 때문에 이고는 궁문 밖에서 이의방이 휘두른 철퇴를 맞고 죽었단다. 뒤에 내시장군 채원도 이의방에게 제거되고 말았다.

이런 도성에서의 피비린내 나는 소식을 두 사람은 꿰뚫고 있었다. 피왕은 기성 안에서 생활하며, 개경에서 하던 어전회의를 작으나마 빈승과 반구 상장군을 불러 주관했다.

반구 상장군은 병사를 토성인 일차방어선에 두고 지키게 했다. 육지와 가깝고 토벌군이 오더라도 그곳 참호[35]에서 발견하도록 군사를 매복시켰다. 성안은 비좁아서 많은 병사가 머물기가 어려웠다.

성의 남문 밑 평탄한 곳에는 병사들의 막사가 있었다. 그리고 여관곡 아래쪽 하둔덕(자주방)과 상둔덕(함덕) 세 곳으로 나누어 진을 친 것이다. 게다가 하마지(下馬地)[36] 위쪽 길목에 망루초소를 세워서 항시 성밖의 돌아가는 일들을 보고토록 하였다. 성 안에서의 명령전달도 그곳을 통해서 하달했다. 예를 들어 태후께 문안의 말씀을 전한다든지 공주가 아바마마를 뵙고 싶다는 말들을 연결망을 통해 주고받으며 성에서 하달하고 밑에서 전해 올렸다.

이 현령은 한 달에 한 번 꼴로 왕을 알현하러 성으로 왔다. 그리고 섣달 그믐날은 닭을 잡고 기타 제물들을 정성스럽게 장만하여 천제단[37]에서 피왕을 비롯한 문하시중 빈승과 반구 상장군과 함께 제를

---

35) 현재의 아사(衙舍)마을의 호망골(壕望谷)로서 여기에 적의 침입에 대비한 참호(塹壕)가 있었다고 함.

36) 하마지(下馬地): 농막마을 위쪽에 있다. 누구든 이곳에 와서는 반드시 말에서 내리게 했다 하여, 소위 〈하마비(下馬碑)〉를 세워둔 터가 있었다고 전한다. 훗날 지역민들에겐 '말에서 내린 터'라는 의미가 우리말 어순대로 '마하터(馬下址)'로 와전되고, 이것이 다시 '마한터'로 변음(變音)되어 현재까지 전해옴.

37) 의종임금의 복위가 실패로 끝나자 이곳 둔덕사람들은 800년 동안 해마다 섣달 그믐날 천제단에서 닭을 잡아 의종을 기리는 제를 올렸다. 5.16 군사 쿠데타 이후 소위 '새마을운동'이 일

올렸다. 섣달 그믐날에 제를 올리는 행사는 고려왕실의 오랜 전통이
었다.38)

어나고 미신이라 하여 해마다 고하던 축문을 소지(燒紙)하였다.(제보자: 거림마을 제주권) 이
렇게 중단되었던 제를 2008년 10월부터 '거제수목문화클럽' 회원들이 거제시의 지원을 받아
'고려18대 의종왕 추념식'이라 하여 845년 간 면면히 그 맥을 이어져 온 셈이다.

38) 둔덕에는 아직까지도 설날 아침 차례 대신 섣달그믐날 밤에 제사를 지내는 풍습이 남아
있다. 이것은 고려왕실의 전통이란 말이 전한다.(제보자: 어구마을 문선입). 또, 둔덕면의 제
사음식 중 '나물'은 특이한 면이 있다. 다른 지역(둔덕면 외 지역)에는 볼 수 없는 나물 한가
운데 갱(조개류나 소고기)을 넣는데, 개경 도성의 옛 이름인 송도의 전통음식이라는 말이 전
한다. (도움말: 전 거제시의장 김득수). 주로 바닷가 수군진영이 있던 곳에서 섣달 그믐날 제
사를 지내는 풍속이 남아 있었다고도 한다.

제6장

왕의 땅

1

피왕이 거제현에 온 지 두 해가 지나갈 무렵이었다. 자주방을 지키는 길목에 보부상 차림의 웬 낯선 사내가 얼굴을 가리는 대삿갓을 쓰고 나타났다. 그는 보초 서는 군사에게 다가와서 길을 물었다. 그 보초는 수상하다 싶어 우선 몸수색부터 하고 괴나리봇짐을 벗겨서 물품을 검사했다. 특별한 물건은 나오지 않았다. 주로 여인들이 쓰는 명경과 빗, 노리개 같은 물품들이었다. 삿갓 쓴 사내는 괴나리봇짐을 다시 꾸려 짊어지면서 물었다.

— 위쪽 마을로 가면 거림현이 있지 않습니까? 개경서 사람들이 많이 살러왔다면서요?

— 이놈, 어디서 온 놈이냐? 이곳은 왕이 머무는 땅이다.

— 아, 오해하지 마십시오. 나는 방물장수이고 그곳에 개경서 오신 분들에게 오로지 장사할 목적으로 찾을 뿐이외다.

보초들은 미리 허락을 얻지 않았다며 통과시키지 않고 돌려보냈다. 그는 "허어 참!"을 연발하며 오던 길을 되돌아갔다.

*

개경에서의 정탐 보고에 의하면 무신들끼리 권력다툼이 살벌하다고 했다. 정중부가 겉으로는 실권을 장악하고 있으나 무신들끼리 권력다툼이 심상치 않다는 보고가 있었다. 숨 가쁘게 돌아가는 사항을 피왕과 머리를 맞대고 모두들 면밀히 분석 검토하고 있었다. 반구가 피왕에게 먼저 아뢴다.

― 전하, 지금 개경의 돌아가는 상황은 무신들끼리 권력다툼이 한창이어서 다행스럽게도 여기까지 신경을 쓸 겨를이 없는 줄 아옵니다. 이런 때 우리들은 힘을 길러 훗날을 도모해야 될 줄 아옵니다.

피왕은 고개를 끄덕였다. 빈승이 끼어든다.

― 전하, 그렇지만 완전히 마음을 놓을 단계는 아닌 줄 압니다. 정중부보다 대체로 호전적인 이의방은 조심해야 될 인물입니다. 잘 훈련된 소수의 병력이나 자객이라도 보내 올 수도 있습니다. 항시 조심 또 조심하심이 옳을 줄 압니다.

피왕은 지그시 눈을 감고 생각에 잠기었다가, 빈승을 보고 지금 마장의 말 사육 현황을 묻는다.

― 예, 300여 필의 말을 방목하여 잘 기르고 훈련시키고 있습니다. 근자에는 희한하게도 말 우리 밖에서 야생의 자류말(紫騮馬) 한 마리가 서성이는 것을 사육감(飼育監)이 발견하였답니다. 우리에 몰아넣고 요

모조모 살펴보니 보통의 거제 토박이 말이 아니고 말굴레도 없는 야생 그대로인데, 갈퀴까지 붉은 보기 드문 명마였답니다.

피왕은 의아한 표정을 지으며 이어서 묻는다.

— 외인금의 무기 생산은 어느 정도 진행되고 있는가?

이번에는 반구 상장군이 대답한다.

— 예, 화살은 10만 개를 목표로 삼고 있으며, 칼과 창, 활과 기타 무기들까지 총력을 다해 만들고 있습니다.

— 음……

다시 빈승이 왕 가까이 다가서며 목소리를 낮추어 아뢴다.

— 김보당, 한언국, 장순석 등 문신들이 암암리에 전하의 근황을 물어왔습니다. 저들은 전하의 복위를 은밀히 도모하고 있는 줄로 압니다.

— 정과정의 서신에서도 같은 보고가 있었다고 들었소.

— 예, 다행히 이곳 거제현을 포함한 인근의 현령들과 백성들이 왕호(명종)를 왕으로 인정하지 않고 오로지 전하만을 왕으로 생각하고 복위의 날만을 고대하고 있으니 얼마나 다행인 줄 모릅니다.

이렇게 임시 도성에서는 진지하게 의논들을 하고 계획을 하나하나 세워나갔다. 피왕이 반구와 빈승을 번갈아보며 외인금의 무기 만드는 곳을 한번 둘러보고 싶다고 넌지시 말한다. 상장군이 대답했다.

— 예, 그럼 말을 대령하겠습니다.

피왕은 반구 상장군과 빈승을 대동하고 외인금이 있는 쇠널로 향했다. 자주방을 지나 하둔덕에 진을 치고 지키는 병사들이 복위정(復位

亭)[39]에서 활을 쏘고 있었다. 피왕이 말을 멈추고 반구를 쳐다보며 말한다.

— 우리도 저기서 오랜만에 활이나 한번 쏘고 갈까?

— 전하, 그렇게 하시지요. 그렇잖아도 전하의 활 솜씨를 보고 싶었습니다.

— 허허, 하도 오랜만이라 과녁까지 당도나 하려는지 모르겠구나.

병사들이 연습을 마치고 사대(射臺) 뒤로 물러나자 빈승도 멀찍이 뒤에서 관전을 한다. 피왕이 반구 상장군에게 제의를 한다. 그냥 쏘면 재미가 없으니 두 사람이 시합을 하잔다.

— 예, 전하! 어떠한 시합을 원하십니까?

— 우선 한 사람이 4손(20발)씩 쏘기로 하세. 그리고 1손(5발)씩을 한 번에 보내기로 하세.

— 예, 그렇게 하도록 하겠습니다.

— 순서는 한 발씩 먼저 보내서 과녁 중앙에 가까이 맞춘 사람이 선과 후를 정하기로 함세. 그리고 지는 사람이 기성에 가서 벌주를 내기로 함세.

— 예, 전하! 그럼 신이 먼저 한 발을 보내겠습니다.

반구 상장군이 사대에 서자 저쪽 과녁에서 병사 하나가 깃발로 준비 완료 신호를 보내왔다. 반구가 왼발을 일보 앞으로 낸 자세에서 과녁을 향해 천천히 시위를 당겼다. 과녁 중앙에서 5촌 가량 벗어난 곳에 박혔다. 과녁 뒤편에 숨었던 병사가 나와 적중했다는 표시로 깃발을

---

39) 하둔 마을 찬샘이 위쪽에 의종 왕을 호위하는 군사들의 활터(과녁)가 있었다.(거제지명총람.)

돌렸다. 이번에는 피왕의 차례였다. 피왕은 발을 어깨너비로 벌린 자세에서 왼발을 반보 앞으로 내디딘 비정비팔(非丁非八)의 자세였다. 그리고 몸을 약간 비튼 자세를 취했다. 신중하게 살을 매겨 하늘을 향하더니 천천히 과녁을 향해 조준하기 시작했다. 발은 땅속에 깊이 뿌리 박은 거목 같았고, 중손은 태산을 받쳐 밀고 오른손은 범의 꼬리를 잡은 듯이 무겁고 신중하게 마치 창공에 정지한 한 마리 솔개를 겨냥하듯 시위를 당겼다. 어느새 화살은 허공을 가르더니 과녁의 중앙에 꽂혀 떨고 있었다.

그날 승자는 반구 상장군이었다. 四손을 쏘아 전부 명중시켰다. 피왕은 四손 중에 한 발을 놓쳤다.

— 허허, 역시 상장군에게는 안 되겠어요. 四손 모두 몰기를 하다니…….

— 아니옵니다. 활에서만은 천하의 명궁이신 전하를 따를 자가 없다는 건 고려 천지에 모르는 사람이 없는 줄로 아옵니다. 상장군의 체면을 차리게 해주신 전하의 배려를 어찌 신에게마저 감추려 하시옵니까?

그들은 다시 말을 타고 외인금을 향했다. 무기 생산을 책임진 장수가 미리 쇠널에 마중을 나와 있었다. 반구 상장군이 말에서 내리며 피왕에게 아뢴다.

— 전하, 이곳은 험준한 산길이라 말을 타고 갈 수가 없사옵니다. 걸어서 가는 것도 보통사람들도 힘든 곳입니다.

— 이곳에서 얼마나 더 가야 되오?

— 예, 두 마장은 족히 더 가야 무기 생산하는 곳입니다. 길이 험해 벼랑을 타고 가야합니다.

피왕 일행들은 어쩔 도리가 없었다. 배를 타고 가면 모를까. 육로로 걸어간다는 것은 무리였다. 도저히 접근하기가 어려웠다. 무기 생산 책임자의 진척 사항을 듣는 것으로 만족해야만 했다.

피왕 일행은 말머리를 돌려 널따란 개펄을 바라보며 방답마을 예담부랑[40]을 지나고 있었다. 갈대밭에서 놀란 물새 떼가 새까맣게 녹섬과 딴녹섬사이 붉은 태양 속으로 사라졌다. 기성으로 돌아오면서 대비가 계신 여관곡을 들려 태후께 문후를 드리고 나오는데, 공주가 오랜만에 아바마마와 성에서 같이 자고 싶다며 따라가기를 원했다. 그렇잖아도 무비(無比)가 거제를 떠난 후로 피왕은 몹시 적적했었다. 얼른 눈치를 채고 반구 상장군이 공주를 자신이 탄 말안장 앞쪽에다 태우고는 천천히 말을 몰았다.

성에서는 시중드는 상궁들이 술상을 내어왔다. 피왕이 술을 따라 반구 상장군에게 상이라며 먼저 건넸다. 군신이 오랜만에 흡족한 마음으로 술잔을 돌렸다.

*

피왕은 말없이 혼자 밖으로 나왔다. 천제단이 있는 북쪽 성벽 쪽으로 천천히 걸었다. 춘원포가 바라보이는 괭이바다에는 서서히 어둠이 깔리기 시작했다. 방아도(島) 쪽의 작은 섬들 주위로는 벌써 검붉은 낙

---

40) 방답마을은 원래 돌이 많았다. 마을 앞으로 옛날부터 구불구불 돌담장이 있었는데, 예담부랑이라고 전한다.(거제지명총람) 방답마을에서 바라 본 녹산마을의 갯노을은 과히 절경 중에 절경이다.

조가 빠져 일렁이었고, 주변에는 금빛 윤슬이 반짝였다. 망루에 올라 무심히 북쪽하늘을 응시한다. 어느새 공주가 따라와서 바싹 다가와 앉는다.

— 공주야! 저 바다를 좀 보아라! 애비가 여기 와서 이태 넘게 저 바다를 바라보았느니라. 그런데 참 변화가 무쌍한 것 같다. 한가로이 갈매기 떼가 나는가 하면, 이글거리는 해가 바다를 달구기도 하고……. 석양에 붉은 놀이 지고, 그 갯노을 속으로 물새들이 제각기 깃들 곳을 찾아 날아가는구나. 달이 뜬 바다는 은파에 마냥 꿈을 꾸는 것 같기도 하고. 그러다가 금세 이리 떼처럼 하얀 이빨을 드러내고 무섭게 으르렁대기도 하고…….

— 아바마마! 공주는 개성으로 돌아가더라도 이 아름다운 바다는 잊지 못할 것 같사옵니다.

— 우리 공주는 이 바다가 그렇게도 좋으냐?

— 예. 무서운 무신들의 살벌한 개경 도성보다는 솔직히 저는 여기에서 평온함을 느끼옵니다.

피왕은 아무 말이 없었다. 물끄러미 바다만 내려다본다. 마침 산방산 봉우리 위로 만월이 솟았다.

— 공주야, 애비는 수많은 시를[41] 짓고 또한 많은 시를 읽고 암송했

---

41) 의종(毅宗 1127~1173, 재위 1147~1170) 태평호문지왕(太平好文之王)으로 이름이 높을 만큼 문학을 좋아하였다. 『고려사』에 「仁智齋春帖字」 시가 남아 있다. 蕩蕩春光好(호탕한 봄빛 아름다워라)/ 欣欣物意新(흐드러진 만물의 기도 새롭구나)/ 將修仁知德(인지의 덕을 닦으려)/ 今得萬年春(이제 만년의 봄을 얻었다)// 夢裡明聞眞吉地(꿈속에 분명히 들은 참 길지)/ 扶蘇山下別神仙(부소산 아래 별다른 신선)/ 迎新納慶今朝日(새해와 새봄을 맞은 오늘의 아침 해)/ 萬福攸同瑞氣運(천하가 함께하는 만복 서기이었네) -『東史綱目』제9상. 임오년 의종16년(송 고종 소흥32, 금 세종 대정2, 1162)

었건만, 오늘은 이백(李白)의 시들 중 '행로난(行路難)'이란 시가 문득 떠오르는구나.

그러고는 어둠이 내린 바다를 향해 가만히 읊조린다.

행로난(行路難)
금준청주두십천(金樽淸酒斗十千)
옥반진착직만잔(玉盤珍羞直萬殘)
정배투절불능식(停杯投箸不能食)
발검사고심망연(拔劍四顧心茫然)
욕도황하빙새천(欲渡黃河氷塞川)
장등태항설만산(將登太行雪滿山)
한래수조벽계상(閒來垂釣碧溪上)
홀복승주몽일변(忽復乘舟夢日邊)
행로난행로난(行路難行路難)
다기로금안재(多岐路今安在)
장풍파랑회유시(長風破浪會有時)
직괘운범제창해(直掛雲帆濟滄海)

세상살이 어려워라
금 항아리 좋은 술은 한 말에 수천 금이요,
옥쟁반 위의 진수성찬은 만금의 값어치라네.
울분 속에 술잔 놓고 수저 던진 채 먹지 못하고,
칼 뽑아 내리치려 주위 둘러보니 마음만 아득하네.
황화를 건너려니 얼음장에 막히고,
태항산에 오르자니 눈이 산에 가득하다.
한가히 푸른 시냇가에 낚시 드리우다가,

홀연히 다시 배타고 서울 가는 꿈을 꾸었네.

세상사 어렵고도 어려워라!

갈림길도 많으니 지금 이 길은 어디메뇨.

거친 바람 불어 큰 파도 일 때,

구름 같은 돛을 달고 창해를 건너리라.

화순공주는 결연한 아바마마의 모습에서 평소에 보지 못한 위엄을 느꼈다.

*

피왕이 망중한을 달래고 있는 기성으로 하루는 이 현령(李縣令)이 문안차 올라왔다. 이런저런 피왕의 근황을 물어보고 하는 사이에 점심 때가 되었다. 점심 수라상이 들어왔다. 왕은 수라상을 받으며 이 현령에게 점심을 같이 하자고 권한다.

— 이 현령도 짐과 같이 드시고 가시구려.

— 전하, 신은 육방 관속들과 아래 관청에서 약속이 되어 있습니다.

그러고는 서둘러 하직인사를 올리고 성을 내려간다. 이 현령이 문안차 들르면서 둔덕천(屯德川)에서 채취한 감탕[42]을 시종을 시켜 가지고 올라온 길이었다. 그것을 얼른 요리를 해서 피왕의 점심 찬으로 차

---

42) 둔덕천에는 얼음이 풀리는 초봄에 감탕이라는 파래가 자란다. 그것을 의종께 진상하였다는 구전이 있다. 맛이 좋아서 둔덕사람들은 저 강파래 뜯을 시기를 기다렸다고 한다. 한편, 둔덕 천에는 민물메기가 서식하는데 왕이 계신 곳이라야 메기가 서식한단다. 그래서 인지는 몰라도, 거제에서 의종이 3년간 살았던 둔덕면 외에 다른 인근 면(面)의 냇물에는 민물메기가 서식하지 않는 것이 이상할 정도이다. 죽전마을에서는 밀된장을 담아서 의종께 진상하였다.(도움말: 죽전마을 최탁수)

려 내온 것이다. 초봄에 이곳 거제현 둔덕천에서만 나는 귀한 특산품
이다. 강물과 바닷물이 합쳐지는 하구에서만 서식하는 특이한 파래의
일종이다. 또 봄에는 사백어[43]라는 작은 치어 같은 고기가 잡히는데,
죽으면 하얗게 변한다고 사백어(死白魚)라 부르기도 하고, 모래처럼 작
고 하얀 고기라고 해서 사백어(沙白魚)라고도 불렀다. 이 물고기도 맛이
담백해서 이 현령은 봄이면 피왕께 꼭 진상을 했다.

한편 반구 상장군은 개경서 가지고 온 씸벙가시[44] 나무를 기성의 성
벽 주위로 빙 둘러서 심었다. 그리고 성안에는 작약을 심었다. 피왕이
작약을 무척 좋아했다. 피왕은 작약 꽃을 보면 항시 저 꽃은 짐의 사랑
하는 이곳 백성이라는 말을 자주했다. 씸벙가시 나무는 일반가시 나무
와 달라서 한번 찔리면 몇 날을 욱신거렸다. 반구 상장군이 피왕을 보
호할 수성(守成)의 목적으로 심었다.

2

삼경이 지난 밤하늘에는 별빛만 무수히 깜빡였다. 북극성은 괭이
바다 위에 걸렸고, 삼토성(三土星)은 비학산(飛鶴山) 남쪽으로 밀려나고
있었다.

항시 피왕의 옆방에서 자던 빈승(賓昇)은 일찍 잠에서 깨어 밖으로 나

---

43) 학명이 사백어(沙白漁)인데, 이곳에서는 뱅아리(병아리)라고 부른다. 투명한 색을 띠고, 봄에
   만 강을 거슬러 올라오는 둔덕천의 물고기 종류다.
44) 이곳에는 서식하지 않는 수종이다. 학명은 '시무나무'이다. 전설에 개경에서 가져 와서 방어
   의 목적으로 심은 것이라 한다. 한번 찔리면 씸벙씸벙(욱신욱신함의 뜻인 거제 방언) 오랫동
   안 쓰리고 아프다고 한다.(도움말: 전 거제시의회 의장 김득수)

와 밤하늘 별들의 움직임을 관찰하고 있었다. 달은 지고 별빛만 총총했다. 성 안은 칠흑 같은 어둠뿐이고 간혹 성 주위로 횃불에 비치는 보초들의 교대하는 모습이 보였다. 순라군(巡邏軍)들이 횃불을 손에 들고 성 주변을 일정하게 돌고 있다.

빈승은 산방산 쪽 하늘을 올려다보다가 청룡 끝에 시선이 멈춘다. 아내와 아들 둘이 저곳에 살고 있다. 전하와 한 몸처럼 있다 보니 잠시도 가족을 돌아볼 여유가 없다. 횃불 든 순라군이 막 지나가고 난 뒤 서쪽 성벽을 무심히 쳐다보는데 공제선 위에 검은 그림자가 번뜩였다. 순간, 빈승은 이상하다는 생각이 뇌리에 스쳤다. 분명 우리 군사는 아니었다. 그렇다면 ……그는 반사적으로 몸을 나무기둥 뒤에 숨겼다. 불빛은 오히려 스스로를 노출시킨다. 관솔불이 타고 있는 남문 앞에 시선이 꽂힌다. 그 외는 어둠뿐이다. 순라군이 북쪽 천제단 쪽으로 지나가고 삼문(三門)을 지키는 보초병들만 깨어있다.

'……음! 분명 자객이다.' 빈승은 직감적으로 자객임을 알았다. 우선 전하의 처소가 있는 회랑 기둥나무에 몸을 숨겼다. 어느새 손에는 단검을 뽑아 들었다. 기둥 뒤에 몸을 숨긴 채 기다렸다. 주위는 암흑이다. 검은 그림자가 빈승이 숨은 옆 기둥으로 바람처럼 다가왔다. 보통의 빠름이 아니다. 또 한 명의 그림자가 회랑 섬돌 밑에 숨는 것이 직감적으로 느꼈다. 두 명이다.

빈승은 재빨리 머리를 굴렸다. 소리를 쳐서 반구 상장군과 병사들을 깨우느냐, 아님 내가 저놈들을 제거하느냐. 소리치면 놓칠 것이 분명했다. 일단 저놈들의 동태를 지켜보기로 했다. 전하의 방문 앞 기둥에 몸을 숨긴 것이 다행이었다. 순라군의 횃불이 동문 쪽으로 돌아 나오고 있었다. 기둥 뒤에 몸을 숨긴 놈은 보이지 않았다. 그새 어디로 숨었는지 알 수가 없었다. 분명 한 놈은 대청 밑에 숨었을 테고, 그럼 기둥 뒤에 숨은 다른 한 놈은?

순라군이 지나가자 지붕 위에서 그림자가 번뜩한다. 저놈이 그새 지붕 위로 숨었구나. 다시 어둠이 내렸다. 지붕 위에서 놈이 빠르게 전하의 방 있는 쪽으로 미끄러지듯이 다가왔다. 그 찰나, 빈승은 검은 그림자를 향해 칼을 그었다. 그 자는 갑자기 당한 일격이라 피하지도 못하고 반사적으로 몸을 회전하며 어깻죽지로 칼을 받았다.

— 으윽!

동시에 빈승이 소리쳤다.

— 자객이다! 자객!

여기저기 횃불을 든 병사들이 피왕의 방 주위를 에워쌌고, 반구 상장군이 어느새 한 놈의 자객을 쫓고 있었다. 반구 장군이나 병사들은 야간근무 시엔 신발과 옷을 벗지 않고 잠을 잤다. 그것은 여기 있는 병사들의 철칙이었다. 빈승의 외치는 말 한마디에 반구는 용수철처럼 튀어나오며 동시에 칼을 뽑고 달려와서 적을 찾아 칼을 휘둘렀다. 그놈들도 보통 내기들이 아니었다. 빈승이 벤 자객은 졸지에 당한지라 칼든 손으로 어깨를 감싸 안은 채, 반사적으로 몸을 돌려 피를 흘리면서도 동문 쪽 담을 타넘었다. 반구 상장군과 맞붙은 자객은 필사의 힘을 다해 북쪽 성벽을 타고 넘어 도망을 쳤다.

성 안은 삽시간에 온통 횃불들로 가득 찼다. 놀란 피왕이 일어나서 어전으로 나오자 성 안에 사람들이 순식간에 모여 웅성거렸다.

반구가 이때 병사들에게 소리쳤다.

— 놈들이 멀리 가지는 못했을 것이다. 우선 일차 방어선을 지키는 병사들을 전부 남문 앞으로 모이게 하라!

하고 명령을 내렸다.

— 한 놈은 어깨에 부상을 입었다. 분명, 나루를 건너 달아나려 할 것이다. 먼저 나루를 지켜라.

그러고는 손수 날랜 군사들을 뽑아서 놈들의 뒤를 쫓았다. 오양역참에 도착하니 일찍 불이 켜진 집이 있었다. 반구는 그리로 들어갔다.

— 주인장 계시오?

기다렸다는 듯이 방문이 열리고 역원 복장의 젊은 남자가 나오다가 놀란 토끼 모양 눈을 크게 뜨고 묻는다.

— 누구십니까?

젊은 역원은 군사들을 보고는 더욱 당황한다. 반구의 설명을 듣고는 금세 얼굴빛이 밝아지며 자기는 이곳 오양역에 근무하는 유상원이라는 역원이며 지금 교대 근무를 나가는 중이란다. 그렇잖아도 해배되어 가신 송도나리로부터 들어서 피왕의 소식을 잘 알고 있다고 하였다. 반구는 결례가 되는 줄 알지만 양해하시라며 물었다.

— 한 시진 전에 기성으로 자객이 나타났소. 우리는 시방 그들을 뒤쫓고 있는데, 혹시 그런 자들을 못 봤소?

— 아, 그렇습니까? 그런 자들을 보지 못했습니다. 그렇지만, 뭣보다 우선 나루터부터 지켜야겠군요. 여기서 두 마장쯤 가면 나루터입죠.

— 고맙소. 그럼 이만 우리들은 속히 가야겠소.

반구 장군 일행이 막 나루를 향해 출발 하려는데 뒤에서 그 역원이

다시 부른다.

— 지금 막 생각이 났습니다. 우리들이 알고 있는 나루는 이곳뿐이 아니고, 저 아래쪽 간섬[艮島] 앞에서 건너오는 나루가[45] 한군데 더 있습니다. 옛날부터 전하기로는, 여기 오양역이 생기기 전엔 그곳에도 작은 나루가 있었답니다. 지금은 폐지되었지만 그 쪽이 기성 쪽하고는 더 가까우니, 아마 그리로 갔을 수도 있겠군요. 거기서 바다를 건너려 하면 특별히 돈을 주고 배를 빌려야 합지요.

반구는 고맙다고 인사를 한 후, 군사를 두 곳으로 나누었다. 가까운 나루로는 부관인 반창(潘昌)에게 군사의 반을 나눠주고, 자기는 나머지 군사들을 거느리고 간섬이 바라다 보이는 쪽으로 급히 달렸다.

역원이 가르쳐준 그곳에 도착하자 날이 밝기 시작했다. 완전히 해가 뜨려면 아직 반시진이 더 남았다. 반구는 군사들을 나루터 주변의 으슥한 곳에 매복을 시켰다. 자기도 근처 민가의 헛간에 몸을 숨기고 기다렸다. 조용히 숨을 죽이고 기다리는데 어부차림의 한 사람이 어깨에 노를 메고 바닷가 쪽으로 걸어간다. 고기잡이배인 모양인데 노의 생김새가 보통 배와는 좀 다른 형상이었다. 나루선보다 훨씬 넓고 큰 것이 의도적으로 손질하여 고친 듯했다.

사공은 이제 막 배에 올라 노의 중간쯤 허리께에 파인 홈에다 놋좆을 끼우고 연습 삼아 노를 저어본다. 다시 배에서 내려 그가 벌이줄을 풀어 손에 들고 저쪽을 향해 신호를 보내는 것이었다. 순간, 반구 상장

---

45) 간섬 앞 번덕 쪽 공동묘지 밑 버덩에 우물이 있었다. 맑은 물이 주야장천 솟아 가뭄이 들면 간섬(연기리)과 딴간섬(海艮島)사람들이 배를 타고 와서 물을 길어갔다. 단 임난 때 왜적들이 토성을 쌓고 식수로 사용하였다 하여 이곳 사람들은 병정샘(兵政井)이라 불렀다.(도움말: 덕호리 주덕보. 광리 전 어촌계장 이민성)

군은 역원의 말이 생각났다. 저 자가 돈을 받고 자객들을 태워오고 태워주는 모양이구나!

그 사이 괴나리봇짐을 맨 장사치 두 사람이 배가 있는 쪽으로 다가왔다. 반구가 자세히 보니 한 놈이 왼쪽 팔이 약간 쳐졌다. 틀림없었다. 재빨리 매복한 군사들에게 휘파람 신호를 보냈다. 반구 장군도 재빨리 나가고 군사들도 몰려나왔다. 막 배를 묶었던 벌이줄을 풀어들고 있던 어부가 반구를 쳐다보았다.

— 여봐라! 잠시 배를 멈춰라!

반구 장군의 목소리에 두 놈은 당황한 표정이 역력했다. 순간, 한 놈이 벌이줄을 낚아채더니 배를 바다로 밀어내며 두 놈이 동시에 배에 껑충 뛰어오른다. 번개 같이 날쌘 동작이다.

다음 순간, 반구의 몸이 허공을 솟구쳐 올랐다. 선미(船尾) 쪽 뱃장에 올라 탄 반구와 두 명의 자객 사이에 쨍강쨍강 쇠붙이 맞부딪는 격검(擊劍)이 벌어졌다. 자객들도 만만찮았으나 반구의 칼에는 당하지 못했다. 반구는 배 삼을 타고 고물에서 이물로 자객들을 몰아붙였다. 날카로운 금속성이 쉼 없이 쨍강쨍강 울렸다. 빈승에게 부상을 당했던 한 놈이 반구의 재빠른 검에 턱 밑의 목을 찔렸다.

— 윽!

비명도 제대로 지르지 못하고 피를 토하며 쓰러졌다. 나머지 한 놈은 결사적으로 반항했다. 반구 장군은 수박희의 달인에다가 검술에도 뛰어났다. 함경도 지방에서는 "백호(白虎) 반구장군(潘邱將軍) 온다!" 하면 우는 아이도 울음을 뚝 그칠 정도로 소문난 무서운 장수였다. 여진족의 금(金)나라 쪽 사람들은 백호장군 소리만 들어도 겁을 집어먹고 도망부터 칠 정도였다.

점점 수세에 몰리던 남은 한 놈의 자객은 도저히 안 되겠는지 칼을 반구의 목을 향해 던졌다. 피하는 틈을 이용하여 재빨리 바닷물 속으로 뛰어들어 자맥질로 달아나 버렸다. 싸우는 동안에 배는 조수 따라 중앙으로 떠왔고, 급한 견내량의 조류는 점점 아래쪽으로 떠밀렸다.

얼마 뒤 저만치 놈이 떠올라 건너편 기슭을 향해 물개처럼 헤엄을 쳐가는 것을 보고도 어쩔 수가 없었다. 반구는 노를 제대로 젓는 법을 몰랐다. 배는 조수를 따라 떠밀려 내려가고 있었다. 한참 후 거제 섬 쪽에서 큰 배 하나가 이쪽으로 오고 있었다. 같이 온 군사들이 배를 구해 반구 상장군 쪽으로 저어 오고 있는 중이었다. 배는 반구가 탄 배를 향해 느리게 접근해 오는 바람에 자객 한 놈은 기어이 놓치고 말았다.

*

기성으로 돌아온 반구 상장군은 피왕 앞에 꿇어앉아 용서를 구했다.

— 전하, 신이 잠시 방비를 소홀히 한 것 같사옵니다.

— 아니오, 상장군. 저 놈들이 충분히 그럴 것이라고 우리 모두가 예측은 하고 있지 않았소? 나도 머리맡에 항상 보검을 두고 잡니다.

— 전하, 그나마 빈승이 저들을 먼저 보고 선수를 쳐 물리쳤기에 천만 다행이었습니다.

빈승이 겸연쩍어하며 말한다.

— 제 칼이 장검이었더라면 먼저 충분히 놈을 죽일 수 있었을 텐데요…….

상장군 반구가 잠시 생각에 잠기더니 탄식을 한다.

― 며칠 전에 자주방(自主坊)에서 이곳 사람들에겐 좀 낯선 행색을 하고, 대나무로 엮은 작은 갓을 쓴 수상한 보부상이 나타났다는 보고를 받긴 했습니다. 아마 그 놈이 미리 동정을 살피러 온 자객들 중 한 명이었지 싶습니다.

빈승은 한 명의 적을 놓친 것을 두고두고 아쉬워했다. 적들은 워낙 잘 훈련된 고수들이었다. 그나마 반구 상장군이 뒤쫓아 가서 나루에서 한 놈이라도 잡은 것이 다행이었다. 다시는 자객을 보낼 엄두도 못 내게 따끔한 맛을 보인 셈이었다. 반구 상장군은 기성 안으로 침투한 자객 사건으로 인해 야간경계의 인원을 두 배로 늘려 더욱 방비를 철통같이 하였다.

이튿날부터 상장군 반구는 멀리 바닷가에서 배에 싣고 온 몽돌[46]을 병사들이 짚으로 엮은 광주리 등속에 담아 지게등짐으로 성까지 져 올리는 작업을 진행시켰다. 이 몽돌들을 비축해 두었다가 유사시 화살이 떨어졌을 때를 대비해 적을 무찌를 무기로 사용하기 위한 것이었다. 요컨대 옥쇄의 각오를 다지는 셈이었다.

빈승이 벌써부터 착안하였고 반구 상장군이 기발한 생각이라고 동의하여 실천하게 된 것이다. 두 사람이 작업을 독려하고 있는데 심부름하는 병사가 급히 찾아와 빈승과 반구를 전하께서 찾으신다고 아뢰었다. 두 사람은 나란히 피왕을 알현하러 갔다. 피왕은 자객 사건 이후로 반구와 빈승 두 사람 중 한 사람이라도 옆에 없으면 찾았다.

---

46) 성의 맨 위쪽 땅속 저장고에 저장되어 있다. 이 몽돌들의 용도와 출처에 대해서는 의견들이 분분하나 확실히 밝혀진 것은 아직 없다.

3

자객이 나타나 한바탕 난리를 치른 기성에는 계절이 7월로 접어들고 있었다.

성 주변으로 밤이면 귀뚜라미 소리가 별빛과 잘 어울렸다. 귀뚜라미는 7월에 들녘에서 울고, 8월에는 마당에서 울고, 9월에는 마루 밑이나 섬돌에서 울다가, 10월에는 방에서 운다는 말이 있다. 계절이 바뀌고 온도 변화에 굉장히 민감한 동물이다.

반구 상장군은 부관과 둘이서 일차방어선인 토성을 순찰하고 있었다. 군데군데 돌담을 쌓아 토성을 보강한 성돌 밑에서 벌써 귀뚜리가 울었다. 상장군 반구도 무인이고 강골이었지만, 그 역시 사람이었다. 밤중에 두룡포(頭龍浦)가 빤히 내려다보이는 토성 밑을 걷고 있었는데, 귀뚜리 울음소리에 문득 두고 온 가족이 생각났다.

뒤따르는 부관의 이름은 반창(潘昌)이었다. 성씨가 같은 일족이라 그를 누구보다 신임했다. 무신의 난이 일어나고 반구를 따라 거제현에 오는 바람에 그는 아직도 일개 병사에 불과했고 나라에서 내려주는 벼슬의 직책도 없었다.

창은 항상 장군 곁에서 묵묵히 그의 지시를 따랐다. 그는 소년 때부터 반구 장군 옆에서 잔심부름을 했다.

반구 상장군이 함경도로 좌천되어 변방수비 임무를 수행하던 어느 날, 하루 순시를 나갔을 때였다. 어떤 아이가 사람들에게 둘러싸여 매를 맞는 것이 눈에 띄었다. 가까이 다가가 소년이 매 맞는 연유를 물었다. 저자거리에서 좌판의 떡을 훔쳐 먹었단다. 아직 어린애라 불쌍

히 여겨 반구가 떡값을 대신 물어주고 병영으로 데려왔다. 무엇 때문
에 남의 떡을 훔쳐 먹었느냐고 반구는 아비 같은 심정으로 다정히 물
었다. 부모가 강 건너 농사를 지으러 갔다가 영영 돌아오지 않는단다.
아마 금나라에 붙잡혀 간 것 같았다. 이름을 물었다. 울면서 입안에
서 우물거리며 반창(潘昌)이라고 하는데 반구는 창이라는 이름만 알아
들었다. 더 이상 묻지 않았다. 눈이 맑았다. 갈 곳이 마땅히 없는 고아
였다. 그때부터 곁에 두고 잔심부름을 시켰다. 소년은 행동이 민첩하
고 빨랐다. 그 뒤로 그는 반구를 상관이라기보다 아비처럼 복종하고
따르는 것이었다.

반구는 같은 성씨라 반창을 자기 호적에다 옮겨 올릴까 여러 번 생
각만 하였다. 어느새 그도 장정이 되었고 일반 군졸로 뽑혔다. 거제현
에 와서부터는 항시 옆에 가까이 데리고 다녔다. 그는 주로 상둔덕의
함덕(咸德)에 주둔한 병사들을 훈련시키며 지휘를 맡았다. 반구는 함경
도 변방에 근무하다가 급히 오다 보니 노모와 아내를 챙기지 못했다.
곁에서 묵묵히 따라오는 창을 가만히 불렀다. 품안에서 서찰을 꺼내주
며 내일 날이 밝거든 함경도로 가서 가족들을 데려오도록 일렀다.

— 내가 여기 내려온 지도 벌써 이년 반이 넘었구나.

오래 전부터 지니고 다녔는지 서찰의 겉봉투가 낡아 있었다.

— 창아, 네가 가서 내 가족을 잘 모시고 오너라.

반구는 처음부터 반창을 창이라고만 불렀다. 그 점에 관해서 창은
한 번도 이상하게 생각해본 적이 없었다. 아마 반 장군의 입장에서는
같은 족벌이라 여기는 것인지, 성은 항상 생략하는 것 같았다.

— 옛, 장군님!

— 우리 가족은 지금 함경도 산골에서 조용히 숨어 지내고 있을 거야.

— 장군님의 가족을 제가 어떻게 찾습니까?

— 마운령 고개를 넘으면 바로 큰 마을이 하나 나올 것이야. 그곳에서 백호장군 반구를 우선 들먹이게. 아마 모르는 사람이 없을 테니까. 그리고 이 서찰을 내 아내에게 보여 주어라. 그러면 따라올 걸세. 알았느냐?

— 옛!

창은 대답하고 서찰을 받아 품속에 간직한 채 두 손을 모아 예를 올리는 절을 하고는 돌아섰다. 반구는 돌아서 가는 그의 등 뒤에다가 마지막으로 한마디 넋두리처럼 덧붙인다.

— 아내는 노모와 같이 있네. 아들 하나는 장성하여 이미 장가를 들어 처가 쪽인 개경에 살고 있지만 소식은 알 길이 없네. 당분간은 연락을 안 하는 것이 서로에게 좋으니까…….

그 다음날, 반창은 함경도로 떠나기 위해 민간 복장으로 갈아입었다. 보부상 행세로 신분을 감추고 견내량을 향해 거제 나루를 건넜다.

*

피왕은 한밤중인 삼경에 잠이 깨었다. 살그머니 자리에서 일어나 앉았다. 무비가 이의방에 의해 개경으로 소환되어 가고부터는 침소 주변에는 수발을 드는 상궁들뿐이었다. 장경왕후가 있지만 여기 올 처지가 못 되었다. 고독하고 허전했지만 피왕은 소태보다 더 쓴 외로움을 홀로 맛보며 견뎌낼 수밖에 없었다. 수발상궁이 문밖에서 졸고 있다가 놀라 아뢴다.

— 마마, 이 밤중에 어딜 가시옵니까? 소피를 보시려면 여기 놋요강이 있사옵니다.

— 아니다. 그냥 바람이나 쐴 테니 귀찮게 하지마라.

— 네에.

보초를 서는 병사들이 성가퀴 밖을 응시하며 일정한 간격으로 서 있는 모습이 보인다. 왕은 임시 어전으로 쓰는 대청마루 용상에 앉았다. 늙은 상궁이 옆에 시립한다.

— 저만큼, 멀찍이 떨어져 있어라.

물려 놓고 피왕은 생각에 잠긴다. 수많은 상념들이 뇌리를 스쳐 지나간다. 이 비좁은 산성에 갇혀 살아야 하는 자신의 처지가 한심스러웠다. 피왕은 자객들이 나타난 뒤로는 새벽에 자주 잠이 깨었다. 이렇게 있다가 천제단으로 곧바로 기도하러 가곤 했다. 생각은 꼬리를 문다.

아무리 생각을 해봐도 이의민 그놈이 괘씸하다. 애비가 소금장수이고 어미가 종이었다. 그런 비천한 신분에서 태어난 그를 중히 여겨 썼건만, 오히려 나를 내쫓는데 더 적극적이었다니! 내가 그때 그의 우람한 체격과 수박희를 하는 재주에 반해 많은 신하들의 반대를 무릅쓰고 중책을 맡겼거늘 감히 제 놈이 은혜도 모르고……

음!…… 왕은 다시 사부(師父) 정습명을 생각한다. 그는 나의 사부이고 나를 왕위에 오르도록 힘써주신 은혜는 모르는 바가 아니다. 내가 어려서부터 천자문을 떼면 소학을, 소학을 겨우 떼면 공자와 맹자를, 다음엔 대학과 중용을, 한 시도 나를 가만 놔두지를 않았지. 말 타기와 활쏘기, 격구와 놀기를 좋아하는 나는 종종 정사부에게 반항하여 대어 들었지, 그러면 어마마마에게 일러바쳐 회초리로 종아리를 맞았었다. 같이 배우던 아우 왕경은 한 번도 삐뚜루 나가지를 않았어, 그는 누구 보다 어마마마에게 인정받았지. 왕경은 말 그대로 모범생이었어. 오늘날 시문을 짓고 대신들과 비교해도 학문에서 뒤지지 않도록 눈을 뜨게 한 것도 다 정사부의 공이 큰 것은 사실이야.

그러나 왕위에 앉아보니, 정사부나 문신들 모두가 왕권강화에 발목을 잡는 똑같은 방해꾼들일 뿐이었다. 서경파가 몰락하고 나니 개경의 문신귀족들은 얼마나 드센지 툭하면 합문 밖에 꿇어앉아 성토를 해댔었다. 그들에게는 왕인 나의 입장은 아예 없었던 거야! 그냥 왕이라는 자리가 있으니 늘 하던 그대로 자기들 편리한 쪽으로만 생각한 거지. 결국엔 내렸던 어명까지 철회되고 그들에게 굴복할 수밖에 없었다. 나는 그 문신들 꼴이 뵈기 싫어서 내가 태자 때부터 좋아했던 격구(擊毬)를 무신들에게 시켰지. 태자 시절 나의 격구 실력은 과히 환상적이었지. 그리고 무신들을 편 갈라 수박희를 붙였고……. 그런데, 그것마저 문신들이 가만 두지를 않았었지. 자기들도 함께 해야 된다나. 할 수 없이 문신들과는 시문을 지어서 코를 납작하게 할 요량으로 시제를 내주어 나와 시를 겨루었지. 대다수가 시문에서도 나에게 쩔쩔매지 않았던가!

그래도 울화가 가라앉지 않으면 나는 귀법사에 갔다가 말을 몰래 타고 달령의 다원까지 질주를 한 적이 있었다. 그러면 전하를 부르며 내시와 환관들은 부랴부랴 따라오느라고 혼쭐이 났었다. 하긴, 그들이 뭔 죄가 있겠어? 내 사람이라야 내시와 환관밖에 없으니…… . 개경의 기득권 문신 귀족들은 사사건건 나의 발목을 잡고 늘어졌지. 아! 왕권, 기필코 회복하고 싶었던 왕권! 나로선 아무리 발버둥을 쳐도 넘을 수 없는 문신의 벽이었어. 이런 놀이를 통해서라도 고려왕의 존재감을 알릴 수밖에는 다른 방법이 없었던 거야. 내가 할 수 있는 거라곤 무신들과 어울려 격구와 수박희 놀이밖엔 없었어. 문신들을 위해 연회를 열었고 항상 신변의 위협을 느껴 거처를 수시로 옮길 수밖에 없었다. 개경에서 신령(新令)을 반포하고 반년도 안 가 어이없게 이처럼 거제 섬으로 쫓겨 오다니…….

개경에서 신령을 반포할 적에만 해도, 장차 낡은 것을 버리고 새 것을 채택하여 다시 왕화(王化)를 부흥하고자 했다. 고성(古聖)이 권계(勸戒)한 유훈(遺訓)과 현재의 민폐를 구제할 일을 마련하여 신령을 반포할 것을 다짐했었다. 다만 유교적 정치이념을 배격하고 불교, 음양설, 선풍(仙風)을 중요하게 다루었다, 그것은 유교적 지식인이었던 대다수의 문신에 대한 나의 반감이었다, 나는 평소에 인정(人情)과 태평(太平)등에 관한 글을 쓰기도 하였다. 그런데도 나는 늘 왕위에 대한 신변위협은 있었던 거야…….

내가 처음 등극한 1147년부터 1162년까지 공포된 법령과 도덕규범들을 수집, 고증 하였다. 최윤의 등 17명의 학자들을 시켜 편찬한 전례서(典禮書) 세계최초 금속활자, 그 기초가 되고 토대가 되는 상정예문(祥定禮文)을 완성시켜 나라의 기강을 바로잡고자 무척 노력했건만. 아바마마가 묘청의 말을 끝까지 믿고 서경 천도만 단행했었더라도 오늘 날

이렇게까지 되지는 않았을 텐데. 개경 문신들을 견제할 세력은 오직 서경 세력밖에 없었던 것이라고 아바마마는 말했었다.

실제 왕위에 오르고 보니, 생각할수록 서경 천도를 못한 것이 원통했다. 그래서 무진년(1148)에 현릉(顯陵·태조릉)과 창릉(昌陵·세조릉)을 번갈아 참배하고 갑술년(1154)에는 서경에다가 중흥사(重興寺)를 창건했었다. 이것은 다 나라를 제대로 이끌어 보려고 그랬던 것이다. 또 무인년(1158)에 백주(白州)에 별궁(別宮)을 창건하여 그때 명칭을 손수 중흥(重興)이라 썼었다. 이 시기에 상감청자를 처음 만들고 청자기와[靑瓷瓦]도 만들지 않았던가.

이제와 생각하니, 이 모두가 나라의 복이 없고 왕인 내가 덕이 없었던 게야, 문신들의 꼴이 보기 싫어 결국엔 무신들이 들고 일어난 게야. 난 그 희생양이 되었고…….

생각이 여기까지 이르렀을 때쯤 벌써 봉산 위로 샛별이 밝게 빛나고 있었다. 사경을 지나 오경이 가까워진 모양이다. 시립해 있던 상궁이 자꾸만 나오는 하품을 손으로 가리며 서있다.

— 이제 그만 너도 들어가 쉬어라.

— 마마, 괜찮습니다.

상궁은 대답하고 그대로 서있다. 피왕은 다시 생각에 잠긴다.

도대체 누가? 왜? 내 동생 왕경을, 나 대신에 세자 자리에다 바꾸어 앉히려 했을까? 아바마마? 아님, 어마마마? 아니야. 그 보다도 분명 다른 뭔가가 있었을 것이야. 왕경이 나보다 군주로서 특별히 뛰어난 점도 없었는데, 아마도 나의 주체 못하는 무골기질이 문신들에게 못 마땅했던 거야, 말을 능숙하게 타고 활을 잘 쏘는 세자가 부담스러운 것은 분명했을 테니까. 내가 부왕의 뒤를 이어 왕이 된 뒤. 임진강가에 행차가 있던 날이었지. 언덕에 과녁을 설치하고 중앙에 촛불을 켜놓고 과녁을 명중시켜 보라했지. 자신이 없었던 그들은 나더러 먼저 쏘기를 극구 종용했었고. 그래, 내가 과감하게 먼저 쏴서 보기 좋게 명중시키니까, 그곳에 모인 문무백관들이 겉으론 만세를 불렀지만 얼굴색이 노오랗다 못해 아예 흙빛이 되지 않았던가. 그 중에 한 신하가 겨우 과녁을 맞힘으로서 무신들은 체면을 세웠지만, 문신들은 그게 아니었어. 그런저런 일들을 생각해볼 때 문신들이 샌님 같은 모범생인 왕경을 세우라고 꼬드긴 것이 분명한 게야. 정습명 사부가 잘 막아 주었지만…….

피왕은 여기까지 생각하고 나니 조금은 의문이 풀렸다. 거림 동헌 쪽에서 닭의 홰치는 소리가 들렸다. 희뿌연 여명이 산방산 세 봉우리 사이로 밝아오고 있었다.

4

망골 초소로부터 급한 보고가 성으로 전달되었다. 은밀히 충청병마사 장순석과 유인준이 안치봉의 태후를 알현한 후 하마(下馬)터에 도착하였다는 보고가 기성으로 전달되었다. 그날이 계사년(1173) 8월 기묘일이다. 반구 상장군이 손수 마중을 내려갔다. 세 사람은 성으로 오르면서 지금 문신들의 움직임과 김보당의 복위(復位) 계획을 반구 장군에게 상세히 얘기 한 뒤, 세 사람은 곧 피왕을 알현하였다.

— 신 충청병마사 장순석 전하께 문후 드리옵니다!

— 신 남로병마사 유인준 전하께 문후 드리옵니다!

— 오, 장공! 유공! 어서 오시오.

그는 원래 문관출신이었다. 피왕은 반갑게 자리에서 일어나 맞이한다. 장순석은 김보당에 의한 복위 계획에 따라 피왕을 경주로 모시기 위해 왔다고 자세히 설명한다. 가만히 듣고 있던 피왕은 빈승과 반구 상장군을 좌우로 둘러보며 진지하게 묻는다.

— 지금의 돌아가는 상황을 어떻게들 생각하오? 경들의 의견부터 들어보고 싶소.

먼저 문화시중 빈승이 조심스레 아뢴다.

— 이 나라 백성들은 종사에 없던 대역죄를 저지른 극악무도한 무신들을 기필코 처단하여 전하의 복위를 간절히 바라고 있습니다. 그러나 우리들이 더 많이 준비하고 힘을 길러 확실한 기회가 왔을 때 거병하는 것이 옳을 줄 압니다. 저들이 권력다툼으로 서로 피투성이가 되도록 싸워 힘이 소진되었을 때, 어부지리를 노려 단번에 제거하여야 될 줄 아옵니다.

다 듣고 난 피왕은 다시

— 반구 상장군의 생각은 어떠하시오?

— 예, 전하! 신중을 기한다는 것은 결국 기회를 엿본다는 것입니다. 기회란 것도 노리는 자에게만 올 수 있습니다. 세월은 가고 시간을 오래 끌면 끌수록 전하를 따르는 신하와 백성들의 마음이 해이해질 것입니다. 지금의 꼭두각시 왕인 왕호의 체제가 굳어질 것입니다. 즉 백성들이 전하를 서서히 잊게 될까 두렵습니다. 그 기회란 신의 생각으론 지금인 듯하옵니다. 거국적인 거병이 일어나니 이때 불시에 일격을 가해, 저 역적의 무리들을 단번에 제거하는 것이 매우적절하다 여겨지

옵니다.

기타 사람들의 신중론과 반대론, 찬성론의 소수 의견들이 있었다. 피왕은 고심하기 시작했다. 충청병마사 장순석이 나서서 아뢴다.

— 전하! 지금 동북면병마사 김보당을 필두로 녹사 이경직, 여기 계신 남로병마사 유인준, 경기병마사 한언국, 내시 배윤재를 서해도병마사로 삼고, 충청병마사 신과 더불어 총 여섯 분의 병마사가 호응합니다. 김보당과 신들은 기필코 이번 거사를 성공시킬 것입니다. 이런 천재일우의 기회가 없는 줄 아옵니다.

충청병마사 장순석의 자신에 찬 말에 피왕은 결심을 굳혔는지 빈승에게 말한다.

— 이제 우리에게 때가 온 듯하오. 계림 땅에서 김보당이 짐의 복위를 위해 들고 일어났다니, 짐은 거기서 희망을 보았소. 여태껏 이 섬에 갇혀 방비에만 급급했으나 드디어 이제 이 섬을 벗어나는 길이 우리에게 남은 희망이요. 전쟁을 두려워하여 무사안일에만 기대는 군주는 도리어 패망을 불러들이는 어리석은 자일뿐. 내 이제 여력을 다해 적을 쳐부술 각오가 생겼소이다. 장군들은 아니 그렇소?

— 여부가 있겠습니까? 전하! 무엇이든 하명하십시오.

모인 사람들이 일제히 피왕을 향하여 동시에 아뢴다.

— 내 어마마마를 만나보겠소. 가마를 대비장으로 내려 보내어 즉시 태후마마를 모셔 오도록 하시오.

— 옛! 즉시 시행토록 하겠습니다.

빈승이 군사들을 시켜 피왕의 명대로 가마를 대비장으로 내려 보냈다.

한편, 여관곡의 대비장에서는 두 사람이 피왕을 만나 어떤 결론이 났는지 궁금해 하고 있었다. 태후는 성에서 내려 보낸 가마에 오르면서 주상이 급히 부른다기에 필시 자기한테 상의할 긴급한 상황이 발생한 모양이라고 생각하였다. 어쩌면 그 일이 현재의 왕인 호(昈)와 연관된 것일지 모른다고 태후는 산길을 오르면서 대충 짐작을 하였다. 복위에 성공한다 해도 태후로서는 그것 또한 문제였다. 지금의 왕은 어쩐단 말인가? 다시 양위를 받는다? 그게 과연 가능한 일일까?

태후는 복잡한 생각으로 인해 눈을 지그시 감았다. 가마는 남문을 향해 가파른 언덕을 더위잡고 있었다. 피왕과 성안의 모든 사람들이 태후마마를 기다리고 있었다. 가마에서 내린 태후는 어전에 모여 시립하고 있는 사람들을 지나 피왕을 향해 물었다.

— 주상! 마음의 결정을 하셨나요?

— 예, 그래서 어마마마를 뵙자고 하였사옵니다.

피왕은 태후를 보자 한껏 달아올랐던 기분이 약간 가라앉았다.

— 훌륭한 신하 김보당을 비롯한 장순석, 한언국, 배윤재, 이경직, 유인준 등 각 도 병마사가 도울 이때 결행하는 것이 좋은 기회인 듯해요.

태후의 말을 가만히 듣고 있던 피왕이 약간 퉁명스럽게 묻는다.

— 어마마마, 소자가 복위되면 그럼 아우 호는 어떻게 되는 겜니까?

— 그 뒤 문제는 주상이 알아서 잘 처리를 하세요. 다시 양위를 받든지…….

— 소자는 어마마마의 솔직한 마음을 알고 싶습니다.

— 주상! 아직 결단을 내리지 못하신 건가요? 그러한 일들은 복위하는데 전혀 도움이 안 됩니다. 뒷날에 생각해도 늦지 않습니다.

— 어마마마는 늘 그런 식으로 소자를 보아왔지요? 유약하고 우유부단하다고…….

피왕은 불만 섞인 말이 자신도 모르게 튀어 나왔다. 태후에게 맺힌 것이 많았다. 태후도 기분이 약간 언짢았다.

— 지금 주상은 늙은 어미를 원망하시는 겝니까?

그때 듣고 있던 반구 상장군이 분위기 반전을 위해 둘 사이에 끼어들며 슬며시 중재를 한다.

— 태후마마, 지금 전하께서 복위의 큰일을 앞두시고 응어리졌던 그 동안의 마음이 곧추서신 모양입니다. 굽어 살피소서.

상장군의 간곡한 말에도 태후는 반 울음 섞인 어투로 한마디 던진다.

— 주상은 애초에 사부이신 지추밀원부사 정습명을 그렇게 내쳐서는 안 되는 것이었어요!

— 맞습니다. 하지만, 그도 왕인 나를 무시한 한 사람의 문신일 뿐이었소. 소자가 왕권을 유지하기 위해서는 측근이 필요했어요, 저들을 견제할……. 그래서 김존중, 정함, 무당인 내시 사령 영의까지 측근으로 기용했지요.

— 주상, 그렇다고 키워주고 끝까지 지켜서 왕위까지 물려받을 수 있게 한 정습명을 그렇게 서운하게 내칠 일은 아니었어요!

피왕도 그 문제가 거론되자 약간 신경질적으로 변했다. 주위 빈승을 비롯한 장순석, 유인준, 반구 상장군은 어쩔 줄을 모르고 안절부절 못했다.

— 그러면 차라리 저 씀벙나무 회초리를 꺾어 소자의 종아리를 치세요.

— 주상은 지금 이 어미를 놀리시는 겝니까?

— 어마마마, 생각해 보세요. 서경 세력이 몰락하고 개경 세력이 얼마나 득세를 했습니까? 아바마마께서는 빈껍데기뿐인 왕의 자리를 아직 어린 소자에게 물려주고 승하하셨지요. 그리고 어마마마도 한 때 저에게서 세자자리를 빼앗아 동생 왕경에게……

드디어 태후가 손으로 이마를 받치고 쓰러질 판이다. 급기야 상장군 반구가 태후를 부축한다.

피왕은 허공을 향해 시선을 고정시키고 말이 없다. 한참 흐느끼던 태후가 봇물이 터지듯이 말을 쏟아놓는다.

— 주상, 이 어미는 그때 생각 한번 잘못 먹은 것이 한이 되어, 이번 난이 터졌을 때 얼마나 가슴 아팠는지 아십니까? 주상을 군기감에 가뒀다는 그 긴박한 상황에, 정중부와 단판을 지었지요. 주상을 살려주는 조건으로 왕호에게 주상이 양위를 하는 걸로 내가 저들의 반란을 인정했소. 주상을 살리기 위해서 말이요. 흑! 흑!……

태후는 설음에 받혀 다시 울면서 하소연을 한다.

— 이 어미가 주상을 생각하지 않았다면 이 먼 섬에까지 내려와서 뭣 하러 고생하며 주상의 복위를 돕겠소?

피왕은 늙은 어머니에게 너무했다 싶어 누그러진 말로 사과를 한다.

— 어마마마, 소자가 잠시 경망했습니다. 제발 노여움을 푸십시오.

피왕은 용상에서 내려와 태후의 어깨를 감싸고 동문 쪽으로 모셔 가며 잘못을 빈다. 피왕도 눈에 눈물이 글썽하다. 태후도 피왕의 뉘우치며 글썽이는 눈물을 보자 마음이 다소 풀렸다. 태후는 여자지만 궁중의 최고 어른으로서 체통을 늘 지켰다. 그 위엄에 반군 세력들도 함부로 대하지 못했던 것이다.

제7장

거문고 음률에 실은 작별

1

계절은 완연한 초가을로 접어들었다. 길가 숲에서 매미의 왕성하던 울음소리가 뚝 그치고 밤이면 풀벌레소리가 요란스럽게 들렸다. 정서는 견내량의 선착장에서 저녁 막배인 나룻배를 겨우 탈 수가 있었다. 이렇게 마음이 설레어 본 적이 없었다.

거제현 선착장에 도착한 정서는 우선 오양역참에서 멀지 않은 바깥몰에 사는 선아와 딸 정유가 있는 집으로 발길을 옮겼다.

삼년 만에 다시 찾아오는 오양역 일대의 풍경은 하나도 변함이 없었다. 모든 게 옛 그대로인데 정서만 죄인의 몸에서 자유의 몸이 되어 돌아온 것이다. 선아와 딸 정유가 없었다면 자신이 유배를 살던 곳을 다시 찾아오고 싶었을까. 물론 피왕의 복위를 도우겠다는 약속이 있기는 하였지만 어찌됐든 생각하기조차 싫은 유배지인 것만은 사실이었다.

어둑어둑해지는 해거름 속에 뻗은 길. 옛날 유배 살며 울며불며 오가던 그 길이다. 집집마다 저녁밥을 먹는지 동네가 조용하다. 개들이 몇 마리 돌아다닐 뿐 사람들과 맞닥뜨리지 않고 집으로 향했다. 선아의 집은 역참(驛站) 밖에 있었다. 저만치 눈에 익은 초가집이 보이고 초롱불이 추녀 끝에 걸려 있었다. 기별도 없이 홀연히 돌아왔건만 추녀 끝에 누가 초롱불을 달아두었단 말인가. 사립문을 밀고 들어가며 딸의 이름을 크게 불렀다.

— 정유야! 애비 왔다!

딸 정유가 마치 기다렸다는 듯이 다람쥐보다 빨리 뛰쳐나온다. 그동안 훌쩍 커버린 딸을 정서는 덥석 안았다.

— 아버님, 많이 뵙고 싶었습니다.

— 그래! 어디보자. 이게 누구냐? 이 아비도 무척 보고 싶었다.

반가움에 눈물이 왈칵 쏟아졌다. 정유의 나이가 오래로 열 살이 되었다. 선아는 옆에서 흐뭇하게 지켜보고 있었다. 혈육의 정이란 그 무엇보다 진한가 보다. 세 사람은 오랜만에 회포를 풀 수 있었다. 선아가 그새 저녁상을 내어온다.

— 아니, 언제 밥상을 다 차렸소?

— 나리가 떠나신 다음날부터 매일 저녁상을 차렸었지요. 아침, 점심은 안 차려도 나리께서 언제든 저녁 늦게는 오실 것만 같았습니다. 나리가 개경으로 떠나신 후 한 일년 간 저녁마다 나루터로 나갔지요. 꼭 마지막 나룻배를 타고 오실 것만 같아서 정유랑 함께 나루로 마중을 나갔다가 돌아오곤 했습니다.

— 저 초롱불은 왜 켜 두었소?

— 반가운 나리가 오랜만에 집을 찾아왔는데 집이 어둡고 썰렁하면 안 되지요. 초롱은 항시 달아 두었고 정유가 해 떨어지기가 무섭게 아버지를 기다린다며 초롱에 불을 켰습지요.

— 내가 여길 떠난 뒤로 꽤 오랜 세월이 지났는데, 그동안 모녀끼리 얼마나 적적하고 외로웠을까? 하루 이틀도 아니고 벌써 삼년이 지났구려.

정서가 측은한 눈빛으로 선아를 바라본다. 선아는 미소를 띤 채 살래살래 고개를 젓고는 조용히 목소리를 낮춰 말한다.

— 그리워하는 대상이 있는 한, 희망은 남아 있는 법이라고…… 제겐, 그걸 깨닫는 시간들이었어요. 그리 여겼더니 그나마 참고 견딜 만하데요.

말은 그렇게 했으나, 실은 정서가 떠난 빈자리에 덩그러니 남겨진 거문고를 가끔씩 연주해 보며 쓸쓸한 밤을 지새운 적이 몇 번이었던가!

　　내 님을 그리사와 우니다니
　　산 접동새 난 이슷하요이다……

첫머리의 그 두 구절을 소리 내어 불러보다 그만 서러움이 복받치는 바람에 목이 메어 더 이상 잇지를 못한 것이 몇 날이었던가! 끝내 가창(歌唱)은 포기하고, 묵묵히 연주만 반복하면서 마음을 다스리곤 했던 지난날들이었다. 그러나 거기 대해선 말을 삼간 채 선아는 묵묵히 정서의 밥상 옆에서 이것저것 수발을 들었다. 그런 모습에서 그 내면을 헤아린 듯 정서는 근심어린 눈으로 선아를 흘낏거리며 안쓰러워했다.

공연히 목이 말라 정서는 저녁을 먹으면서 자꾸 물을 찾았다. 목이 메어 밥이 목 안으로 잘 넘어 가지를 않았다. 이때 옆에서 선아가 다시 조곤조곤 이야기를 붙인다.

— 피왕께서 복위하러 곧 떠나신다고 이곳 거제현이 온통 떠들썩합니다.

— 그래? 언제 떠난다는 말은 없던가?

— 충청병마사 장순석이 모시러 내려왔다는 소문이 파다합니다. 곧 떠날 모양으로 견내량 나루에 한창 배들을 징발하고 있다대요.

정서는 이곳에 오자마자 벌써부터 뭔가 심상찮은 사태가 벌어지고 있는 것을 알아차렸다. 가급적 빨리 확실한 것을 알기 위해 속칭 '피왕성'이라고 불리는 기성(岐城)으로 가봐야겠다고 생각하며 잠자리에 들었다.

그는 오랜만에 선아와 꿈같은 밤을 보냈다.

이튿날, 날이 밝자 정서와 선아는 역원의 집에 정유를 삼시만 맡아달라고 부탁을 하러 갔다. 역원의 집에도 정유 또래의 딸아이가 있었다. 역원의 아버지는 정서를 보자마자 반가워서 어쩔 줄을 몰라 한다.

— 송도 나리! 이렇게 다시 뵈오니 얼마나 좋은지 모르겠습니다.

— 노인장, 그동안 안사람이랑 내 딸 정유를 잘 보살펴주어서 얼마나 고마운지 모르겠습니다.

— 그렇잖아도 마님이 얼마나 송도 나리를 기다리셨는지 옆에서 지켜보기가 민망할 정도였지요. 나리를 마중 나간다며, 두 모녀가 손을

잡고 매양 나루터로 나가는 모습을 저는 종종 보았습니다요.

— 어떻든 고맙소. 노인장께서 이렇게 관심 써주신 덕분에 우리 가족이 무사히 다시 만나게 되었습니다. 감사하고 고마울 따름이오.

노인은 흔쾌히 다녀오시라며 허락을 했다. 그리고는 정서와 선아는 기성을 향해 산길을 올랐다. 피왕이 삼년간 머물며 와신상담하고 있는 기성의 남문에 도착하니 군사들이 막아서며 제지를 한다. 정서가 신분을 밝히자 군사는 이내 성안으로 기별을 전했다. 빈승이 제일 먼저 달려 나온다.

— 과정(瓜亭)께서 어떻게 소식도 없이 이렇게 오셨소?

— 예, 미리 예측하고 있다가 금강산으로 유람 간다며 개경을 떠나왔습니다 그려.

— 지금 전하께서 매우 고무되어 있소. 얼른 안으로 들어갑시다.

뒤이어 복위하러 갈 군사들을 점검하느라 여념이 없던 반구 장군도 만났다. 네 사람은 피왕이 거처하는 어전에서 정서와 선아는 문안의 절을 올렸다. 피왕이 반갑게 맞이한다.

— 이숙, 개경서 언제 오셨소?

— 예, 전하, 어저께 마지막 나룻배를 타고 어두워서야 견내량 기슭을 건너왔습니다.

피왕은 선아를 바라보며 넌지시 말한다.

— 딸이 있다던데 많이 컸겠군요?

— 예, 올해 만 열 살이 되었습니다.

— 우리 화순공주도 몰라보게 성숙했어요. 허허.

피왕은 정서를 만나 반가운 것도 있었지만 복위하러 떠난다니 마음이 들떠있는 것은 분명했다. 조촐한 주안상이 차려지고 피왕이 술을 한잔씩 권했다. 어느 정도 분위기가 무르익자 피왕이 선아를 슬쩍 바라보며 말을 건다.

— 오늘은 거문고를 안 가져왔는가?

정서가 알아듣고 먼저 말을 했다.

— 예, 전하. 밖에 가져왔습니다.

— 그러면 삼년 전 그때 불렀던 노래를 다시 듣고 싶소.

일행은 자리를 옮겨 천제단에 올랐다. 피왕은 천제단에 오르자 우선 향을 피우고 삼배를 올렸다. 해가 뉘엿뉘엿 지고 있었다. 언제나 피왕은 천제단에 오르면 분위기가 엄숙했다. 피왕을 포함한 다섯 사람이 천제단에서 피왕의 복위를 염원하는 조촐한 의식이 열렸다.

정서는 그동안 켜지 못했던 거문고를 안고 줄을 점검했다. 괘를 움직일 필요도 없었다. 선아가 벌써 점검을 해서 음을 맞춰놓은 상태였다. 정서가 술대로 묵직한 첫 음을 잡는다. 옆에서 선아가 청아한 목소리로 피왕의 복위를 기원하는 충신연주지사(忠信戀主之詞)라 이름붙인 삼년 전 그 노래를 다시 불렀다. 이번에는 거제현 관아에서 처음 부를 때와는 분위기가 사뭇 달랐다.

선아의 노래는 한층 밝아져 있었다. 이번에는 빠른 삼진작⁴⁷⁾의 율에

---

47) 삼진작(三眞勺)은 가사에 붙인 곡조 이름이다. 그런데 '정과정곡'을 일컬어 악학궤범(樂學軌範)에는 곡조 이름인 '삼진작'으로 실려 있다. 삼진작에서의 3은 진작 1, 2, 3.에서의 성음(聲音)의 완급(緩急) 정도를 표시한 것으로 형식은 음악적 분절 면에서 보면 3개의 강(腔)과 8개의 엽(葉)으로 이루어진 11구이며, 내용적 분절 면에서 보면 10구이다. 10구라는 점에서 10구체 사뇌격(詞腦格) 향가의 계승으로 보고 있다. 향가의 10구체에서는 '아야' 등의 감탄사가 제9구 처음에 등장하는데 이 노래에서는 제10구 처음에 '아소 님하'로 등장한다. 이것은 시가의 종결 서두에 감탄사를 두는 우리 시가 전반의 경향과 일치하는 형식적 특징이다.

서 느린 이진작의 율로 바꿔 불렀다. 이어 하현달이 뜨고 방아도(島) 주위로 은파(銀波)가 피왕의 마음처럼 일렁였다.

노래가 끝나자, 정서가 피왕의 용안을 가만히 올려다본다. 피왕은 '충신연주지사'인 이 노래를 들은 것만으로 벌써 복위가 이뤄진 것처럼 눈을 지그시 감고 흐뭇해했다. 내일 계림으로 복위하러 떠난다니 정서의 마음도 왠지 덩달아 들뜨는 것 같았다. 조촐한 의식이 파하고 내일 장도에 오를 채비를 위해 다들 일찌감치 거처로 돌아갔다. 정서와 선아, 둘만이 천제단에 남았다.

…… 전하의 복위가 꼭 성공해야 될 텐데. 정서는 견내량에서 불어오는 밤바람에 마음을 실어 간절히 빌었다. 선아도 두 손을 모우고 천제단을 향해 앉았다.

— 선아! 임은 이 섬을 떠나가려 하고, 나는 다시 여기에 남는구나. 저 나루는 나와 임의 기구한 운명의 갈림길이야. 그가 오면 내가 떠나고, 내가 오면 그가 떠나는구나.

정서는 문득 설매암(雪梅庵)의 정담(情潭) 주지스님께서 번뇌가 쌓이면 찾아오라던 그 말이 떠올랐다.

정서와 설매암 주지승의 인연은 이러했다. 정서가 거제현으로 이배온 지 얼마 되지 않았을 때였다. 스님 한 분이 정서의 누옥 사립문 앞에 탁발을 왔다. 가난한 귀양살이에 시주할 게 없었다. 정서가 방안을 둘러보니 쌀독에는 몇 끼 정도의 보리쌀이 남아 있을 뿐이었다. 할 수 없이 바가지로 된 종지기에 보리쌀을 떠서 가지고 나갔다. 스님의 걸망에 넣어주고 합장 인사를 하고, 돌아서 들어왔다. 그런데 스님은 가지 않고 계속 그 긴 천수경을 마저 하고 있는 것이 아닌가. 정서가 보다 못해 다시 나갔다.

— 스님, 왜 가시지 않습니까?

그러자 스님은 하던 염불을 끝까지 다하고는,

— 예. 소승은 부처님 경전대로 할 뿐입니다.

— 스님, 아무리 그래도 이런 식으로 탁발을 하다보면 하루에 몇 집 들르지 못하실 텐데요…….

이렇게 이야기가 시작되었고, 불교에 대한 이야기를 주고받다가 마루에 걸터앉았다. 다시 이야기가 길어지자 방으로 들어가서 꼬박 밤을 새웠던 적이 있었다. 원효의 대승기신론을 정서가 꺼냈고, 그 스님은 모든 선방의 승려는 물론이요, 재가의 중생 할것 없이 일체유심조(一切有心造)라며 묵언수행의 중요성을 강조했다. 스님이 자등명, 법등명(自燈明 法燈明)하면, 정서는 곧바로 행주좌와 어묵동정(行住坐臥 語默動靜)이라 답하여 나름의 불교지식을 설했다. 스님은 다시 유정무정 개유불성(有情無情 皆有佛性)이라고 덧붙였다.

두 사람은 불교뿐만 아니라 한시를 논하고 정지상(鄭知常)의 '송인(送人)'은 당대의 명시요, 그리고 묘청의 도성쇠왕설(都城衰旺說)과 천도설(遷都說)이 옳았다며 열변을 토했다. 두 사람은 밤을 꼬빡 새웠다. 봉창이 훤해질 때까지 법거래(法去來)를 하다 보니 서로 존경하는 마음이 생겼다. 스님은 그렇게 정서의 누옥에서 하룻밤을 보냈다. 작별하면서 세상사 번뇌가 많아지면 설매암에 혹 들르시면 선방 하나 비워서 하룻밤 신세를 갚겠노라고 했다.

그 뒤 선아를 만나게 되어 어느 해 초파일 그녀와 한번 설매암에 연등을 달러 갔었다. 설매암은 신라말 고려초에 창건한 오래된 절이었다. 돈이 없어 곡식을 보자기에 조금 담아 갔다. 손이 부끄러웠다. 그때 스님이 말했다.

— 처사님, 부처님도 부자들의 값비싼 등(燈)보다도 빈자일등(貧者一燈)을 더 소중히 여겼습니다.

하시고는 선아를 보고는 소중한 인연을 만났다며 연신 "관세음보살, 나무관세음보살" 하며 위로해 주었었다.

한참동안 생각에 잠겨있는 정서의 품으로 선아가 가만히 안긴다. 두 사람은 기성에서 자고 일찍 일어나 성 안을 둘러봤다. 성은 피왕이 복위하러 간다고 군사들이 분주히 움직였다. 벌써 피왕을 모시고 문하시중 빈승과 반구 상장군은 거림의 동헌으로 저만치 먼저 내려가고 있었다. 정서와 선아도 뒤따라 성을 내려갔다.

2

둔전 벌의 나락이 누렇게 고개를 숙이고 있었다. 거제현 동헌에 충청병마사 장순석과 유인준, 상장군 반구를 비롯해서 문하시중 빈승, 거제현령 이윤섭과 육방 관속들이 다 모였다. 또 개경서부터 따라온 시종무관 문신을 포함한 귀족들이 지켜보는 가운데 출정식이 있었다. 군마들이 힝힝거리고 왕의 출정식을 지켜보기 위해 주변 백성들이 거반 다 모였다. 동헌 앞뜰과 주위 전체가 인마로 가득 찼다. 드디어 복위의 기치를 걸고 피왕은 갈퀴까지 붉은 자류말(紫騮馬)[48] 위에 올랐다.

---

48) 전설에 의하면 이 말은 피왕이 출정식을 거행하기 얼마 전 마장의 국마장우리에 느닷없이 나타난 명마였다고 하는데, 아마도 하늘에서 산방산 애바위에 내려 온 천마였을 것이라고

그는 모여든 거제현민과 개경촌의 시종무관 대신 가족들, 그리고 군사들을 향해 당당하게 말을 이어갔다.

— 내 기필코 반역자들을 몰아내고 다시 복위하여 선왕이 못 이룬 서경 천도를 성사시키고, 이어서 태조 신성대왕의 숙원이요 우리민족의 소원인 고구려의 구토를 반드시 되찾아 청사에 길이 남는 왕이 되겠소!

왕은 자신도 모르게 천제단에서 제를 올릴 적에 하늘에 고하던 말을 그대로 하고 있었다. 여기저기서 환호성이 터졌다. 그동안 마장에서 기른 말들은 기마병이 타고 쇳널에서 생산한 무기들로 병사들은 무장을 마쳤다. 기병이 삼백이요, 보병이 천이었다. 도합 천삼백의 군사였다. 상장군 반구가 삼년간 기른 병사들이었다. 반구 상장군이 함경도에서 데리고 온 병사가 반, 이곳에서 모집한 병사가 반이었다. 일단 경주에서 대기하고 있는 다른 부대와 연합하여 개경으로 밀고 올라갈 전략을 세웠다. 반구 상장군이 모여 있는 백성들을 향해 큰 소리로 설명을 한다.

— 지금 계림에는 대병이 집결하고 있소. 또 전하께서 오시기만을 학수고대하고 있습니다. 그동안 전하를 위해 정성으로 지켜주신 이곳 백성들의 은혜를 꼭 다시 갚도록 하겠소이다.

모인 백성들과 병사들이 일제히 함성으로 답했다. 나이 지긋한 부녀들은 거의가 두 손을 합장하고 천지신명께 피왕의 복위를 빌었다. 기마병이 탄 말들의 울음소리가 여기저기서 나고, 부대는 서서히 움직이한다.

기 시작했다. 바람에 깃발이 펄럭였다. 상장군 반구(上將軍 潘邱)라고 쓴 깃발이 제일 먼저 눈에 띄었다. 계사년 시월 기해일이였다. 초가을 타는 햇빛에 창검이 빛났다.

*

피왕은 떠나면서 태후에게 복위하게 되면 공주와 개경으로 모시겠다며 조금만 참고 기다리라고 위로했다. 공주에게는 더욱 다정히 말했다. 피왕이 계림으로 떠나던 날, 대비와 공주는 서로 손을 잡고 위로의 말을 주고받았다.

— 할마마마, 너무 심려치 마시옵소서. 언젠가 아바마마께서 외인금을 시찰하고 제가 상장군의 말을 타고 성에 올라간 적이 있었죠. 그때 아바마마한테서 평소 느끼지 못했던 웅혼한 영웅의 기개를 보았습니다.

공주는 피왕이 이백의 시 「행로난」을 읊조리던 당시의 결연한 모습을 태후에게 설명했다. 마지막 "장풍파랑 회유시 직괘운범 제창해(長風波浪 會有時 直掛雲帆 濟滄海 · 거친 바람 불어 큰 파도 일 때, 구름 같은 돛을 달고 창해를 건너리라)" 할 적에는 금시에 칼을 뽑아들고 견내량을 한 걸음에 건너는 모습을 환영으로 보는 것 같았다고 말했다.

— 그래, 공주야! 잘 될 거야. 나는 우리 주상을 믿어요.

윤상궁은 할미와 손녀가 하는 모습을 옆에서 지켜보고 있었다. 세 사람은 대비장에 모여 복위가 성공하여 궁으로 환도할 것이라고 굳게 믿었다.

태후에게는 도성에서부터 모시고 있던 조그만 불상이 있었다. 청동으로 만든 손바닥 크기의 불상이었다. 늘 경대 옆에 모셔놓고 예불을 드렸다.

세 사람은 금강경을 펼쳐놓고 피왕의 복위가 무사히 성공하도록 빌고 또 빌었다. 대비가 '과거심 불가득, 현재심 불가득, 미래심 불가득(過去心不可得 現在心不可得 未來心不可得).'이란 부분을 소리 내어 읽는다. 화순공주와 윤상궁도 열심히 따라 하였다.

3

정서와 선아도 피왕의 복위를 위한 출정이 몹시 궁금했다. 두 사람은 기성으로 올라가 서문을 나와서는 오양역 집으로 가지 않고 시래산으로 향하여 피왕의 복위 행렬을 지켜볼 참이었다.

성에서는 피왕의 행렬이 시래산에 가려 잘 보이지 않았다. 시래산을 오르면서 정서는 말없이 감회에 젖었다. 정서는 아내가 죽고 일여년을 방황하며 올랐던 곳이 시래산이고, 산나물을 뜯고 땔나무를 하던 곳도 시래산이다. 바다 저쪽 기슭으로 하루라도 빨리 건너가고 싶었던 곳이다. 그러던 것이 이쪽 섬으로 다시 건너오게 될 줄은 미처 몰랐다.

정상에서 바라보니 아직도 나룻배들이 분주히 인마를 실어 나르고 있다. 말의 발이 물에 빠지기도 하고 다시 작은 고깃배를 여럿 엮어서 위에 널빤지를 깔고 말들을 안전하게 실어 나른다. 널빤지로 양옆을 가려 터널같이 만들고 말들이 물을 보지 못하게 하려고 말의 눈을 가린 채 널빤지 깐 배위로 말들을 실어 올린다. 말들이 놀라지 않게 하기 위해서다. 군사들은 쉽게 나루를 건넜지만 말들이 문제였다. 온종일 나루터가 북적였다. 인근의 어선들까지 인근의 배라는 배는 모조리 견내량의 도선장을 향해 징발된 듯하였다.

해가 미륵산으로 기울 즈음 둘은 시래산에서 내려와 옛날 그들이 땔나무하며 쉬던 잔디밭 등성이에 이르렀다. 추억이 새로웠다. 서툰 나뭇짐을 이고지고 가다 쉬던 곳이고 산개구리가 울던 곳이다.

다시 노을을 등지고 서문으로 해서 기성에 올랐다. 피왕이 복위하러 떠난 성은 텅 비어 있었다.

— 선아, 우리 여기서 하룻밤 더 자고 내일은 오랜만에 설매암(雪梅庵)49)으로 정담 주지스님을 만나러 가볼까?

— 예, 스님도 우리를 보면 무척 반가워하시겠죠.

정서와 선아는 기성에서 하룻밤을 더 묵고 날이 밝자마자 일찌감치 성을 내려갔다. 피왕이 복위하러 떠나간 개경촌에는 이른 아침부터 사람들이 삼삼오오 모여 피왕의 복위 이야기들을 하고 있었다. 이번에 마마가 복위하게 되면 개경 도성으로 돌아갈 수 있을 거라고 다들 기대에 부풀어 있었다.

그때 저만치서 빈승이 말을 타고 나타났다. 빈승을 알아본 문관 출신의 노인이 소리쳐 물었다.

— 전하를 모시고 간 문하시중이 아니시오? 도대체 어떻게 된 일이요?

— 예, 마마께서 견내량 나루를 건너가서 군마를 점검할 때 저를 부

---

49) 산방산 밑에 고려 초엽에 창건된 절이다. 폐사지가 되었다가 현 보현사가 근세에 둔덕면의 불자들에 의해 다시 창건되었다.(전갑생이 쓴 둔덕면사(屯德面史)에서 참조.)

르시더니, 아무래도 걱정이 되시는지 저더러 개경촌으로 돌아가라 했소. 누군가는 이곳을 지켜야 할 것이라면서요. 그런 뒤 전하께서 충청병마사 장순석, 반구 상장군의 호위를 받으며 어제 경주로 떠나는 것을 보고 왔소이다. 가시면서 재삼 저에게 여러분들과, 대비마마와 공주마마를 잘 보살피고 있다가 복위가 끝나는 대로 개경 도성으로 모시라 당부했소이다.

빈승은 피왕 일행을 배웅하느라 해가 저물어서야 나루를 건널 수 있었던 것이다. 수역에서 하룻밤을 자고, 새벽같이 말을 몰아 산길을 돌아왔다고 했다. 빈승은 정서와 선아를 보고는 여기 왜 있는지 궁금한 눈치였다. 정서가 설매암 주지스님을 만나러 가는 길이라고 대답하였다.

때마침 개경촌의 우물가 쪽에서 화순 공주와 윤상궁이 정병에 물을 담아서 이쪽으로 오고 있는 게 보였다. 빈승이 눈을 동그랗게 뜨고는 의외라는 듯이 물었다.

— 화순 공주마마가 아니시옵니까? 이른 아침부터 어인 일이시오?

화순 공주도 놀라며 되물었다.

— 아바마마와 같이 떠나신 줄 알았는데 문하시중께서는 여기 어인 일이십니까?

옆에 있던 정서는 짐작으로 공주임을 알아챘다.

그때 윤상궁이 빈승 옆에 서 있는 정서를 보고 깜짝 놀란다.

— 내시낭중 정과정님이 아니시옵니까? 여긴 어떻게 오셨나이까?

의아한 정서는 상궁이 자신을 알아보니 얼떨결에 그를 쳐다본다. 윤상궁이 목례를 하니 정서도 마주 인사를 했다.

윤상궁은 정서를 개경 궁궐에서 뵌 적이 있었다. 정서가 당시에는 왕의 최측근이었으므로 궁녀였던 윤상궁은 또렷이 기억하고 있었다. 정서의 기억에는 없어도 윤상궁은 정서를 먼발치에서 자주 보곤 했었다. 세월이 흘렀건만 용케도 그녀는 정서를 알아보았다. 윤상궁은 화순 공주에게 정서를 소개했다.

— 할마마마의 매부(妹夫)이며, 아바마마의 이숙……

공주는 금세 알아채고 먼저 고개를 숙였다.

— 그럼 이모할아버지?

— 예! 그러하옵니다. 공주마마, 처음 뵙겠습니다.

정서도 손을 도포 속에 단정히 넣고 목례로 인사를 했다. 화순 공주도 머리를 숙이면서 손을 앞으로 모으는 순간 비단수건을 떨어뜨렸다. 정서가 얼른 주어서 공주에게 건넨, 눈이 마주치며 공주가 겸연쩍은 미소를 지었다. 화순 공주가 태어나기도 훨씬 전에 정서가 유배를 떠났기 때문에 정서는 공주를 몰랐다. 화순 공주도 거제 땅에 내려와서 할마마마께서 설명을 해주어서 어렴풋이나마 알 수가 있었다. 공주와 윤상궁은 피왕이 복위하러 떠난 개경촌의 분위기가 몹시 궁금하여 대비께 허락을 받아 물 길러 일부러 나온 것이다. 일행들은 그 길로 함께 대비장으로 발걸음을 옮겼다.

빈승이 마다하는 공주를 끝내 말에 태우고 자기는 걸었다. 정서도 공주를 만나고 보니 그렇잖아도 처형인 공예태후에게 문안인사를 드리는 것이 도리인 것 같았다. 들길을 걸으며 정서는 열세 살이 된 공주에게 여러 가지 질문을 했다.

— 공주마마, 생활하는데 불편함이 많았었지요?

― 아닙니다. 저 보다는 할마마마와 아바마마가 더 불편했지요.

어른스러운 말에 정서가 공주의 얼굴을 그윽이 올려다본다.

― 저는 백성들의 살아가는 모습을 직접 보면서 많은 것을 배웠습니다.

공주는 벌써 생각이 어엿한 성인이 되어 있었다. 정서는 마음속으로 누구든지 처해진 환경에 따라 생각이 조숙할 수밖에 없다는 것을 공주를 보면서 느꼈다.

옆에서 빈승이 한마디 거든다.

― 우리 공주마마는 이곳 백성들로부터 제일 사랑받는 한 사람이 되셨습니다. 얼마나 격의 없고 서민적인지 여기 백성들은 들길을 걷는 공주마마를 직접 보려고 일부러 먼 곳에서 이곳으로 찾아온답니다.

정서는 흐뭇한 미소를 지었다. 다시 빈승은 건너편 무덤들을 손으로 가리키며 설명을 한다. 인종 임금님 때부터 2대에 걸쳐서 벼슬을 하시던 나이 드신 대신들이 죽어 묻혔다고 했다.

거제현에 따라 온 종친을 비롯한 시종무관 및 귀족들은 대체로 연로하였다. 그동안 돌아가신 분들도 더러 있었다. 전하의 복위도 보지 못하고 죽는다며 원통해서 제대로 눈을 감지 못한 채 거림 동헌의 동남쪽에 위치한 이곳 골음등(骨音嶝)[50]에 묻혔다.

---

50) 이곳은 고려무덤이라 하여 피왕을 따라온 대신들이 의종 임금의 복위가 실패하자, 27년간 환도하지 못하고 죽어 묻힌 곳이다. 6.25동란 때 피난 온 서울대광중학교 천막학교를 지으면서 대부분 파헤쳐 없어지고, 10여기가 도굴된 채 아직도 남아 있다.(도움말: 전 둔덕면장 김천수) 한편 6·25가 끝나고 대광중학교가 다시 서울로 갈 적에 황씨 성을 가진 선생이 그 당시 학교를 지으면서 나옴직한 도자기류를 짚 세끼에 싸서 3대의 소구루마에 싣고 둔덕 파출소 앞을 지나가는 것을 어릴 때 보았다고 한다.(도움말: 전 거제시의장 김득수)

4

대비장에 도착한 정서는 공예태후를 언제 보았는지 기억이 가물가물했다. 이십 삼년 만의 만남인 것이다. 윤상궁이 안에다 기별을 넣었다.

— 대비마마, 내시낭중 정과정께서 빈승 문하시중과 함께 오셨습니다.

방안에서 놀라는 기척이 느껴졌다. 잠시 뒤 약간 허둥대며 태후가 방문을 열고 나왔다. 태후도 정서가 처음 유배지였던 동래로 내려갈 적에 잠시 보고는 세월이 얼마나 흘렀는지 감이 잡히지 않았다. 또 주상을 보필하고 떠난 줄 알고 있는 빈승과 함께 나타나다니 더욱 괴이했다. 빈승이 짐작하고 아뢴다.

— 대비마마, 전하께서 저를 다시 돌려보내 대비마마와 개경촌 사람들을 복위가 될 때까지 잘 뫼시라 일렀습니다.

정서를 바라보던 태후의 아미(蛾眉)가 약간 꿈틀 하더니 현기증이 나는지 손으로 이마를 짚었다. 그러고는 정서를 빤히 쳐다보며 어렵게 말을 한다.

— 매부(妹夫), 그동안 얼마나 외로우셨소?

— 처형, 얼마나 괴로운 나날이셨습니까?

태후는 정서를 보는 눈빛이 촉촉하다. 정서가 해배되어 개경에 도착했을 때는 난리 통이라 태후는 정신이 없었고 오로지 주상을 보살펴야 되겠다는 생각뿐이었으므로 무신들의 눈치를 보느라 정서를 개인적으로 부를 수도 만날 수도 없었다. 거제현으로 화순 공주와 윤상궁만 데리고 부랴부랴 개경을 빠져나왔다. 대비장 마당에는 처형 매서간의 만남을 축복하듯이 사립문 밖 갈참나무에서 낙엽이 무수히 마당으로 떨어졌다. 둘은 서로의 심중에 쌓여 있는 의미 있는 말을 주고받고 서로 손을 잡았다.

정서는 선아를 공예태후에게 소개하여 인사를 올리도록 하였다. 선아가 그 자리에서 큰절을 올린다. 정서가 자초지종 설명을 드렸다. 태후는 눈시울을 붉혔다. 아마도 죽은 여동생이 마음에 걸린 모양이었다. 태후는 선아의 손을 잡고 마치 생전에 동생을 대하듯이 다정하게 말했다.

— 내 동생을 대신해서 부디 여생을 정과정과 오래도록 해로하세요!

— 네! 태후마마, 이렇게 위로해주시니 몸 둘 바를 모르겠습니다.

선아도 진정으로 감사의 말을 올리며 눈물을 흘렸다. 머쓱해진 빈승이 먼저 작별을 고했다. 개경촌으로 사람들을 만나러 가보겠다며 말을 매어둔 곳으로 내려갔다.

정서와 선아도 피왕의 복위를 부처님 전에 빌겠다며, 태후와 공주에게 작별의 절을 올리고는 설매암으로 향했다.

제8장

남겨진 사람들

1

빈승의 가족들은 시종무관들이 무신들을 피해 대대적으로 거제현으로 내려올 적에 같이 왔다. 그 당시 거림 동헌에서 얼마 떨어지지 않은 국마 사육장인 마장동네 입구에 거처를 정했다. 거기서 아내와 아들 둘이 내려와 살고 있었다. 아직 학문에만 열중하는 첫째 도균(圖均)과 둘째 도민(圖旻)이 아버지를 모신다며 어머니와 함께 살고 있었다. 빈승은 아들만 둘이었다.

— 도균아!

말을 탄 채 사립 밖에서 장남의 이름을 크게 불렀다. 오후의 가을 햇살이 수수울타리를 붉게 비추고 있었다. 차남인 도민이가 먼저 듣고 뛰쳐나온다.

— 아버님, 어찌된 일이시옵니까? 전하를 받들고 계림으로 가시지 않았습니까?

— 사정 얘기는 뒤에 하고, 지금 네 어머니는 어디 계시느냐?

— 어머니께서는 전하의 복위와 아버님의 무사귀환을 부처님 전에 빈다고 설매암으로 떠났습니다.

— 그러냐? 알았다. 너는 이 말이나 마굿간에 매고 여물을 좀 주어라.

— 예, 어머니는 아침 일찍 떠났으니 해지기 전에 돌아오실 겁니다.

도균은 열다섯 살이고 도민은 두 살 터울의 열세 살이었다. 마장마을에 있는 서당[51]에서 열심히 학문을 닦고 있었다.

빈승은 피왕을 모신다고 그의 집에는 자주 내려올 수가 없었다. 해질 무렵, 아내가 느지막이 돌아와 모처럼 가족이 밥상머리에 한데 모였다. 가족들과 함께 식사를 해본 지가 언젠지 기억조차 까마득했다. 건성이나마 아내에게 따뜻한 위로의 말도 못했다. 피왕을 그림자처럼 모시다보니 그는 아내와 아들이 있는 집으로 거의 오지를 못했다.

다음날 아침을 먹자마자 아내와 아들들에게 개경 사람들의 환도할 준비를 시켜야 한다며 말을 타고 집을 나섰다. 빈승은 가족보다 우선 개경촌의 사람들이 먼저였다. 가족들에게는 미안했지만 어쩔 수 없었다. 그는 거림 동헌으로 향했다. 동헌에는 이 현령과 육방들이 모여 장차 일을 의논하고 있었다.

— 문하시중께서 여기 어인 일이시옵니까? 전하는 어찌되었습니까?

이 현령이 매우 놀라는 표정을 지으며 물었다. 덩달아 육방들도 의외라는 듯 한마디씩 물었다. 빈승은 자초지종을 설명하고 남은 왕족

---

51) 서당골(書堂谷): 마장마을 서쪽 골짜기에 고려시대부터 서당이 있었다. (거제지명 총람 참조.)

과 시종무관들을 개경으로 환도시킬 계획을 설명하였다. 이 현령과 육방들도 고개를 끄덕이며 과연 전하께서 깊이 생각해서 내린 조치라 했다. 문하시중이 이 임무를 맡는 것이 적임자라는 것을 이미 알고 맡겼다고 이구동성으로 말했다.

빈승은 기성에 한번 올라가 볼까 하다가 다시 개경 사람들이 모여 사는 마을로 먼저 발길을 돌렸다. 어느새 짧은 가을 해가 비학산 능선 위로 한 발 정도밖에 남아 있지 않았다. 그는 서둘러서 벼가 익어가는 들길을 가로질러 개경촌에 도착하니 많은 사람들이 당산나무 밑에 모여 있었다. 그가 도착하자 다들 빈승 옆으로 모여든다.

— 어서 오십시오, 문하시중!

개경촌에서 연세가 가장 높은 그 노인이 빈승에게 다가와 물었다.

— 우리들은 전하의 복위를 누구보다도 기다리고 있습니다. 불안하기도 하고 궁금하기도 하고, 어찌해야 할지 모르겠소.

— 며칠만 기다려봅시다. 내가 전하의 복위 행렬이 떠날 때 심복에게 단단히 일러두었소. 계림에 도착하면 그곳의 병사들의 주둔지 상황과 전하의 일거수일투족을 지도와 더불어 상세히 보고하도록 조치해두었소.

— 문하시중의 말을 들으니 조금은 마음이 놓입니다그려.

모여 있던 사람들은 나름대로 피왕의 계림 도착 소식이 궁금했지만 달리 알아볼 방법이 없었다. 빈승은 집으로 돌아가는 그들의 뒤에다 대고 큰소리로 외쳤다.

— 여러분, 집으로 가셔서 도성으로 환도할 준비나 서두르시오.

그러고는 빈승도 그곳을 지나 설매암 쪽으로 말을 몰았다. 빈승의 머리에 번쩍하고 스치는 생각이 있었다. 정서와 선아는 아직 절에 남아 있을 것 같았다. 말에 채찍을 가했다.

2

설매암 입구에는 수령이 백 년쯤 되어 보이는 귀목나무 한 그루가 버티고 서 있었다. 여름이면 넓게 그늘을 드리우고 절을 드나드는 스님이나 보살 신도들이 그늘에서 쉬어 가기도 하였다. 높은 가지에 덩그러니 까치집이 하나 있었다. 그 까치둥우리에선 해마다 새로운 새끼가 탄생했다. 빈승이 도착하자 까치 한 마리가 반갑게 깍깍 울더니 법당 쪽으로 날아갔다. 해가 막 비학산으로 꼴깍 지고 있었다.

— 스님, 그동안 용맹정진을 거듭함에 크게 깨달음을 얻은 것 같습니다!

빈승이 합장한 손으로 미소 지으며 은근히 다정하게 인사를 건넨다. 설매암 주지 정담스님은 신장이 칠 척이나 되었다. 피왕이 기성으로 몇 번 초청하여 법문을 들은 적이 있었으므로 서로 잘 아는 사이였다. 큰 덩치에 어울리지 않게 스님은 빈승의 인사에 농담을 섞어 능숙하게 받아 넘긴다.

— 어서 오십시오. 만인지상 일인지하이신 문하시중께서 누추한 저희 절간을 손수 찾으십니까? 어제는 마님께서 찾으시더니, 밑에 사람을 보내시면 천리라도 소승이 달려갈 것이온데, 어째 이리 손수 오셨습니까?

그러고는 역시 합장한 채 빙그레 미소 지으며 반긴다. 법당에서 불공을 드리던 정서와 선아가 밖으로 나오더니 빈승에게 합장 인사를 했다. 네 사람은 요사채로 자리를 옮겨 공양주 보살이 끓여 내온 작설차를 함께 마셨다. 빈승이 조심스레 먼저 말을 꺼낸다.

— 전하의 복위가 과연 성공할 것 같습니까?

빈승은 누구에게 질문한 것이 아니라 그냥 방안의 사람들에게 독백처럼 한 말이었다. 잠시 침묵이 흐르고 정서가 어렵게 말을 한다.

— 저는 솔직히 반반이라고 생각합니다.

— 어째서 그런지 고견을 듣고 싶습니다.

빈승이 기다렸다는 듯이 다그쳐 묻는다. 정서는 정색을 하고는 천천히 자기의 생각을 말했다.

— 제가 보기엔 동북면병마사 김보당은 의지와 뜻은 깊으나 무인으로서는 약점이 많습니다. 다시 말해서 문(文)은 갖췄으나, 무(武)를 겸하지 못한 점이 아쉬울 뿐입니다. 그가 병서를 읽어 통달하여 육도삼략에 능통하다면 문제는 달라집니다. 그러나 내가 아는 일곱 분의 병마사는 모두가 유약한 문신입니다. 일대일 무예에도 이의방, 이의민, 박존위 등에는 반에 반도 미치지 못합니다. 무용이 떨어지면 군사를 움직이는 필수의 진법이라도 알아야 하고 적을 유인 섬멸할 꾀가 있어야 하는데 지금 계림에 모인 병마사뿐만 아니라 그 수하에는 적어도 제가 보기엔 그만한 인물이 없습니다.

빈승이 정서의 말이 채 끝나기도 전에 다그쳐 묻는다.

— 그러면 성공할 수 있는 그 반은 어떤 일들이요?

— 그것은 반구 장군을 도원수로 삼는 것입니다. 즉, 말해서 반부 상장군에게 병권을 다 주는 겁니다. 그리고 일곱 병마사들도 반구 상장

군의 지휘를 따라야 합니다.

— 그것은 크게 어렵지 않습니다. 지금 전하께서 기성에서 반구 장군에게 손수 교지를 내렸잖습니까? 종1품 상장군에 봉한다고 말입니다.

— 하지만, 그건 망중한의 전하께서 내린 교지로 우리들에게만 통할 뿐, 지금 김보당과 여섯 병마사에게는 통하지 않습니다. 무엇보다 저들은 전왕의 복위라는 중대한 사안에 총력을 기울이고 있습니다. 저들은 오로지 전왕을 복위시키는 데에만 집착하고 있을 겁니다. 쉽게 병권을 반구 장군에게 주고 큰 공을 세울 기회를 포기하고 뒤로 물러앉을 사람들이 아닌 게 탈이지요. 게다가 반구 장군을 믿으려 하지도 않을 겁니다.

빈승은 정서의 정확한 상황판단에 본인이 가지고 있던 불안한 마음을 들킨 사람이 되었다. 빈승이 염려했던 부분과 정서의 생각이 거의 일치하는 것이었다. 벌써 밖에서는 산짐승들의 울음소리가 들렸다. 초경이 지나고 밤은 깊어가고 있었다. 공양주 보살이 몇 번이나 "저녁공양 어떻게 할까요?"라고 물어왔는데도, 그때마다 심각한 이야기라 마저 끝나고 먹겠다며 미뤄왔다.

모인 사람들은 간단하게 늦은 저녁 공양을 마치고, 아까 미뤄둔 이야기를 다시 이어갔다. 빈승의 질문은 계속되었다.

— 그러면 전하께서 반구 장군을 총사령관으로 임명한다는 어명을 내리면 될 것 아니요?

— 그들은 전부 문신입니다. 아무리 반구 장군이 피왕을 모시고 있다 한들 지들은 믿을 수가 없지요. 하물며 반구는 중앙권력에서 밀

려나 변방을 떠돌았습니다. 그런 이력 때문에 더더욱 신뢰를 못하지요. 또 전하께서는 지금 그런 민감한 부분에까지 관여하고 신경 쓰고 싶지 않을 겁니다.

— 큰일이구나!

설매암 요사채의 촛불은 네 사람의 형형한 눈빛에 오히려 빛을 잃을 정도였다. 듣고만 있던 주지스님이 한탄하듯 한마디 던진다.

— 소승은 세속의 일에는 관여하고 싶지 않지만, 이렇게 인연이 되다보니 소승의 짧은 소견을 말해 보겠습니다.

빈승이 스님을 빤히 쳐다보며 어떤 좋은 묘책이 있는지 궁금해 하는 눈치다. 합장하며 스님의 말을 경청할 자세를 취한다.

— 계림 초입에 곤원사라는 절이 있습니다. 그 절은 소승이 처음 출가한 절이기도 합니다. 지금은 저의 스승이시던 청화(淸話)스님께서 오래전에 열반하셨지만, 행자승 때 도반으로 지낸 미타(眉楮)스님이 현재의 주지로 있습니다. 그 절에 반구 장군이 거느린 1천 3백의 군사를 매복시켰다가, 개경의 반역 무리들과 복위군과의 전투가 벌어질 때 후방에서 적을 치면 분명 승산이 있을 겁니다. 만약 그렇게 하신다면 제가 미타스님에게 서찰을 써 주겠습니다. 그 절에 많은 병사를 숨길 장소는 충분합니다.

— 어떻게 저들이 그 길로 공격해 올 것이라는 보장이 있습니까?

빈승이 반신반의하여 한숨을 쉬며 의문을 던졌다. 주지스님은 정색을 하고 다시 차근차근 얘기를 이어간다.

— 소승이 출가 전에 무과에 응시하려고 병서를 좀 읽었지요. 또한 고향이 그곳이라 일찍이 계림의 지형지물을 훤히 알고 있습니다. 지금

김보당이 있는 곳이 신라 때 궁궐이었던 월성이 있는 곳입니다. 분명 그곳에 병사들이 진을 쳤을 겁니다. 곤원사는 계림의 초입이기 때문에 십중팔구 이 전략은 맞아 떨어질 겁니다.

— 이런 계획을 어떻게 알리며, 또 알린다고 하더라도 과연 병마사 김보당이 채택을 할까요?

네 사람은 자정을 넘겨서야 토론을 마쳤다. 문제점들만 나오고 해결 방법이라는 것은 이행되기가 매우 곤란한 것들이었다. 복위의 성공은 하늘에 맡길 뿐이었다. 그날, 그들은 하룻밤을 절에서 자고 정서 일행은 주지스님과 작별하고 설매암을 내려왔다.

3

거제 개경촌에서는 피왕이 계림으로 복위하러 떠난 뒤 매일 당산나무 밑으로 사람들이 모였다. 서로 궁금한 것을 물어보고 정보를 교환했다. 개경촌 사람뿐만 아니라 거세현민은 물론이고 육지 인근의 백성들도 한결같이 피왕의 복위를 학수고대하고 있었다. 개경촌의 나이 많은 노인이 정서에게 다가와서 물었다.

— 정과정, 전하께서 지금쯤은 계림에 당도하셨을까요?

— 아직 도착하지는 못했을 겁니다. 계림이 좀 멀어야지요.

— 하기야, 여기서 계림까지가 워낙 길이 멀지요.

— 한 이레나 여드레쯤은 걸릴 겁니다. 노인장.

—아, 그렇겠죠. 많은 사람들이 움직이니까. 역과 역 사이는 길이 잘 닦여져 있긴 허겠지만서두, 여기서 계림꺼정은 아매도 천 리는 될 거

구만요.

정서는 오양역에서 들은 역원의 말을 빌려 설명을 하기 시작했다. 개경에서 출발하면 파주—고양—한양—동작진—남태령—과천—지지대고개—수원—오산—천안—차령고개—공주—논산—황화정—여산—산례역—추천(楸川)이요. 그 다음 역으로 전주(全州)—만마관(萬馬關)—노구암(爐口巖)—소치(掃峙)—오원역(烏原驛)—마치(馬峙)—오수역(獒樹驛)—율치(栗峙)—남원(南原)—여원치(女院峙)—운봉(雲峰)—팔랑치(八良峙)요, 또 그 다음으로 함양(咸陽)—사근역(沙斤驛)—산청(山淸)—오조점(烏鳥店)—단성(丹城)—소남진(召南津)—진주(晉州)—관율역(官栗驛)—사천(泗川)—감치(甘峙)—고성(固城)에서 견내량을 건너 마지막 오양역(烏壤驛)[52]으로 삼남대로가 하나 있고, 밀양과 배둔(排頓)을 거쳐 고성에서 오양역으로 오는 두 갈래 길이 있단다. 아마도 피왕의 복위 길은 역순으로 오양역에서 고성과 배둔을 지나 밀양(密陽)을 거쳐 역참 길을 따라 바로 계림으로 가셨을 거라고 설명을 드렸다.

*

빈승은 정서와 선아를 마장(馬場)의 자기 집으로 데려갔다. 그는 아내와 자식들을 두 사람에게 소개하였다. 정서는 도균과 도민을 보고 부러운 듯이 말을 한다.

— 문하시중께서는 든든한 아들들이 있어 참 좋겠습니다.

---

52) 문헌제공(고전연구가 고영화)

― 정과정께서는 예쁜 따님을 두시지 않았습니까? 참, 올해 몇 살이
지요?

― 예, 올해 열 살이 됩니다.

― 우리 막내 도민이와는 세 살 차이군요. 허허…….

옆에서 듣고 있던 선아는 괜히 얼굴이 붉어졌다. 그날 빈승 집에서
하룻밤 신세를 지고 다음날 정서는 선아를 딸이 있는 오양역참 집으로
먼저 보냈다. 정서와 빈승은 이곳 개경촌 사람들과 함께 머물면서 피
왕의 복위소식을 기다리는 수밖에 없다고 생각했기 때문이다.

4

피왕이 계림으로 복위 차 떠난 지 한 달여 만이었다. 빈승이 말한 심
복이 두루마리 그림을 품속에 지니고 개경촌으로 빈승을 찾아왔다. 그
는 개경촌에 부모가 다 살아있는 이곳 거제현의 토박이 병사였다. 그
는 빈승의 아들 도균과 같이 마장마을의 서당에 나니고 있었다. 하루
는 도균이 데리고 집으로 놀러 온 것을 눈여겨 보아두었다가 반구 상
장군에게 부탁해서 군사로 뽑혔던 젊은이였다. 올해 나이가 열아홉이
었다. 빈승이 그의 뜻을 물었을 때 자기도 피왕의 복위군으로 참전하
고 싶어 했다. 그렇게 자원입대한 병사들이 대부분이었다. 빈승이 그
지도를 보면서 먼저 물었다.

― 그래 지금 전하께서는 어떻게 지내고 계시던가?

― 예, 무척 긴장하고 계십니다. 계림의 병마사들은 제각기 병사들
을 거느리고 있어 명령체계가 잡히지 않은 듯하옵니다. 적게는 삼백의

군사를 거느린 병마사와 많게는 천여 명의 군사를 거느린 병마사까지 도합 4천의 군사가 집결해 있습니다.

— 반구 상장군은 어떻게 하고 계시더냐?

— 예, 반구 상장군이 각 병마사를 일일이 찾아다니며 작전숙의를 하고 있습니다만, 상장군의 말을 잘 따르지 않는 듯 보였습니다.

빈승이 두루마리 그림을 펼쳐 정서에게 보인다. 정서가 눈살을 찌푸린다. 4천의 군사가 월성 안에 각 성문을 지키고 있는 형상이었다. 수성의 진을 치고 있는 셈이다. 반구 상장군만 외곽에 진을 쳤다. 정서가 물었다.

— 전하께서는 지금 어느 진에 계시느냐?

— 예, 동북면병마사 김보당의 진에 계십니다. 반구 상장군은 월성 밖에 진을 쳤기 때문에 할 수 없이 그곳 진중에 머물 수밖에 없습니다.

— 왜 반구 상장군은 월성 안으로 들어가서 합류하지 않는다 하시더냐?

— 예, 반구 상장군은 만약 이의민의 군대가 월성을 에워싸고 장기전을 치른다면 큰 낭패를 본다며 굳이 성안으로 진을 옮기지 않고 월성 밖 오리쯤에 있는 높은 언덕 위에다 방책을 설치하고 진을 쳤습니다.

정서와 빈승이 염려했던 대로 김보당은 병법을 몰랐다. 피왕에 대한 충성심과 의기만 충천해 있었지 군사를 부릴 줄을 몰랐다. 소문에 이의민, 박존위 등이 1만의 관군을 이끌고 벌써 개경을 출발했다는 정보가 있었다. 복위군은 반구의 1천 3백과 다 합쳐야 오륙천이 전부였다. 수적으로도 불리할 뿐만 아니라 반구의 군사를 빼고는 거의 민병을 급조한 오합지졸에 불과했다.

빈승과 정서가 동시에 한숨을 쉰다. 김보당이 이끄는 복위군은 이의민의 진군나팔 한번이면 뿔뿔이 흩어질 것이 뻔해 보였다. 빈승이 한숨을 쉬며 혼자 소리를 했다.

— 차라리 반구 상장군이 선봉을 서고, 뒤에서 일곱 병마사들이 받쳐주면 될 텐데, 어째서 그리 안 할까? 그렇게 해서 개경으로 올라간다면 주변에서 피왕의 녹을 먹은 신하들이 하나둘씩 호응해 올 것이고, 군사들도 불어나고 사기도 부쩍 오를 것인데. 그리고 명분도 얼마나 좋아…….

빈승은 다시 심복에게 반구 상장군에게 띄우는 편지를 써서 계림으로 급히 보내려 서두른다. 편지의 내용은 이러했다.

반 장군! 적을 앉아서 기다리지 말고 장군의 부대는 적이 계림에 도착하기 전에 미리 적이 올 수 있는 길목에 매복했다가 선제공격을 가하시오. 그리고 월성 안에 집결해 있는 동북면병마사 김보당과 미리 계획을 짜두었다가 즉시 성문을 열고 일시에 공격에 합세하라 하시오. 그렇지 않으면 필시 패하고 맙니다. 명심하시오.

*

거제 현민들은 초조하게 소식을 기다리고 있었다. 특히 개경촌 사람들은 만나는 사람마다 누가 먼저랄 것도 없이 조용조용 이야기들을 나누었다. 어디에 물어보지도 못하고 계림에서 기쁜 소식이 오기만을 학수고대하는 중이었다. 빈승과 정서는 개경 사람들을 위로하고 격려하며 곧 좋은 소식이 있을 거라고 희망 섞인 얘기를 들려주는 것 외에는 달리 방도가 없었다.

가을 추수가 끝난 둔전들의 벌판이 텅 비고 지난밤엔 첫서리가 내렸다.

빈승의 심복이 왔다 간 한 달여 만이었다. 다시 그가 돌아왔다. 옷은 찢겨지고 여기저기 상처를 입은 그는 기진맥진한 상태에서 말을 타고 개경촌에 나타난 것이다. 마침 빈승과 정서가 너른 공터에 개경촌 사람들과 모여서 차후 일들을 의논하고 있었다. 그는 두루마리 편지를 품속에서 꺼내 빈승에게 보여주면서 숨을 헐떡였다. 그것은 반구 상장군이 죽기 전 급히 쓴 글이었다.

전사종서(前死終書).

죽음을 앞둔 마지막 글이란 뜻이었다.

아! 안타깝게도 하늘이 임을 버렸습니다. 힘 한번 써보지 못하고 이렇게 허무하게 끝날 줄이야! 내부의 적을 두고 외부의 적을 무찌른다는 것은 이처럼 어리석은 일이 어디 있겠습니까? 나의 용감한 군사들은 그나마 선전을 했건만 중과부적이라 무너지는 둑을 바라다만 봐야 하는 이 반구의 심정을……. 거제 섬 왕의 백성들이여! 원통하고 또 원통하옵니다. 차라리 제 혼자 전하를 받들고 밀고 올라가 원 없이 싸우다 죽었으면 이렇게 원통하지는 않겠습니다. 계림의 북천 애기소(崖岐沼)[53]에 몸을 던집니다. 아!

---

53) 애기소(崖岐沼)는 현재 경주의 북천에 위치한 늪으로, 두 갈래의 물줄기가 만나는 곳이다. 물이 깊고 소용돌이가 거세게 일어난다. 종종 아이들이 물놀이하다 사고를 당하던 곳이어서 '애기들이 잘 빠져죽는 늪'이라는 뜻으로 '애기소'라 했다는 설(說)도 있다.

진정한 왕의 백성들이여, 이 반구를 믿고 끝가지 싸워준 병사들의 충정만은 청사에 길이 남을 것입니다. 진정한 왕의 백성들이여, 기성의 천제단에서 피왕과 저들의 명복을 빌어주십시오.

고려상장군 반구 배(高麗上將軍 潘邱 拜).

그 심복은 가빠오는 숨을 헐떡이면서 겨우겨우 말을 전했다. 이의민이 이끄는 토벌군이 월성을 에워싸자, 계림의 관군 출신들이 내부에서 반란을 일으켜 병마사를 포함한 병사들을 죽이고 성문을 열어 항복을 해버렸단다. 이의민이 들어와 피왕을 찾는다. 피왕이 어느새 활에 살을 매기고 이의민을 겨냥해서 쏘았다. 박존위가 다급하게 앞에 있는 깃발을 뽑아 화살을 막았다. 그 사이 여러 개의 올가미가 피왕에게 던져졌고 피왕은 더 이상 저항하지 못했다. 혼이 나간 이의민이 정신을 차리자 피왕이 그를 크게 꾸짖었다.

― 네 이놈, 이의민! 저잣거리를 떠돌던 천한 놈을 데려다 어여삐 여겨 키워줬더니, 네놈이 감히 짐에게 이럴 수 있단 말이냐!

이의민은 주춤주춤 뒷걸음으로 물리시고 있다. 결박낭한 김보당이 끌려 나오고 복위의 거사는 끝나고 말았다.

5

반구 상장군은 옛 서라벌 북천을 뒤로한 채 배수의 진을 쳤다. 월성 안에서 전하를 받들던 병사들은 모두 항복을 하고, 전하를 비롯한 김보당과 병마사들이 모두 결박당하였다는 초병의 보고를 받았다. 반구 상장군은 이미 사태가 기울어졌음을 깨달았다. 이의민, 박존위가 이끄는 군사들이 방책 앞에 진을 치고 큰소리로 항복을 권한다.

— 반구는 항복하라! 피왕과 김보당 역도들은 모두 체포되었다.

항복하면 목숨은 살려주겠다고 회유하였다. 그래도 반구의 부대는 항복하지 않았다. 반구가 이끄는 부대의 일원들 중 함경도에서 따라온 군사들은 이미 반구와 생사를 같이하기로 맹서한 심복들이었다. 그 외에 거제현에서 모집한 병사들도 자발적으로 피왕의 복위를 위해 모인 의병들이었다. 이의민, 박존위 부대와 죽음을 각오하고 맞서 싸우겠다며 반구 상장군에게 울면서 말했다. 아직 전하께서 살아계시는데 어떻게 항복할 수 있느냐고 버티었다.

순순히 항복하지 않자 화가 난 이의민이 칼을 뽑아들고 군사들을 향해 공격 명령을 내렸다. 백병전이 시작되었다. 반구 장군의 병사들은 오는 적들을 필사적으로 막았다. 밀고 들어오는 적들을 수적으로 감당할 수가 없었다. 뒤로 물러날 수밖에 없었다. 반구 장군은 병사들을 일단 방책 안으로 퇴각시켰다. 매복해 있던 궁수들이 활을 쏘기 시작했다. 피차간에 화살이 푸르륵, 푸르륵 빗발치듯 오갔다. 양쪽 진영에서 화살에 맞아 쓰러지는 병사들의 비명이 여기저기서 들렸다. 뒤는 북천의 강물이 저녁햇살에 번쩍이며 흘렀다. 더 이상 밀릴 수도 없다. 생나무 방책을 성벽 삼아 버티었다. 저쪽의 희생이 많았다. 높은 지대에 방책을 설치하였기에 방책을 의지하고 활을 쏘아붙이니 적들이 더 이상 근접을 못했다. 이의민이 버티지 못하고 먼저 군사를 물렸다. 숫자만 믿고 얕잡아 보고 밀어붙이면 쉽게 이길 줄 알았던 모양이다.

어두워지자 반구도 군사들을 쉬게 했다. 삼경이 지날 때까지 아무런 기척이 없었다. 반구는 필시 야습이 있을 거라는 생각이 들었다. 측근 참모들을 불러 모았다.

— 반드시 적들의 야습이 있을 게다. 동이 트기 전에 분명 적의 공격이 있을 것이니, 철저히 대비하라!

— 옛!

군사들은 한숨도 자지 못하고 꼬박 밤을 지새웠다. 별빛들이 희미해지는 새벽이 왔다. 와! 하는 함성과 함께 불화살들이 빗발쳤다. 솜뭉치에 유황과 기름을 바른 불화살은 방책에 날아와 박혔다. 아무리 생나무로 방책을 설치하였어도 어느새 불이 붙어 타기 시작했다. 방책이 불길에 휩싸이자 거기 의지하고 화살을 쏠 수도 없었다. 뒤에는 강물이었다. 밀려오는 적들을 감당할 수가 없었다. 반구의 부대는 북천(北川)의 애기소(涯岐沼)까지 밀리기 시작했다. 그곳에서 반구 상장군은 편지를 급히 써서 심복을 시켜 오매불망 기다리는 거제현 백성들에게 전하라 했다. 마지막으로 심복이 빠져나갈 혈로를 뚫어주고 북천 애기소에 몸을 던져 자결하고 말았던 것이다…….

그렇게 자초지종의 사정을 전달한 심복도 기진하여 쓰러지고 말았다.

*

심복을 자기 집으로 옮겨와 의원을 불렀다. 탕제를 끓이고 열 손가락 경단에 침을 놓았다. 발바닥 용천혈에도 침을 찔렀다. 의원은 다시 인중에다 돗바늘 같은 침을 꽂았다. 의원은 필생의 의술을 다 펼치는 듯하였다. 마침내 사내가 푸우, 하고 막혔던 호흡을 토해냈다. 그러자 의원은 이마의 땀을 무명수건으로 닦으며 사내의 짐맥을 짚어보고 한 마디 지시를 한다.

— 따뜻한 물을 가져다주시오.

얼른 따뜻한 물을 가져오자 상처 난 곳을 씻는다. 그리고 상처부위와 혈색을 살피더니 피를 너무 많이 흘렸단다. 짜온 탕약을 부채로 부쳐서 식히란다. 얼른 먹이기 위해서다. 다시 오한이 드는지 병사가 떨기 시작하자 솜이불을 가져오란다. 탕약을 숟가락으로 떠서 의원이 직접 먹였다. 병사가 약을 삼키지를 못한다. 벌써 얼굴에 핏기라고는 없다. 밖에서 지켜보던 빈승이 의원보고 걱정스레 묻는다.

— 의원 양반, 좀 어떠시오?

— 아직은 소인도 잘 모르겠습니다. 워낙 피를 많이 쏟아서…….

의원은 계속 탕약을 입속에 떠 넣는다. 아무래도 짚불이 사그라지듯이 점점 숨소리가 들리지 않는다. 밖에서 근심스럽게 쳐다보던 사람들도 가망이 없다는 것을 의원의 이마에서 흐르는 땀을 보며 느꼈다. 드디어 의원이 탕약 숟가락을 방바닥에 내려놓았다.

— 아들의 윗저고리를 찾아오시오?

그러자 그 어미가 흰 적삼을 농에서 꺼내왔다. 벌써 그 아들은 숨이 멎어 있었다. 이름을 물었다.

— 행구입니다.

그는 사다리를 타고 허겁지겁 초가지붕으로 올라갔다. 하얀 적삼을 두 손으로 잡고 북쪽하늘에다 손을 치듯이 펄럭이며 처량하게 소리쳤다.

— 행구야! 행구야! 행구야!

그러나 의원의 마지막 초혼(招魂)[54]도 아무 소용이 없었다. 끝내 그의 혼은 돌아오지 않았고 숨을 거두고 말았다.

설움을 참고 있던 개경촌의 모든 시종무관들은 피왕을 복위시키러 떠났던 마지막 한 사람마저 숨을 거두자 전부 북쪽을 향해 엎드렸다. 그들이 북향재배한 채 슬피 통곡하는 소리가 온 개경촌에 울려 퍼졌다.

그 날 밤 산방산의 부엉이도 구슬프게 울었다.

6

빈승은 대비장으로 태후를 만나러 말을 달렸다. "이 일을 장차 어떻게 하면 좋을까요?" 연세 높은 개경촌의 노인이 빈승을 바라보던 애절한 눈빛이 마음속에 자꾸만 걸렸다. 태후에게는 어떻게 위로의 말을 해야 할지 머릿속이 복잡했다. 앞으로 공예태후와 공주는 어떻게 해야 되며, 개경촌 시종무관들은 또 어떻게들 처신해야 된단 말인가?

대비장에 도착하니 울음소리가 밖으로 흘러나온다. 아마 태후가 공주를 부둥켜안고 울고 있었나보다. 마지막 병사가 숨을 거두는 사이 누군가로부터 이미 기별을 받았던 모양이었다.

인기척에 방문이 열렸다. 공주와 윤상궁도 눈이 부어 있었다. 태후

---

54) 전통장례의식 가운데 하나인 고복의식(皋復儀式)을 빌어 민간에서는 흔히 초혼(招魂)이라 하여 이미 죽은 사람의 혼을 다시 불러 살려내려는 간절한 소망이 담겨 있다. 임종한 직후 북쪽을 향해 죽은 사람 이름을 세 번 부르는 행위가 중심을 이룬다.

와 공주가 빈승을 보자 더 크게 운다. 빈승이 꿇어앉아 힘없이 아뢰었다.

― 태후마마, 우리가 좀 더 신중히 생각한 뒤 거병할 것을 너무 서둘렀나 보옵니다. 면목이 없사옵니다.

― 아니요, 문화시중을 비롯한 모두가 최선을 다했어요. 내가 곧 개경으로 올라가서 여기 있는 분들은 아무도 건드리지 못하도록 정중부와 이의방에게 말하리다. 문화시중은 개경촌으로 돌아가서 시종무관들과 귀족들에게 동요하지 말고 우선 이곳에 남아 있으라고 전하시오.

빈승으로서는 태후에게 모든 희망을 걸 수밖에 없었다. 또 한편으로 개경촌 사람들은 어쩔 수 없이 빈승만 쳐다보고 있었다. 오로지 의지할 데라곤 문하시중밖에 없다면서 두 손을 붙잡고 울면서 하소연하던 연세 많은 노인의 말이 귀에 쟁쟁했다. 피왕이 계림에서 시해되었다는 소문은 금세 퍼졌다. 거제현 개경촌 사람들은 슬픔 속에 오래 잠겨 있을 사이도 없었다. 정중부와 이의방이 언제 자기들을 반역으로 몰아 죽일지 아무도 몰랐다. 개경촌 사람들이 믿을 대라고는 공예태후밖에 없었다.[55]

피왕이 시해 당한 다음해 칠월칠석날이었다. 낮에는 비가 내리고 밤이 깊어 가는데 홀연히 산방산 애바위에서 슬피 우는 말울음소리가 들

---

55) 일설에 의하면, 의종 임금이 거제로 내려올 때 옥쇄를 지니고 왔다는 것이다. 그래서 둔덕면 거림을 임시 도성이라 불렀고, 왕의 땅이라 하였다. 그 증거로는, 약 두 달간 대사면령(大赦免令)이 내려지지 못한 정서의 해배(解配) 시기를 예를 들었고, 명종이 대관식을 할 적에 곤룡포도 입지 않고 대관식(즉위식)을 치룬 것으로 봐서 의식이나 절차를 잘 모르는 무관들이 얼렁뚱땅 대충 한 것 같다.(제보자: 전 거제시청 서용태 국장) 그 뒤 무신들이 문극겸을 불러서 궁중법도를 물었고, 옥쇄가 없어진 것을 안 문극겸(文克謙)이 비밀리에 공예태후에게 옥쇄를 찾아 보내달라고 부탁했다는 설이 전한다. 태후는 궁중의 최고 어른으로써 당찬 면이 있었다.

렸다. 그날부터 사흘 밤이나 들렸다. 마을 사람들은 필시 피왕이 시해를 당하자 주인이 계셨던 이곳, 자기가 처음 하늘에서 내려온 산방산 애바위에 찾아와 피왕을 그리워하며 사흘 밤을 슬피 울다가 하늘로 올라갔다고 생각했다.

그 뒤로 해마다 칠월칠석날 밤이면 애바위에는 천마가 내려와 피왕성을 향해 슬피 울었단다. 둔덕골 사람들은 주인 피왕을 못 잊어 칠석날 밤 내려오는 천마를 위해 물망골에서 그를 위로하는 제를 지내주었다. 그 뒤로 어쩌다 물망골과 애바위 쪽에서 쌍무지개가 서는 날에는, 그 날 둔덕골 밤하늘에 천마가 달리는 말발굽 소리가 들렸다고 한다. 이곳 백성들은 피왕의 원혼이 천마를 타고 무지개다리를 건너 피왕성에 내려온다고 굳게 믿었다.

제9장

고려촌엔 한(恨)서린 노래만 남고

1

정서는 오양역참 인근의 바깥몰에서 선아와 딸 정유를 데리고 조용히 살아가고 있었다. 마장마을에 사는 빈승은 아들 도민이를 시켜 오양역 바깥몰로 편지 심부름을 보냈다. 아침 먹고 출발하여 점심 때가 되어서야 정서의 집에 도착한 도민은 정유가 차려주는 점심을 정서와 겸상으로 받았다.

편지에는 개경촌 사람들이 실의에 빠져 있으니 위로도 할 겸해서, 차후의 자식들의 진로를 여차저차 의논을 드리고 싶다며 날을 잡아 다녀가시라는 내용이었다.

도민은 정서가 답장을 쓰는 동안 집안을 둘러보는 척하며 정유의 일거수일투족을 지켜보고 있었다. 간혹 눈이 마주치는 순간 정유의 얼굴이 붉어졌다. 온 지 한 시진이나 지난 뒤 도민은 편지를 가지고 다시 기성 밑의 고개를 넘어 어둡기 전에 마장으로 돌아갔다.

정서와 빈승은 자나 깨나 개경촌 사람들의 안위가 걱정이었다. 물론 자기들이라 해서 아무 걱정이 없는 것은 아니었다. 마침 태후 마마가 개경으로 돌아가서 정중부에게 어떻게 설득했는지 아직까지 이곳에 있는 시종무관과 늙은 대신 왕족들은 개경도성에서 어떠한 조치도 내려오지 않았다. 그렇지만 늘 불안하기는 마찬가지였다. 나이 많은 대신들이 더 불안해하고 또 시해당한 피왕에 대한 죄의식에 괴로워했다. 그들은 하루가 다르게 야위고 병들어서 하나 둘씩 골음등에 묻혔다.

*

어느 날 정서는 선아와 딸 정유를 데리고 개경촌으로 향했다. 먼저 빈승의 집으로 찾아갔다. 마당이 넓고 수수울타리 뒤편으로 남새밭이 잘 가꾸어져 있었다.

빈승도 피왕이 시해되고부터 몇 달을 의기소침하게 지내다가 개경촌의 많은 사람들이 자기만 쳐다보며 의지하는 것 같아서 다시 마음을 고쳐먹었다. "나까지 이래서는 안 되겠구나!" 그때부터 밭에 나가 열심히 일하는 모습을 보였다. 장성한 두 아들도 학문에 열중하면서 빈승의 곁에서 밭일을 거들었다. 개경촌 사람들은 빈승의 그런 모습을 보면서 마음의 위안을 삼았다.

정서 일행이 도착하자 마당에 돗자리를 깔고 모여 앉아 있는데, 이 소식을 들은 개경촌 사람들이 찾아왔다. 자연히 현 시국과 자기들의 앞으로의 진로가 최대 관심사였다.

― 이제 우리한테 남겨진 희망이라곤, 어떻게든 이 섬에 정착하여

확고히 뿌리를 내리는 길밖에 달리 없소이다. 돌아가신 피왕께서는 고립된 이 섬에서 벗어나는 길이 희망이라고 판단하셨을 테지만……, 결과는 그게 아니었잖소?

— 아암, 옳은 말씀이요. 이 상황에선 섬을 벗어나면 도리어 희망을 잃는 거나 진배없소이다. 우리들 처지에 이곳을 벗어나면 대체 어디로 갈 수 있단 말이오?

— 그럼요, 매사가 생각하기 나름입니다. 외부와 단절된 섬을 단지 고립과 폐쇄의 공간이라 여기는 사람에겐 이곳이 희망 없는 땅이 될 것이고, 반대로 바다를 울타리 삼아 사방으로 열린 섬을 오히려 아늑하고 개방된 생존의 장소로 여긴다면 또 그 나름의 희망도 생기지 않겠소이까?

— 허긴 뭐, 우리 세대에서는 척박한 이 섬에 살아남으려면 다들 힘든 세월이 되겠지만, 그런 대로 또 후손들이 뿌리 내린 다음엔 여기가 정든 고향이요, 새로운 희망이 싹트는 지역일 수도 있겠지요. 안 그렇겠소?

— 맞는 말씀이오. 어떤 식으로든 아픔을 겪는 것은 여기 살아남은 우리들의 몫일 텐데, 그나마 이 섬이 안전한 피난처 역할을 할 수 있는 것만 해도 다행인 듯싶소.

다들 그렇게 밤이 늦도록 담소를 하였다.

이윽고, 그들이 돌아간 뒤 정서와 선아, 그리고 빈승 내외간만 남았다.

빈승은 좀 전에 오간 얘기들을 귀담아 듣고는 제 나름대로 크게 느낀 바가 있었다. 그래서 사람들이 흩어지고 나서야 기회를 보아 도민과 정유의 정혼에 대해 넌지시 말을 꺼냈다.

그렇지 않아도 정서 역시 정년이 꽉 찬 정유의 혼인에 대해 매듭을 짓는 것이 좋겠다는 마음을 먹고 왔었다. 정서는 도민을 어릴 적부터 눈여겨 봐두었고, 은연중에 사위로 삼고 싶다는 의사표시를 해둔 상태였다. 빈승도 말은 하지 않았지만 지난번에 도민으로 하여금 일부러 편지 심부름을 시킨 것도 정유를 눈여겨보라는 의도적인 것이었다.

정서가 먼저 입을 연다.

— 내 여식이 부족하지만, 문하시중의 생각은 어떠하신지요?

— 무슨 별 말씀을! 내 아들이 오히려 공(公)의 마음에 드실지가……

— 허허, 내 언젠가 문하시중의 두 아들을 보고 부러워한 적이 있었지 않습니까?

— 나로선 공의 금지옥엽을 며늘아기로 삼는 것이야 더 할 수 없는 행운입니다.

— 문하시중, 그럼 이 혼사는 정해진 것으로 봐도 되겠지요?

빈승은 몇 번 크게 고개를 끄덕였다.

사실은 벌써부터 정유와 도민의 혼사 문제는 예견되어 있었다. 오늘이 비로소 공식적인 상견례인 셈이었다. 개경촌에서도 두 가문의 비중이 비슷하고 또 피왕의 복위를 위해 최선을 다한 두 충신 집안끼리 맺어진다는 것은 거림 현지는 물론이고, 오양역 주변 사람들도 혼사 날만 잡히기를 기다렸다.

정서 가족은 빈승의 아래채에 며칠을 묵었다. 정서는 개경촌과 거림 동헌을 드나들며 아는 사람들과 수인사를 나누고 다녔다. 빈승이 아래채로 내려와 내일이 마침 칠월칠석이라 이곳 부녀자들은 이날을 기해 물망골에 놀러가는 풍속이 있다는 말을 꺼냈다. 정서와 선아가 관심을 보이자, 이번 기회에 함께 놀이를 겸해 거문고를 챙겨갖고 유람 삼아 가보자고 빈승이 권했다. 초여름이라 놀이하기가 좋을 듯했다.

정서와 선아, 빈승 내외가 물망골에 올랐다. 벌써 부녀자들이 모여서 저고리를 벗고 머리를 감고 있었다. 또 한쪽 넓은 바위에는 동네 아낙들이 오순도순 저들끼리 웃어가며 떨어지는 물을 맞고 있었다. 네 사람은 멀찍이 떨어진 잔디밭에 앉았다. 빈승이 웃으며 말한다.

— 과정 선생, 여기 전설을 아십니까?

— 아니오. 금시초문입니다.

— 하기야, 오양역 쪽에만 사셨으니 잘 모르시겠군요.

빈승은 침통한 표정을 지으며 몇 년 전 산방산 애바위에서 말울음 소리가 들리던 이야기를 찬찬히 들려주었다. 심각하게 듣고 있던 정서는 일어서더니 북쪽을 향해 사배(四拜)를 하였다. 참고 있었던 설움이 북받쳐 올라 한참동안 어깨를 들먹이며 소리죽여 울었다. 그러고는 한동안 멍하니 하늘만 쳐다보는 것이었다. 네 사람도 말없이 눈물만 흘린다.

그때 선아가 거문고를 정서의 무릎 위에 슬그머니 올려준다. 술대를 건네주며 거문고를 한번 연주하라는 눈짓을 한다. 여인들의 와자하게 떠드는 소리 위로 거문고의 장중한 음이 '쩡!' 하고 울렸다. 조용해진 물망골에 거문고 소리가 울려 퍼지기 시작했다. 처음에는 느리게 이어지던 음률이 점점 빠르고 격하게 이어졌다. 사람의 심장을 뛰게 하고 어떤 때는 간장이 오그라들 듯이 묵직하게 쥐어뜯는다. 정서의 거문고 탄주는 그만큼 자유자재였고 자연과 어우러진 순수의 소리 그 자체였기에, 듣는 사람들은 숨을 어떻게 쉬어야할지 모를 정도였다.

연주를 끝낸 정서는 거문고 위에 얼굴을 떨군 채 한참을 흐느꼈다. 그런 그를 보고 모두들 아무런 말을 하지 않았다.

2

무심한 세월은 견내량의 물결처럼 빠르게 흘렀다.

개경촌에 남은 시종 무관들은 공예태후의 대찬 바람막이 덕분에 그나마 정중부로부터 무사한 나날을 보내고 있었다. 태후가 화순 공주를 데리고 개경으로 올라간 뒤 대비장(大妃莊)은 비어 있었다. 근처 백성들은 대비보다 공주가 더 보고 싶었다. 들길을 윤상궁과 단아하게 걸어 가던 공주 모습이 눈에 아른거려, 몇몇 사람들은 혹시나 하고 올라가서 살펴보곤 하였다. 텅 빈 대비장엔 산까치가 스산하게 울었다.

멀리서 들려오는 소식에는, 이의방도 정중부와 그 아들 정균과 사위 송유인(宋有仁)에 의해 살해되었단다. 서로 죽이고 죽고 하는 사이, 또 세월은 흘렀다.

명종 9년(1179년) 9월 신미일에 경대승(慶大升)이 또 원성이 자자했던 정중부와 아들 정균, 사위 송유인(宋有仁)을 살해했다는 소식이 온 나라에 퍼졌다. 거제 개경촌 사람들은 자업자득이라며 혀를 끌끌 찼다.

그 뒤로도 오양역참 근처 바깥몰에는 길 가던 사람들이 이따금 정서의 오두막에서 들려오는 거문고 소리를 듣곤 하였다. 왕은 떠나고 음률만 남은 충신연주지사였다. 그럴 때면 대개 사람들은 그 처량하고도 장중한 가락에 귀를 기울이듯 천천히 발걸음을 늦추어 걸었다.

피왕이 계림에서 시해를 당한 7년 뒤, 정서가 사는 오양역 바깥몰에는 선아와 딸 정유가 오랜만에 텃밭에서 채소를 가꾸고 있었다.

정서가 하던 그대로 선아는 골을 파고 두둑을 만들어 부지런히 무랑배추를 심고, 한쪽에서는 딸 정유가 노랗게 익은 오이를 따 바구니에 담고 있었다. 정서는 유배시절 살기 위해서 농사짓는 법을 배웠다. 귀족 출신으로 한 번도 손에 흙을 묻혀본 적 없던 그가 손바닥에 물집이 고여 터지도록 땅과 씨름하며 이곳에서 유배를 살던 세월이 무려 13년 8개월이었던 것이다. 어느새 선아 역시 농사꾼이 다 되어 있었다. 이제 어엿한 처녀로 성장한 딸 정유가 누구보다 신이 났다.

— 아버님, 이 오이 좀 보세요? 이렇게 큰 오이는 본 적이 없어요.

— 그래, 네 어머니가 아주 튼실하게 잘 키웠구나.

두 모녀가 신이 나서 일하는 모습을 정서는 마루기둥에 어깨와 머리를 기대고 비스듬히 걸터앉아 보고 있었다. 모녀가 채전을 가꾸며 즐거워하는 동안 정서는 요즘 들어 부쩍 몸이 노곤하고 옛날 같지가 않다는 것을 스스로 느꼈다. 그러나 평생을 살아오면서 오늘같이 이렇게 행복감을 느껴 본적이 없었다. 행복은 결코 멀리 있는 게 아니었다.

가을철 짧은 해가 시래산으로 넘어가고 있었다. 갑작스레 졸음이 몰려오며 의식이 몽롱해진다. 정서는 잠시 깜빡 잠이 들었다.

잠결에 누군가가 자꾸 소리쳐 부른다. 애써 귀를 기울였다. "이숙! 이리 와서 날 도와주지 않고 거기서 뭘 하는 겁니까?" 하는 소리를 얼핏 들은 것도 같았다.

분명 전하의 목소리였다. 깜짝 놀라서 눈을 떠보니, 정유가 오이를 딴 바구니를 들고 바로 앞에 서 있다. 정유를 안으려는데 팔에 힘이 없다. 시래산 허리에 걸린 저녁 햇살에 눈이 부셔 실눈을 뜨고 바라보는데, 서산의 풍경이 서서히 개경의 송학산으로 변한다. 그 산 너머에서 누군가가 빨리 오라고 손짓을 하고 있다.

정서는 일어서려고 애쓰다가 앉은 채로 그만 앞으로 탁 쓰러졌다. 선아의 다급한 비명소리와 정유의 울음소리가 그의 의식 밖으로 점점 희미하게 멀어져가고 있었다.

거제 개경촌에 남은 시종무관 및 귀족들은, 이의민이 최충헌에 의해 삼족이 참살당할 때까지 27년간 환도하지 못했다. 연세 많은 분들은 둔덕골에서 살다가 대부분 죽어서 이곳에 묻혔다. 후세 사람들은 이를 고려총(高麗塚·고려무덤)이라 불렀다.

훗날 빈승의 아들 빈도민과 정서의 딸 정유는 부모들끼리 미리 정혼을 한 상태에서 정서가 죽은 뒤 결혼을 하였다.

한편, 반구 장군의 심부름을 떠난 부관 반창은 7월 중순에 거제에서 함경도로 갔다. 천신만고 끝에 숨어 사는 노모와 반구의 아내를 찾아 대동하여 거제로 내려오던 도중에, 계림에서 복위가 실패하여 피왕도 반구 장군도 모두 죽었다는 소식을 듣는다. 거제로 돌아온 반창은 반구 상장군의 양자로 입적하였다. 그것은 편지 속에 반구 장군이 반창을 양자로 들이고 싶으니 그렇게 아시라고 노모와 아내에게 편지 속에 당부한 내용이 상세하게 적혀 있었다. 이후 문화시중 빈승의 보살핌으로 마장 마을에 두 노인을 보필하고 살게 되었다.

일 년이 지난 후 반창은 반구 상장군의 기제사를 모셨다. 제사를 지내고 잠이 든 새벽녘 꿈에 반구 장군이 나타나서 자기의 시신이 계림 북천의 강가에 묻혀있다고 현몽을 하였다. 깜짝 놀라 일어난 반창은 할머니와 어머니에게 꿈 이야기를 하고 아버님을 거제현으로 모시고 와야 되겠다며 아침 일찍 빈승의 집으로 찾아갔다.

사정 이야기를 들은 빈승이 돈을 마련해 줄 테니, 수소문해서 이리로 운구해 오도록 지시하였다. 반창은 그길로 계림으로 떠났다.

빈승은 장지를 어디다 정할 것인지를 개경촌 사람들과 의논하였다. 아무래도 피왕이 거처하던 기성 근처가 좋겠다고 의견들이 모아졌다. 그래서 성의 남문과 서문 사이 견내량이 내려다보이는 곳에 장정들을 동원하여 무덤을 조성하였다. 그곳은 반구 상장군이 과거 군사들로 하여금 토성을 지키고 교대로 쉬는 군막이 있던 곳이었다.

달포 남짓 조성기간이 끝나자 반창이 시신을 수습해서 관이 오기만을 기다렸다. 한편, 반창은 계림 북천 애기소(崖岐沼)에 도착하여 여기저기 수소문을 하였다. 마침 밭을 가는 늙은 농부를 만나 이만저만 사정을 얘기하자, 그 농부는 손으로 새로 생긴 무덤 하나를 가리켰다. 반창이 가까이 가서 살펴보니 임시로 쓴 묘지의 흔적임이 금세 표가 났다. 잔디도 없고 그냥 조그만 봉분만 만들어져 있었다. 근처를 둘러보니 외딴 집 한 채가 있었다. 반창은 그 집에 가서 주인을 찾았다. 젊은 사람이 나오더니 어떻게 오셨느냐고 묻는다. 저기 있는 무덤은 어떤 무덤이냐고 물었다. 그는 반창을 아래위로 훑어보더니 조심스럽게 물었다.

— 돌아가신 장군 분을 찾으려왔습니까?

— 예, 저의 아버님입니다. 애기소에서 몸을 던져 자결하였다는 소식을 들어 이렇게 찾아왔습니다만…….

그러자 그 젊은 남자는 자초지종 이야기를 전해주는 것이었다. 하루는 강가를 지나는데 목 없는 시체가 떠내려가더란다. 자세히 보니 갑옷을 입고 있어서 보통사람이 아니란 걸 한눈에 알아보았단다. 그래서 집으로 돌아와 부친과 상의하여 관을 하나 사서 가매장(假埋葬)을 해두었다고 했다. 자기 부친은 언젠가 이 분을 찾는 사람이 틀림없이 올 거라는 말을 했다는 것이다. 아까 밭갈이를 하시던 분이 자기 부친이시란다.

반창은 무덤 앞에 꿇어 앉아 절을 하며 통곡하였다. 노인과 젊은 아들은 정성을 다해 도와주었다. 그리고 반장군의 갑옷을 비롯한 유품이 들어 있는 상자를 반창에게 전해주었다. 반창은 그 분에게 고맙다며 후하게 사례를 하고 마차를 한 대 빌려 반구 장군의 관을 싣고 거제현으로 돌아왔다.

그 뒤 거제현 사람들은 예를 다해 장례를 치렀는데, 꽃상여를 만들고 개경촌에서 노제까지 지냈다. 목이 없는 반구 상장군의 시신을 유품과 함께 살아생전에 병사들과 피왕을 지키기 위해 밤잠을 설치던 그곳에다 안장하였다.[56]

빈승도 끝내 환도하지 못하고 마장마을에서 살다가 죽었다. 비학산 뒤쪽 능선 물망골[57] 위에 묻어 달라고 유언을 하였는데, 비석에는 "고

---

[56] 이곳은 반구 장군이 군사들과 훈련하다 잠시 쉬던 곳이며 군막이 있었던 곳이다. 그곳에는 왕릉만 한 무덤이 남아 있다. 아사마을에 백토광산이 있었는데, 그곳에 백토를 파던 광부들이 피왕성 밑에 커다란 무덤이 있다는 소리를 듣고 도굴할 목적으로 무덤을 파는데. 우연히 괭이자루가 뚝 부러지더란다. 그날은 실패하고 다시 날을 잡아 단단히 준비하여 도굴을 시도하였다. 한참 허물어 파는데 말끔하던 하늘에서 천둥번개가 치더니 근처 나무에 꽝하고 벼락이 떨어졌다. 놀란 광부들이 괭이와 삽을 버리고 도망을 쳐서 산을 내려갔다는 말이 전한다.(아사마을 강현운 씨의 증언을 필자가 채록하였다.)

[57] 비학산 뒤 중턱에 있는 물망골에는 큰 합다리 나무가 있고, 나무 옆에 있는 고랑으로 떨어지는 물을 맞는 너럭바위가 있었다. 오월단오 날에는 마을 부녀자들이 솥과 냄비를 가져가서 자생한 창포를 삶아서 머리를 감기도 하고, 합다리 나물을 삶아 반찬을 해서 저녁달이 뜰 때 기우제를 지냈다. 칠월칠석날에는 아낙네들이 모여 놀았다. 어쩌다 비가 와 무지개가 서면, 선녀들이 내려와서 목욕을 하고 머리를 감고 놀다 갔다는 전설이 깃든 곳이다.(제보자: 농막마을 반덕권)

려국 충신 문하시중 빈공지묘"라고 열 세자를 새기라고 당부했다고
한다.

현재 비석은 없어지고, 비석이 있었던 흔적만 남아 있다. 항간에 농
막마을 공동 빨래터에 그 비석 비슷한 것이 놓여 있었다고 전하나, 찾
을 길이 없다. 자주방(自主坊) 입구에 정씨 가문 할머니 묏자리를 파다
가 거기 묻혀 있던 비석 하나가 발견되었는데 다시 묻어버렸다는 누군
가의 증언이 있었다. 당시 서용태 둔덕면장과 문화재청에서 나온 직원
이 이를 찾으려 노력했으나 실패했다.

빈정승 묘에 올라가서 보면 좌측 위로 둔덕기성(일명 피왕성)이 환히
올려다 보인다. 빈승이 죽고부터 남아 있는 거림현 관아가 있던 둔덕
면 사람들은 섣달 그믐날 제물을 장만하여 피왕성에 올라 피왕(의종)을
기리는 제를 올렸다. 그것이 무려 800년이나 이어졌다.

빈승이 죽자 막내아들 빈도민은 정유와 사등면 지석리 장좌골(將佐
谷)로 들어가 숨어서 조용히 살았다. 도균은 마장에서 결혼하여 살다가
개경 사람들이 환도 할 적에 함께 개경으로 올라갔다. 거제도 지석리
장좌골에 빈승의 후손들이 무려 840여 년을 이어서 살고 있다.

반구의 양자 반창 또한 환도하지 못하고 반구를 대신하여 두 노인을
지극정성으로 모시다가 둔덕 방하 골음등에 차례로 묻혔을 것이다. 무
덤은 알 길이 없다. 분명 그의 후손들이 이곳 어딘가에 남았을 것이라
추측된다. 의종 임금이 거제현으로 피신을 올 적에 세 분의 정승이 따
라왔다는 설이 전한다. 빈(賓)씨, 반(潘)씨, 신(申)씨이다.[58]

---

58) 국권상실기(세칭 일제강점기) 당시의 거제도 기록물 중에는, 거제도 본관을 가진 기성 반(潘)
　씨, 수성 빈(賓)씨, 아주 신(申)씨에 관하여, 명계(明溪) 김계윤(金季潤 1875~1951) 선생의

의종을 기리는 제문(2008년 음력 9월 5일)

『유세차 을미년 구월 초닷새 날 사시(巳時), 삼가 거제수목문화클럽회
원들은 제물을 정성껏 차려 왕께 엎드려 고(告)하나이다.

전하께서는 금수 같은 정중부, 이의방 이고 등, 무신들의 왕권 찬탈
의 피비린내 나는 창검을 피해, 이곳 거제시 둔덕면 거림리 우두봉 중
턱에 임시 도읍을 정하시고, 삼년간 와신상담하셨습니다. 그러시다가
재기의 칼을 들었으나 아쉽게도 그 뜻을 이루지 못하시고, 이의민, 박
존위에게 모두 패해 승하하셨습니다. 이곳에 남은 신하와 백성들은 원
통한 마음으로 매년 섣달 그믐날 천제단(天祭壇)에서 왕을 추모하는 제
를 빠짐없이 올렸었나이다. 그 맥이 800년을 이어오다 근대에 와서 새
마을운동이 일어났고, 이를 미신이라 하여 그 맥이 잠시 끊어졌사옵

기록이 남아있다. 선생은 연초면 명동리에서 평생 유학자로 사셨다. 그 기록에 의하면, "고려
의종이 방폐(放廢)되었을 때, 반씨, 신씨, 빈씨, 삼정승(三政承)이 따라왔다고 가요(歌謠)와
이언(俚諺)으로 대대로 전하고 있다. 국사봉(國士峰)에 반시중(潘侍中)의 묘가 있고, 고려 중
기에 세운 비(碑)에 시중(侍中) 정승(政承)이라 적혀있다. 반우향(潘佑享), 반부(潘阜)는 모두
거제 반씨 집안의 이름난 분들이다. 이와 같이, 이름도 없는 다른 집안과는 비할 바 아니니,
나라의 큰 공훈을 세운 뛰어난 집안사람의 신주(神主)를 영구히 사당에 모시던 부조묘(不祧
廟)를 세우기를 논하였다.(거제도 문절사(文節祠) 건립)그리고, 신(申)씨는 아주(鵝洲)가 관향
이다. 지금의 아주촌(아양동)이라고 민간의 구전으로 전한다. ― 신씨의 묘가 있는데 비석이
뽑혀 있다. 다른 사람이 장사를 지냈던 연고이다. 빈씨는 유적이나 후손이 알려진 바가 없는
데, 여러 해 전에 지석리에 빈씨 한 분이 살고 있었다고 전하나 그 진위를 알 수가 없다."라고
되어 있다.
이에 따라 필자가 조사해본 바에는, 2017년도(현재), 장좌골에 빈씨 성을 가진 사람들이 사는
몇 집이 있는 것이 확인되었다.(참고문헌:「거제도 고전문학」고영화)
둔덕 농막마을의 뒷산 물망골 위쪽 능선에 빈정승의 묘가 있다. 그러나 아주 신씨에 대해서
는 저로서는 도저히 확인할 바가 없었다. 또, 반부(潘阜)는 사실상 1260년대에 활약한 인물로
서, 1170년에 거제에 온 의종과는 연도가 맞지 않는다. 그러나 반씨 문중과 빈씨 문중에서는
줄기차게 의종을 모시고 왔다고 주장하고 있으니, 이에 대해서는 각기 문중에서 더욱 연구하
고 깊이 조사하여 문헌적 근거나 유적 · 유물 등과 같은 물증의 제시를 통해 뒷받침하는 노력
이 필요할 듯함. 그래서 필자는 반구 장군이라는 반부와 비슷한 이름의 가상의 인물을 등장
시킬 수밖에 없었다.

니다. 그러나 이 사실을 안타깝게 여긴 이곳 백성들의 뜻을 모아 길일을 택하여, 드디어 오늘 이렇게 전하를 기리는 제를 다시 올리게 되어 감개가 무량하옵나이다.

아! 생각건대, 왕께서 비통한 마음으로 전하도(殿下渡)를 건너와, 이곳 자주방(自主坊)과 둔전들(屯田野)을 중심으로 상둔(上屯)과 하둔(下屯)으로 병사들을 나누어 주둔시켰사옵고, 외인금(外人禁)에서는 화살을 비롯한 각종 무기를 만들어 비축하였으며, 수역(水驛)을 통해 뭍으로부터 많은 물자를 실어 조달하였습니다.

호망골(壕望谷)에는 날쌘 군사들이 만약의 사태를 대비하였고, 농막(農幕), 거림(巨林), 마장(馬場), 시목(施牧) 등지에서 다양한 농사를 짓고 가축을 사육했으며, 특히 마장에서는 후일 요긴하게 쓰일 전마(戰馬)들을 길렀사옵니다. 여관곡(麗館谷)에서는 기타 재정을 착착 관장하여 치밀하게 재기(再起)를 도모하였사온데, 드디어 하마(下馬)터에 이른 장순석, 유인준 등이 거사를 상의하러 찾아와 망골 초병은 이 사실을 나는 듯이 성으로 기별하였을 줄 아옵니다. 아아, 거사가 성공하여 복위가 이루어졌더라면 여기 이 주인 떠난 성터며 고려무덤, 공주샘, 대비장 안치봉이 어찌 이토록 처연히 버려져 있겠사옵니까? 참으로 애통하고도, 애통하옵나이다.

역사는 이긴 자에 유리하게 기록되는 것이 통례이고, 오로지 벙어리가 된 패자의 역사는 그 당시 불렀던 이곳 지명만이 주목(朱木)의 옹이처럼 남아 슬픈 전설로 전해져 내려오고 있을 뿐입니다. 의종이시여, 맺힌 한이 얼마나 많겠사옵나이까?

그러나 오늘 허물어진 성벽을 부여잡고 흐느끼며 핀 저 억새꽃이 전하를 흠모했던 신하와 백성들이며, 가을 하늘에 떠있는 공허한 흰 구름발은 모든 것이 다 부질없었음을 말해주는 듯하옵니다. 다만 노송의 가지 끝에 걸려 우는 천년의 바람만이 정녕 피왕(避王)의 슬픈 역사를 알고 우옵니다.

왕이시여! 이제 천상에서 편히 잠드시고 이곳 어진 백성들을 굽어 살펴주시옵소서.

참고문헌

『고려사』『고려사절요』『거제도유배문학총서』『거제시지』『둔덕면사』『거제지명총람』
『한국지명총람』『고려왕비열전』(김영곤 편저)

도움주신 분

고영화(고전연구가), 제익근(향토사학자), 이승철(거제향토사 연구소장), 반평원(전 거제문협회장), 빈도균(빈씨종친회장), 정인호(동래정씨종친회 감사), 김득수(전 거제시의회 의장), 서용태(거제수목문화클럽 전 회장), 최탁수(거제수목문화클럽 현 회장), 김화순(청마기념관 명예관장), 옥기종(거제수목문화클럽 부회장), 김윤승(거제수목문화클럽 사무국장), 옥광석(둔덕면 이장협의회 회장), 김임준(둔덕 번영회 회장), 아사마을 강현운, 농막마을 반덕권, 하둔마을 정태홍, 반병원, 양갑생, 유동근, 거림마을 백번춘, 테어링아트 이임춘 外

마침내 소설로 복원한 고향의 전설

김인배(소설가)

1

시인으로, 또한 수필가로 장르에 구애받지 않고 그동안 열심히 문단 활동을 해온 호산(湖山) 김현길이 이번에는 첫 장편 역사소설을 상재(上梓)하였다.

소설 제목부터 예사롭지 않다. 『임 그리워 우니다니』라는 그 제목에서 암시하듯, 이 소설은 고려시대 인물인 정서(鄭敍)가 유배지에서 지은 「정과정곡(鄭瓜亭曲)」의 첫 구절을 현대적 어감으로 바꾼 것이다.

거제에는 유배 역사와 관련하여 스토리텔링의 좋은 소재들이 상당히 많다. 바로 「정과정곡」의 작자 정서가 13년 8개월간 귀양살이를 한 곳이기도 하고, 또한 정서를 귀양 보낸 의종(毅宗)이 나중 정중부를 필두로 한 소위 '무신의 난'을 피하여 도망쳐온 뒤 3년간 재기(再起)의 희망을 품고 지낸 곳도 거제 섬이었다.

거제 둔덕면에는 폐위된 의종이 3년간 거처했던 산성의 유적과 당시에 붙여진 수많은 지명들이 현재까지 그대로 남아 전하고 있다. 김현길은 지역주민들 사이에서 옛날부터 '폐왕성' 혹은 '피왕성'이란 별칭으로 더 익숙한 그 성터가 보이는 둔덕골 태생이다. 따라서 어린 시절부터 폐왕인 의종의 전설뿐 아니라, 거기서 가까운 거제 오양역참(烏壤驛站) 인근 배소(配所)에서 무려 13년 8개월을 귀양살이했던 정서의 이야기 등을 자연스레 접하면서 자랐다.

이처럼 고향의 전설과 곳곳에 산재한 고려시대 관련 지명들은 이곳 태생인 김현길로 하여금 언젠가 이들에 얽힌 소설을 꼭 한번 쓰고 싶다는 욕구를 불러일으키기에 충분했을 터였다. 고려 의종과 정서에 관한 소설 이야기를 그가 내게 처음 피력한 것은, 2009년도에 거제에 놀러가 그의 안내로 피왕성을 함께 올랐을 때였다. 이후에도 두어 차례 더 그 산성에 올라보고, 그가 설명해주는 고려지명 유래를 들으며 일대를 둘러보기도 했다.

김현길과 나와의 교분(交分) 관계는 꽤 오래 된 셈이다. 대학에서 시작된 인연이 현재 대학원에서까지 사제지간이 자별한 사이로 이어져오고 있다. 나는 그의 고향 둔덕의 지형적 특성을 고려하여 그에게 호산(湖山)이란 아호를 지어 주기도 했다.

사람의 팔자 내지 운명이 형성되는 데는 타고난 것도 있지만, 주변인들과의 각별한 인연도 작용한다. 그가 거제 둔덕에서 태어나 피왕에 관한 역사적 전설과 정서의 귀양살이에 얽힌 이야기들을 주변에서 들으며 성장하는 동안, 언젠가 이것을 글로 써야 할 사명감을 절로 품게 되었다면, 이 역시 그에겐 일종의 운명일 수 있다. 글을 쓰되, 소설로써 고향의 역사와 전설을 복원해야겠다는 결심을 한 데는 또한 그가 소설가인 나와 인연을 맺어온 것이 은연중 작용했을 수도 있다.

아닌 게 아니라, 고향 둔덕의 역사와 전설에 관해 세상 누구보다 잘 아는 자는 둔덕골 태생이고, 그 가운데서도 이런 내용을 쓸 수 있는 자는 바로 너뿐이라고 나는 그를 부추기며 격려했다. 그 결과가 오늘의 이 역사 장편소설『임 그리워 우니다니』의 출간이라는 쾌거를 이루게 되었으니, 김현길은 어차피 자기 생애에서 소설을 쓸 팔자를 지녔던가 보다.

2

'과정(瓜亭)'은 정서의 아호(雅號)인데, 그가 지은 이「정과정곡」은 현존하는 고려가요 중 유일하게 작자가 분명한 작품이며 우리나라 유배문학의 효시이다. 형식면에서도 향가와 시조, 그리고 가사를 이어준 징검다리 역할을 한다는 점에서 문학사적으로도 매우 가치 있는 작품임에 틀림없다.

그런데 이 작품은 처음 귀양지인 부산 동래(東萊)에서 임금에게 자신의 죄 없음을 밝히고 선처(善處)를 청하기 위해 지은 것으로 널리 알려져, 고등학교 교과서에 수록돼 학교에서도 그렇게 가르치고 있다. 조선중기 이후로「정과정곡」을 동래에서 지었다고 기록하는 분들이 생겨난 건, 첫째로 정서의 고향이 동래라는 이유에서다. 동래는 정서의 관향이자 동래 정씨가 많이 살고 있었다. 둘째로, 그의 사후 300년이 지난 1451년의『고려사』(권71)와 1484년의『동국통감』의종(毅宗) 장효대왕 조(條)에「정서가 동래에 오래 머물러 있었으나 소환의 명령이 오지 않

았다. 이에 거문고를 잡고 이 노래를 불렀다.」고 하는 것에서 동래 창

작설의 연유로 삼아 지금에 이르렀다.

하지만 이에 대한 반박으로 거제도 유배 당시 현재의 사등면 오양역

인근 배소에서 지었다는 주장도 만만치 않다.

「정과정곡」의 창작시기에 대해서는 학자들마다 견해가 달라 대략 5

가지로 갈린다.

① 1151~1170년(의종5~24년) 사이: 양주동, 「여요석주(麗謠釋注)」(1998).

② 1151~1157년 동래시대: 조윤제, 『한국문학사』(탐구당, 1987), 서수생,

  『한국시가연구』(형설출판사, 1970).

③ 1157~1170년 9월 거제시대: 양염규, 『한국문학 10강』(1957).

④ 1170년 9월 하순~10월 말 거제시대(의종과 재회 당시): 이가원, 「정과정

  곡의 연구」(1952).

⑤ 1170년 대사면령 이후: 김쾌덕, 「정과정곡소고」(1983).

요컨대, 거제는 정서가 13년 8개월간 귀양살이를 한 곳이다. 그는

1151년(고려 의종 5년)에 참소를 당해 동래로 귀양을 갔다가 1157년(의종

11년) 2월 12일 거제도로 이배(移配)된다. 의종에게 이모부이기도 했던

정서는 머잖아 다시 소환하겠다는 왕의 약속을 믿고 거의 20년을 기다

린 셈이다. 아무튼 처음 유배돼 온 동래에서의 6년 가량 생활은 그곳

이 관향이자 친족들이 많아 대체로 편히 지낼 수 있었을 것으로 추정

되는 반면, 그 뒤 1170년 8월 무신정변(정중부의 난)이 일어난 두 달 후

인 10월 말에 비로소 복권되었다. 다시 말해, 의종 때에는 끝내 유배에

서 풀려나지 못하고 명종 즉위년에 가서야 유배에서 풀려날 수 있었던

것이다. 그의 유배기간은 정확히 19년 6개월이었다. 동래에서 5년 10개월, 거제현에서는 무려 13년 8개월이었다. 특히 거제도 적소(謫所)에서의 생활은 너무나 참담했다. 이는 정서의 지인(知人)으로 그의 행적을 기린 임춘(林椿)의 시를 통해서도 거제 유배생활의 참담함을 엿볼 수 있다.

그럼에도 불구하고, 예를 든 두 사서(史書)에는 당시 13년 8개월의 거제유배에 대한 언급이 없다. 또,『동국통감』장효대왕 조와 정서의 부친이며 지추밀원사(知樞密院事)를 역임한 정항(鄭沆) 조에는 서로 다르게 기록돼 있다. 이런 점들로 미뤄보면「정과정곡」창작시기의 동래 주장은 사실적 구체적 내용이 아니라, '유배생활 동안 지은 노래'로 작성자가 유추해서 그렇게 적었을 것이라고 반론을 제기하는 학자들도 있다.

물론 정확한 창작시기와 그에 따른 명백한 진상은 알 수 없다. 그러나『거제도유배고전문학총서』(고영화 편저, 2014)에는 정서의 거제도 유배시기에 창작되었을 것으로 주장하는 사유들이 꽤 설득력 있게 진술되어 있다. 요약하면, 1170년 8월 병자일에 무신정변(정중부의 난)이 일어났고, 9월 을묘일에 의종은 거제현으로 추방된다. 왕의 애희(愛姬) 무비(無比)도 태후(太后)의 간청에 죽음을 면하고 왕을 따라 거제로 왔다. 두 달 뒤인 그해 10월에 크게 사면령이 내려, 당시 거제에서 귀양살이하던 정서는 서울 개경으로 복귀한다.

결론을 말하자면, 폐왕이 된 의종과 정서는 거제도 오양역이거나 폐왕성을 중심으로 한 그 일대에서 1170년 9월 하순부터 10월 중순까지 약 20일에서 35일 동안 충분히 재회할 시간적 여유가 있었던 셈이다. 이때 정서가 의종에게 하소연하듯, 그리움과 원망을 노래한 곡이 바로

「정과정곡」이라는 것이다.[59]

이것은 이론상으로 충분히 성립될 수 있는 주장이기도 하다. 고려 의종이 개경에서 축출되어, 정서의 유배지인 거제 오양역 부근의 뒷산 높은 정상부에 개축한 둔덕기성(예로부터 지역민들 사이에선 폐왕성 또는 피왕성으로 불려왔던 산성)으로 피신한 이후, 정서와 한 달 남짓 재회했을 것이라는 개연성은 충분하다. 그러기에 「정과정곡」은 어쩌면 여기 거제도에서 암담한 귀양살이를 겪을 당시에 지어진 것으로 볼 만한 소지가 있다.

3

이번 김현길의 장편소설 『임 그리워 우니다니』는 그와 같은 역사적 사실을 소재로 삼아 이를 재조명해 본 창작물이다. 이 고장 출신 문인이 썼기에 이 지역의 역사와 문화, 자연환경, 이곳만의 독특한 풍속과 인심, 그리고 고유의 방언과 지명(地名) 유래 등, 어린 시절부터 체득한 거제의 모든 것을 작품 속에 적확하게 묘사해낸 장점이 있다. 고려 의종의 폐왕성이 있는 둔덕면의 토박이인 김현길이 정서와 의종의 관계 및 「정과정곡」에 얽힌 사연들을 소재로 하여 집필한 역사장편소설은 그렇기에 더욱 값지다.

이 소설은 특히 두 가지 면에서 큰 의의를 지닌다.

그 하나는, 「정과정곡」의 창작지에 관한 문제이다. 학계에서 논란이

---

59) 고영화: 앞의 책, P.62

되고 있는 동래 창작설과 거제 창작설의 진위를 가릴 수 있는 학술적 측면의 문제를 이번 소설을 통해 정식으로 제기했다는 점이다.

다른 하나는, 이 소설이 단순히 지나간 역사적 사실에 대해 재조명해 본 것으로 그치는 게 아니라, 더 근본적인 문제, 예컨대 인간의 삶에 있어서 '대저, 희망이란 무엇인가?'라는 근원적이고도 본질적인 질문을 독자에게 던지고 있다는 점이다.

소설 속에 등장하는 다양한 군상들의 입을 빌려, 작가는 끊임없이 그들 나름의 '희망'에 관한 문제를 제기하고 있다. 이는 오늘을 사는 현대인에게도 곱씹어 보아야 할 철학적 명제로 다가온다. 이런 점에서 보면 이 소설은 단순히 지나간 역사에 관한 이야기만으로 그치는 게 아니다. 현대적 관점에서 본 인간의 본질적 문제와 관련한 묵직한 주제를 다루고 있는 소설이다. 따라서 독자는 이 점에 유의하면서 이 소설을 읽어야 할 것이다.

어쨌거나, 우리 한국인들의 머릿속에 과거 유배지와 관련된 장소와 인물들을 떠올릴 경우, 그동안의 교육적 효과에 의해 거의 습관적으로 연상하는 경우가 있다. 즉, 한반도의 남녘 끄트머리 바닷가, 또는 절해 고도인 섬들로 귀양살이 왔던 사람들 중에서 전라도 강진을 들먹이면 다산 정약용이 연상되고, 제주도를 들먹이면 우암 송시열과 추사 김정희가 연상되고, 남해도라면 금세 서포 김만중을 떠올린다. 그러나 거제도라고 하면 연상되는 유배 인물에 관해 쉽사리 대답하지 못하는 경우가 허다했다.

그러나 이제 김현길의 이번 장편역사소설의 출간을 통해 거제도는 고려 의종과 정서를 쉽게 떠올릴 수 있게끔, 가히 획기적 전환의 계기를 마련한 것으로 볼 수 있다. 스토리텔링은 이처럼 새로운 문화 창조의 원동력이 된다.